MANUAL PARA DAMAS CAZAFORTUNAS

SOPHIE IRWIN

MANUAL PARA DAMAS CAZAFORTUNAS

Traducción de
Andrea Montero Cusset

PLAZA  JANÉS

Papel certificado por el Forest Stewardship Council®

Penguin
Random House
Grupo Editorial

Título original: *A Lady's Guide to Fortune-Hunting*

Primera edición: junio de 2022

© 2022, Irwin Editorial Limited
© 2022, Penguin Random House Grupo Editorial, S. A. U.
Travessera de Gràcia, 47-49. 08021 Barcelona
© 2022, Andrea Montero Cusset, por la traducción

Printed in Spain – Impreso en España

ISBN: 978-84-01-02843-4
Depósito legal: B-7576-2022

Compuesto en Comptex & Ass., S. L.

Impreso en Liberdúplex, S.L., Sant Llorenç d'Hortons
(Barcelona)

L028434

Para Fran, que me hizo empezar.
Y para mi familia, que me mantuvo en movimiento.

Si bien no tenía en gran estima ni a los hombres ni el matrimonio, casarse siempre había sido su objetivo; era la única posibilidad honorable de futuro para las jóvenes bien educadas y de escasa fortuna y, pese a la incertidumbre de que proporcionase la felicidad, debía ser la forma más agradable de evitar la necesidad.

JANE AUSTEN, *Orgullo y prejuicio*

1

Netly Cottage, Biddington, Dorsetshire, 1818

ℕo vas a casarte conmigo? —repitió la señorita Talbot, incrédula.

—Me temo que no —respondió el señor Charles Linfield, con la expresión congelada en una especie de mueca de disculpa animada, del tipo que uno esbozaría al confesar que no podía asistir a la fiesta de cumpleaños de un amigo en lugar de al poner fin a un compromiso de dos años.

Kitty se quedó mirándolo confusa. Katherine Talbot— Kitty para la familia y los más allegados— no estaba acostumbrada al desconcierto. De hecho, era bien conocida entre sus más próximos y en Biddington en general por su agilidad mental y su talento para resolver problemas prácticos. En ese momento, no obstante, se sintió perdida. Charles y ella iban a casarse. Hacía años que lo sabía... ¿y ya no ocurriría? ¿Qué se decía, qué se sentía ante una noticia semejante? Todo había cambiado. Y, aun así, Charles parecía el mismo, vestido como lo había visto mil veces, con ese estilo desaliñado que solo podían permitirse los ricos: con un chaleco de bordado intrincado mal abotonado y una corbata de colores chillones que, más que anudada, llevaba aplastada. Qué menos que haberse vestido para la ocasión, pensó Kitty mientras miraba fijamente aquella horrible corbata con creciente indignación.

Debió de traslucir parte de esa ira, porque Charles cambió de golpe aquel aire condescendiente y arrepentido por el de un colegial enfurruñado.

—Oh, no hace falta que me mires así —le soltó—. Tampoco es que nuestro compromiso haya sido oficial en ningún momento.

—¿Que no ha sido oficial? —Kitty se recompuso de golpe y descubrió que, de hecho, estaba furiosa. Canalla incorregible—. Llevamos dos años hablando de casarnos. ¡Si lo hemos retrasado tanto ha sido por la muerte de mi madre y la enfermedad de mi padre! Me lo prometiste. Me prometiste tantas cosas...

—No eran más que chiquilladas —protestó él, antes de añadir con terquedad—: y, además, tampoco es que pudiera anularlo con tu padre a las puertas de la muerte. No habría resultado nada apropiado.

—Ah, y supongo que ahora que ha muerto, ni un mes lleva bajo tierra, ¿por fin puedes dejarme plantada? —replicó ella con tono iracundo—. ¿Eso resulta mucho más «apropiado»?

Charles se pasó una mano por el pelo y desvió la vista hacia la puerta.

—Escucha, no tiene sentido que lo hablemos si te pones así —respondió, adoptando el tono de un hombre cuya paciencia estaba siendo puesta a prueba—. Quizá sea mejor que me marche.

—¿Que te marches? No puedes soltar una noticia así sin dar explicaciones. Te vi la semana pasada mismo y hablamos de casarnos en mayo, dentro de menos de tres meses.

—Quizá debería haberme limitado a escribir una carta —murmuró Charles para sí, sin dejar de mirar la puerta con aire anhelante—. Mary me dijo que esta era la mejor forma de hacerlo, pero creo que habría sido más sencillo con una carta. No puedo pensar con claridad contigo chillándome.

Kitty apartó sus numerosas irritaciones y, con el instinto de una verdadera cazadora, se concentró tan solo en la información destacada.

—Mary —soltó con aspereza—. ¿Mary Spencer? ¿Qué tiene que ver exactamente la señorita Spencer en esto? No sabía que hubiera vuelto a Biddington.

—Ah, sí, sí, bueno, está aquí, quiero decir —tartamudeó el señor Linfield; unas gotas de sudor aparecieron en su frente—. Mi madre la invitó a quedarse con nosotros una temporada. Es bueno que mis hermanas hagan otras amistades femeninas.

—¿Y has hablado con la señorita Spencer de poner fin a nuestro compromiso?

—Ah, sí, bueno... Se ha mostrado muy comprensiva con la situación, con la de los dos, y he de decir que me ha sentado bien poder... hablar con alguien de ello.

El silencio se prolongó unos instantes.

—Señor Linfield —dijo Kitty a continuación, intentando parecer despreocupada—, ¿tiene intención de pedir en matrimonio a la señorita Spencer?

—¡No! Bueno, es decir, ya hemos... A ver, creí que sería mejor... venir aquí...

—Entiendo —le cortó Kitty, y era cierto—. Bueno, supongo que debo alabarle por su seguridad, señor Linfield. Es toda una proeza pedir en matrimonio a una mujer cuando se está comprometido con otra. Bravo, sin duda.

—¡Esto es justo lo que haces siempre! —se quejó Linfield, armándose de valor por fin—. Lo retuerces todo hasta que uno no sabe ni por dónde tirar. ¿Has pensado que quizá no deseaba herir tus sentimientos? ¿Que no quería tener que contarte la verdad: que si pretendo labrarme una carrera en la política, no puedo hacerlo casado con alguien como tú?

El tono burlón la impresionó.

—¿Y qué se supone que significa exactamente? —preguntó.

Charles abrió los brazos, como si la invitara a echar un vistazo alrededor. Kitty no lo satisfizo. Sabía lo que vería, porque había estado en esa habitación todos los días de su vida: los sillones desgastados apiñados delante de la chimenea en busca de calor; la alfombra, otrora elegante, raída y apolillada; estantes donde tiempo atrás hubo libros, ahora vacíos.

—Puede que vivamos en el mismo pueblo, pero somos de mundos distintos. —Volvió a agitar las manos a su alrededor—. ¡Soy el hijo del señor de las tierras! Y mi madre y la señorita Spencer me han ayudado a ver que no puedo permitirme un matrimonio por debajo de mis posibilidades si quiero llegar a ser alguien.

Kitty nunca había sido tan consciente del sonido de los latidos de su propio corazón, que aporreaba un tambor en sus oídos. ¿Eso era ella, un matrimonio por debajo de sus posibilidades?

—Señor Linfield —dijo, en voz baja pero mordaz—, no nos engañemos. No tuvo usted ningún problema con nuestro compromiso hasta que volvió a encontrarse con la bonita señorita Spencer. ¡El hijo de un señor, dice! Esta no es la conducta poco caballerosa que habría esperado que aprobase su familia. Quizá debería estar contenta de que haya demostrado su absoluta falta de decoro antes de que fuera demasiado tarde.

Asestó cada golpe con la precisión y la fuerza de un boxeador de la talla de Gentleman Jackson, y Charles —desde entonces, y para siempre, el señor Linfield— retrocedió tambaleante.

—¿Cómo puedes decir tal cosa? —preguntó él, pasmado—. No es impropio de un caballero. Te estás poniendo histérica. —El señor Linfield ya había empezado a sudar profusamente y se retorcía incómodo—. Deseo que sigamos siendo buenos amigos, tienes que entender, Kit...

—Señorita Talbot —le corrigió ella con fría cortesía. Un

grito de rabia se abría paso con fuerza en su interior, pero lo contuvo; en cambio, hizo un gesto seco con la mano señalando la puerta—. Me perdonará si no le acompaño a la salida, señor Linfield.

Tras una breve inclinación de la cabeza, el señor Linfield huyó ansioso de ella sin mirar atrás.

Kitty se quedó inmóvil unos instantes, conteniendo el aliento como si con ello pudiera evitar que aquel desastre siguiera extendiéndose. A continuación se acercó a la ventana, por la que entraba a raudales el sol de la mañana, apoyó la cabeza en el cristal y exhaló despacio. Desde allí tenía una vista ininterrumpida del jardín: de los narcisos que justo empezaban a florecer, del pequeño huerto, todavía lleno de malas hierbas, y de las gallinas sueltas que lo recorrían en busca de larvas. La vida seguía en el exterior, pero en su lado del cristal, sin embargo, todo se hallaba en ruinas.

Estaban solas. Total y absolutamente solas, sin nadie a quien acudir. Sus padres habían fallecido, y en ese momento de necesidad extrema, cuando más deseaba pedirles consejo, no podía hacerlo. No le quedaba nadie a quien recurrir. El pánico iba creciendo en su interior. ¿Qué iba a hacer?

Podría haber seguido en esa postura durante horas si no la hubiera interrumpido su hermana menor, Jane, de diez años, que irrumpió en la sala apenas unos minutos después con la presunción de un mensajero real.

—Kitty, ¿dónde está el libro de Cecily? —preguntó.

—Ayer estaba en la cocina —contestó ella sin apartar la vista del jardín. Debían desherbar la parcela de la alcachofa esa misma tarde, tendrían que sembrar en breve. Distraída, oyó que Jane llamaba a Cecily para trasladarle sus palabras.

—Ya ha mirado —fue la respuesta.

—Bueno, pues volved a mirar. —Kitty la despachó con impaciencia, agitando la mano.

La puerta se abrió y se cerró de un portazo.

—Dice que no está allí y que si lo has vendido se disgustará mucho, porque fue un regalo del pastor.

—Oh, por el amor de Dios —soltó Kitty—, puedes decirle a Cecily que no estoy de humor para buscar el estúpido libro del pastor porque acaban de plantarme y necesito unos minutos de respiro, ¡si no es mucho pedir!

Jane no había hecho más que entregar ese mensaje inusual a Cecily cuando la familia al completo —las cuatro hermanas de Kitty y Bramble, el perro— entró en tromba en el salón y lo llenó de ruido al instante.

—Kitty, ¿qué es eso de que el señor Linfield te ha plantado? ¿De verdad lo ha hecho?

—A mí nunca me gustó, solía darme palmaditas en la cabeza como si fuera una niña.

—Mi libro no está en la cocina.

Kitty les contó lo ocurrido con la mayor brevedad que pudo, sin despegar la cabeza del cristal. Después, sus hermanas, indecisas, se miraron en silencio. Al cabo de unos instantes, Jane —que ya se había aburrido— se acercó al chirriante pianoforte y rompió la calma con una melodía alegre. Nunca había recibido clases de música, pero compensaba la falta de talento tanto con fervor como con volumen.

—¡Qué horror! —exclamó por fin Beatrice, que, con diecinueve años, era la hermana más cercana a Kitty en edad y en temperamento—. Oh, Kitty, querida, lo siento. Debes de tener el corazón roto.

Kitty volvió la cabeza con brusquedad.

—¿El corazón roto? Beatrice, eso no tiene importancia. Si no me caso con el señor Linfield, estamos todas en la ruina. Puede que papá y mamá nos dejaran la casa, pero también hemos heredado una cantidad pasmosa de deudas. Contaba con la fortuna de Linfield para salvarnos.

—¿Ibas a casarte con el señor Linfield por su dinero? —preguntó Cecily, con un tono crítico en la voz.

—Bueno, sin duda no era por su integridad ni por su honor de caballero —respondió Kitty con amargura—. Solo desearía haber tenido la suficiente cabeza para dejarlo todo cerrado antes. No deberíamos haber pospuesto la boda cuando murió mamá, sabía que un compromiso tan largo podía traer problemas. ¡Y pensar que papá creía que estaría mal visto!

—¿Cómo de malo es? —preguntó Beatrice.

Kitty la miró unos instantes. ¿Cómo iba a contárselo? ¿Cómo iba a explicarles lo que estaba a punto de ocurrir?

—Es... serio —respondió con cuidado—. Papá rehipotecó la casa con una gente de muy mala reputación. Lo que he vendido, los libros, la cubertería de plata y algunas joyas de mamá, ha bastado para mantenerlos a raya un tiempo, pero el 1 de junio volverán. En menos de cuatro meses. Y si no tenemos suficiente dinero, ni pruebas de que podemos empezar a pagarles, entonces...

—... ¿Tendremos que marcharnos? Pero esta es nuestra casa. —A Harriet le tembló el labio. Era la segunda más joven, pero se mostraba más sensible que Jane, quien al menos había dejado de tocar para observar en silencio, sentada en la banqueta.

Kitty no tuvo el valor de decirles que sería peor, que la venta de Netley Cottage apenas cubriría las deudas, con lo que no quedaría nada para su manutención. Sin lugar adonde ir ni fuente de ingresos evidente, el futuro se presentaba aciago. No tendrían más remedio que separarse, por supuesto. Si tenían suerte, Beatrice y ella podrían encontrar algún empleo en Salisbury o en alguna de las ciudades cercanas más grandes, quizá como criadas o doncellas. Cecily... Bueno, no se imaginaba a Cecily dispuesta o capaz de trabajar para nadie, pero con su educación podría probar en una escuela. Harriet —oh, era tan joven— tendría que hacer lo mismo en algún sitio que proporcionase casa y comida. Y Jane... La señora Palmer, que vivía en el pueblo, pese a su mezquino carácter siempre había sentido cierto afecto por Jane. Tal vez pudieran convencerla de que la acogiera hasta que tuviera edad suficiente para buscar trabajo.

Kitty se imaginó a todas sus hermanas separadas y abandonadas a su suerte. ¿Volverían a estar juntas alguna vez, como entonces? ¿Y si era mucho peor que ese escenario ya desolador? Ante sus ojos pasaron imágenes fugaces de cada una de ellas sola, hambrienta y desesperada. Kitty aún no había derramado una sola lágrima por el señor Linfield, no las merecía, pero en ese momento notó un dolor intenso en la garganta. Ya habían perdido tanto... Fue Kitty quien tuvo que explicarles que su madre no iba a ponerse mejor y quien les dio la noticia del fallecimiento de su padre. ¿Cómo iba a contarles ahora que lo peor aún estaba por llegar? No encontraba las palabras. Kitty no era su madre, capaz de tranquilizarlas como por arte de magia; ni su padre, que podía decir que todo iría bien con una seguridad creíble. No, Kitty era la solucionadora de problemas de la familia; sin embargo, ese obstáculo era demasiado importante como para superarlo solo con fuerza de voluntad. Deseó con todo su ser que alguien la ayudase a soportar esa carga, pesada para la tierna edad de veinte años, pero no había nadie. Los rostros de sus hermanas la miraban fijamente, segurísimos incluso entonces de que ella lo arreglaría todo. Como había hecho siempre.

Como siempre haría.

El tiempo para ceder a la desesperación había pasado. No pensaba dejarse vencer con tanta facilidad, no podía permitírselo. Se tragó las lágrimas y enderezó los hombros.

—Tenemos más de cuatro meses antes del 1 de junio —dijo con tono firme, apartándose de la ventana—. Creo que es tiempo suficiente para conseguir algo extraordinario. Fui capaz de atrapar a un prometido rico en un pueblo como Biddington. Aunque ha resultado ser una comadreja, no hay razón para pensar que yo no pueda repetir la maniobra.

—No creo que haya más hombres ricos cerca —señaló Beatrice.

—¡Exacto! —respondió Kitty alegre, con un brillo extraño en los ojos—. De ahí que deba viajar a un terreno más fértil. Beatrice, considérate al mando, porque me voy a Londres.

2

No es insólito toparse con gente dada a realizar declaraciones extravagantes. Más extraño es encontrar a quien también tenga por costumbre cumplirlas, y era a este segundo grupo al que pertenecía la señorita Kitty Talbot.

Menos de tres semanas después de aquella triste mañana en el salón de Netley Cottage, Cecily y ella viajaban en una traqueteante diligencia camino a Londres. Era un trayecto incómodo, tres días dando tumbos en los asientos acompañadas de una mezcla de personas y aves de corral, con el campo de Dorsetshire desapareciendo poco a poco de la vista a medida que atravesaban un condado tras otro. Kitty pasó la mayor parte del tiempo mirando por la ventana; hacia el final del primer día, ya se hallaba más lejos de su casa de lo que había estado nunca.

Hacía mucho que sabía que tendría que casarse con un hombre rico, pero había contado con que el matrimonio con Linfield, orquestado y ejecutado en compañía de su madre, le permitiría no alejarse de Biddington y de su familia. En las semanas y meses que siguieron a la muerte de su madre se había sentido muy agradecida de tener tan bien cerrado su futuro con el señor Linfield, que vivía cerca. En los momentos de mayor oscuridad, saber que no necesitaba alejarse de su familia ni un momento era en efecto un regalo y, sin embargo, acababa de dejar a la mayoría de sus hermanas atrás. Con cada kilómetro que la diligencia ponía entre ellas y Bidding-ton, crecía el nudo que sentía en el pecho. Era la decisión correcta, la única que Kitty podía tomar por su familia, pero no tenerlas cerca le producía una sensación terrible.

Menuda tonta había sido al confiar en el honor de Linfield; no obstante, seguía sin comprender cómo se había desenamorado él tan rápido. Además, creía que el resto de los Linfield no tenían a la señorita Spencer en muy alta estima. ¿Qué se le escapaba?

—Menuda tonta —dijo de nuevo, esta vez en voz alta. A su lado, Cecily le lanzó una mirada ofendida, así que añadió—: Tú no, yo. O mejor dicho, menudo tonto el señor Linfield.

Cecily resopló y devolvió su atención al libro. Una vez que hubo encontrado el grueso volumen que le regaló el pastor, insistió en llevarlo consigo, a pesar de que Kitty había señalado que un libro de ese tamaño y ese peso quizá no fuera el mejor compañero en un viaje de ciento sesenta kilómetros.

—¿Pretendes hundirme en todos los sentidos, Kitty? —le había preguntado Cecily con gesto teatral.

La respuesta sincera en ese momento —de pie, con el rostro acalorado, ante la maleta de su hermana— era sí, pero se había rendido y se resignó a arrastrar aquella carga absurda hasta el mismísimo Londres. Volvió a maldecir la cara y ridícula decisión de su padre de enviar a Cecily al Seminario para Jóvenes Damas de Bath durante dos años para que recibiera una educación. La razón oculta era su deseo de mantener el contacto con la clase alta —los Linfield en particular—, pero lo único que parecía haber sacado Cecily de su época allí era una idea exagerada de su propia superioridad intelectual. No obstante, pese a su defensa apasionada del libro, Cecily no le había prestado mucha atención, sino que importunaba a Kitty con las mismas preguntas que la habían obsesionado durante todo el viaje.

—¿Estás completamente segura de que has entendido bien la carta de la tía Dorothy? —le susurró entonces, siguiendo por fin el consejo de Kitty de no compartir sus asuntos privados con el carruaje entero.

—¿Cómo iba a entenderla, si no? —siseó Kitty en respuesta, furiosa. Suspiró, relajó el tono y se lo explicó de nuevo en una imitación pasable de la paciencia—: La tía Dorothy conoció a mamá cuando las dos trabajaban en el Teatro Liceo. Eran muy amigas: mamá solía leernos sus cartas en voz alta, ¿recuerdas? Le escribí para pedirle ayuda, y la tía Dorothy se ha ofrecido a presentarnos en sociedad en Londres.

Cecily carraspeó.

—¿Y cómo puedes estar segura de que la tía Dorothy es una mujer respetable, con buenos valores morales cristianos? ¡Por lo que sabes, podríamos ir directas a un antro de iniquidad!

—Debo decir que creo que el tiempo que has pasado con el pastor no te ha hecho ningún bien —le respondió Kitty con severidad.

Para sus adentros, sin embargo, ella también albergaba ciertos temores acerca de la tía Dorothy, aunque su madre siempre había insistido en que era muy respetable. Pero no serviría de nada contárselo a Cecily, cuando aquella mujer era en verdad su única opción.

—La tía Dorothy es la única persona que conocemos con una residencia en Londres —añadió Kitty—. Toda la familia de papá está ahora en el continente, aunque tampoco creo que nos hubieran ayudado, y ella ha sido lo bastante amable como para pagarnos el viaje también. No podemos rechazar su ayuda.

Cecily no parecía muy convencida, y Kitty se recostó en su asiento con un suspiro. Las dos habrían preferido que fuese Beatrice quien acompañase a Kitty en aquella misión, pero la carta de la tía Dorothy concluía con una instrucción clara:

«Tráete a tu hermana más guapa». Y Beatrice era —como ella misma había reconocido— mitad chica, mitad frente, mientras que Cecily estaba en posesión de una belleza dulce muy opuesta a su carácter malhumorado, de modo que era la opción evidente. Kitty esperaba que el hecho de que fuera un absoluto aburrimiento no importara demasiado. Se consoló pensando que era mucho mejor dejar el cuidado de la casa y las más pequeñas a Beatrice, bajo la mirada atenta de la esposa del pastor. Si se hubiese quedado Cecy en su lugar, para cuando regresaran no habría casa que salvar.

—Sigo pensando que haríamos mejor en dedicar nuestros esfuerzos a encontrar un empleo honrado —estaba diciendo Cecily en ese momento—. Con mi educación sería una gran institutriz.

Se produjo una pausa mientras Kitty contemplaba el horror de dejar la responsabilidad de la economía familiar en manos de Cecily.

—De todas maneras —respondió en voz baja y cuidadosa—, el salario actual de una institutriz no supera las cinco libras y media al año. No basta ni de lejos, me temo. Casarme con alguien rico es la forma más rápida de salir de este embrollo.

Cecily abrió la boca —era de suponer que se disponía a pronunciar otro comentario crítico aunque del todo inútil—, pero antes de que pudiera hablar se vieron interrumpidas por un niño que exclamó en el asiento de delante:

—¡Mamá, ya hemos llegado!

Se asomaron por la ventanilla y, como suponían, descubrieron la gran extensión de Londres en el horizonte. Largos penachos de humo ascendían hacia el cielo como faros. Kitty había oído muchas historias de Londres, se las habían contado sus padres con aire melancólico, como si mencionaran a un gran amigo al que habían perdido. Le habían hablado de su magnitud, su belleza y su majestuosidad, de su bullicio y sus oportunidades; la reina de las ciudades, la habían llamado. Hacía mucho que Kitty deseaba ver por sí misma ese país extraño que parecía el primer amor —y hogar verdadero— de sus padres. Sin embargo, cuando empezaron a adentrarse en la ciudad, su primera impresión fue que era... sucia. Había hollín por todas partes, el humo ascendía de las chimeneas, muy arriba, y los excrementos de los caballos se quedaban en medio de la calle. Sucia y caótica, con calles que colisionaban entre sí antes de alejarse zigzagueando en otra dirección. Los edificios se inclinaban en ángulos raros y no siempre eran cuadrados o rectangulares, sino que parecían trazados de cualquier manera, como si los hubiese diseñado un niño. Estaba animado, eso sí, pero de forma ruidosa, ¡muy ruidosa!, con el sonido incesante de las ruedas y los cascos traqueteando por la calzada, los gritos de los vendedores ambulantes y una sensación de prisa por todas partes. La ciudad exigía atención y respeto, y era ruidosa, caótica, sucia y...

—Magnífica —dijo en voz baja—. Cecily, por fin hemos llegado.

En Piccadilly cambiaron la diligencia por un carruaje que las llevó a la residencia de la tía Dorothy, en Wimpole Street. Kitty aún no distinguía entre los barrios de moda y los pasados de moda en Londres, pero le gustó que, pese a que la calle de la tía Dorothy no era ni de lejos tan imponente como algunas de las de altas mansiones por las que habían pasado, parecía lo bastante acomodada como para evitarle cualquier sonrojo. El carruaje se detuvo delante de una casa adosada y estrecha, apretujada entre otras dos. Kitty se despidió de una preciada moneda, subieron los escalones de entrada y llamaron a la puerta. Respondió una doncella pelirroja que las condujo al pequeño salón en el que se encontraba su tía honoraria. Se emocionó al comprobar que la tía Dorothy tenía servicio de verdad.

A pesar de la despreocupación con la que Kitty había despachado las dudas de Cecily durante el viaje, había abrigado el temor secreto de que pudiera recibirlas una mujer muy maquillada, con una peluca cómica, una risa grosera y enaguas humedecidas incluidas, lo cual no serviría en absoluto para lo que Kitty tenía en mente. Se sintió aliviada, pues, al encontrarse con una mujer imponente y a la moda, con su generosa figura enfundada en un vestido de día de un color gris paloma. Llevaba los tirabuzones castaños sin cubrir, pero el estilo informal le quedaba bien: tenía un brillo inteligente en los ojos que no encajaría con un tocado formal o un sombrerillo. La tía Dorothy se levantó de su silla y se quedó allí plantada, estudiándolas un momento desde debajo de aquellas cejas oscuras. Kitty y Cecily contuvieron el aliento, las dos inusitadamente nerviosas. Entonces... esbozó una sonrisa y extendió dos manos enjoyadas.

—Queridas, os parecéis muchísimo a vuestra madre —dijo.
Ellas cayeron en sus brazos.

La tía Dorothy había vivido muchas vidas e interpretado muchos papeles en sus cincuenta y un años. Como actriz había disfrutado de una carrera rutilante y variada en los escenarios, mientras que lejos de los mismos había dedicado su tiempo a recibir a una selección de los hombres más generosos de Londres. Tras acumular una suma de dinero nada desdeñable de ese modo, en cuanto cumplió los cuarenta y uno, se tiñó el pelo, pasando de un rojo encendido al castaño oscuro, y adoptó un nuevo nombre y una nueva conducta. Como la acaudalada viuda señora Kendall, comenzó a disfrutar de un estilo de vida distinto en los márgenes de la buena sociedad, pasando sus días en casas en las que —cuando era joven— solo había pasado noches. Aunque a Kitty le preocupaba que el ilustre pasado de la tía Dorothy pudiera ser más un obstáculo que una ayuda —después de todo, las actrices no se consideraban precisamente respetables—, su porte dejaba claro que su transformación en una dama distinguida era infalible. Al verla, Kitty se sintió más segura de que la tía Dorothy sería capaz de guiar sus siguientes pasos en Londres y aconsejarla en su búsqueda de una fortuna. Pero, aunque tenía mil preguntas que formularle, durante las primeras horas que pasaron juntas lo único de lo que hablaron fue de su madre.

—Me habría gustado ir al funeral —les aseguró la señora Kendall con vehemencia—. Quiero que sepáis que yo habría ido, pero vuestro padre pensó... que no sería prudente.

Kitty comprendió perfectamente aquella vaga explicación. En un mundo mejor habría sido estupendo que la tía Dorothy estuviera allí con ellas, para compartir historias de la vida anterior de su madre y que descubrieran cosas de ella aunque hubiera fallecido. Pero su presencia podría haber suscitado preguntas, y algunas cosas era mejor dejarlas en el pasado.

—Fue un día precioso —le contó Kitty tras carraspear—. Fresco y soleado. Le habría encantado.

—No había forma de retenerla dentro si el cielo estaba despejado —añadió la tía Dorothy con una sonrisa afligida pero sincera—. Daba igual el día.

—Hice una lectura —intervino Cecily—. De *El libro de la duquesa*, su favorito.

Kitty recordó que nadie había entendido una sola palabra, por supuesto, pero Cecily había leído alto y claro.

Pasaron muchas horas más intercambiando recuerdos, con las sillas cada vez más cerca, juntando las manos en algunos momentos, acercándose de ese modo seguro e inexorable en que lo hace la gente que comparte una pérdida así. Para cuando la conversación viró por fin hacia el compromiso roto de Kitty, fuera había oscurecido.

—Habéis hecho bien en venir —la tranquilizó la tía Dorothy, que sirvió tres vasos generosos de ratafía—. Londres es el lugar perfecto; sería un desastre que te internaras en Bath o Lyme Regis en un momento así. Consideradme vuestra hada madrina, queridas. Estoy casi segura de que podremos arreglar un compromiso excelente para cada una de vosotras en apenas unas semanas.

La atención de Cecily —que se había desviado un poco— regresó de golpe al presente. Miró a Kitty con los ojos muy abiertos y expresión acusadora.

—Tía Dorothy, solo yo voy a buscar marido —la corrigió Kitty con firmeza—. Cecily es demasiado joven.

La tía Dorothy parecía sorprendida.

—¿Estás segura? ¿No sería aconsejable buscaros marido a las dos?

—Segurísima —afirmó Kitty.

Cecily suspiró aliviada.

La tía Dorothy parecía poco convencida, pero se recompuso casi de inmediato.

—¡Bueno, supongo que puede ayudarnos a atrapar a las moscas! —declaró—. Ojo, primero tenemos mucho que hacer. Debemos encargarnos de vuestra ropa, del pelo, de... —Hizo un gesto con la mano con el que parecía abarcarlo todo—. Y no hay un solo día que perder, la temporada está a punto de empezar.

3

A la mañana siguiente se despertaron antes que su anfitriona, que Kitty imaginó que seguía un horario de ciudad, pero cualquier sombra de indolencia se vio refutada enseguida por el brío con que la tía Dorothy organizó la jornada.

—No hay tiempo que perder —exclamó, mientras les hacía ponerse las capas para salir y encontrar un carruaje de alquiler.

La primera parada, a petición de Kitty, fue en un edificio discreto en Bond Street, donde vendió las joyas que le quedaban de su madre por un total de diez libras para cubrir sus gastos en Londres. Eran sus últimos fondos y se estremeció al pensar que diez libras —que desaparecerían bastante rápido— era lo único que las separaba de una cárcel para morosos. Hizo un esfuerzo para ahuyentar aquel pensamiento. Podía parecer imprudente gastar sus preciadas monedas en perifollos, pero el día de indulgencia que tenían por delante era tan necesario como las reparaciones de las goteras del tejado de Netley del año anterior.

—Vestido de día, vestido de noche, sombreros, guantes, zapatos, combinaciones... Necesitamos de todo —explicó la tía Dorothy, mientras traqueteaban por los adoquines—. En la alta sociedad tienen a la señora Triaud para los vestidos; Hoby's para las botas; Lock's para los sombreros. Pero, en nuestro caso, Cheapside nos irá bien para todo.

A pesar de que aquel nombre aludía a algo barato, Kitty encontró Cheapside resplandeciente: era un mar de pañeros, confiterías, platerías, librerías, calceteros, sombrererías, zapateros; una tienda tras otra en una calle tras otra y un kilómetro tras otro. Encabezadas por la tía Dorothy como su guía imperturbable, arrasaron en todos ellos: les tomaron las medidas para vestidos de día, de paseo, de noche y de baile; se probaron sombreros y acariciaron medias de una suavidad imposible; se despidieron de un chelín tras otro en aras de la inversión. Era bien entrada la tarde cuando regresaron a Wimpole Street, muy cansadas. La tía Dorothy, sin embargo, distaba mucho de haber terminado.

—Los vestidos son la parte fácil —dijo con aire sombrío—. Resulta mucho más difícil actuar como jóvenes distinguidas. ¿Habéis pasado mucho tiempo con la buena sociedad?

—Hemos cenado muchas veces en Linfield Manor —respondió Kitty, aunque no estaba segura de que eso contase.

El señor Talbot y el señor Linfield habían sido grandes amigos incluso antes del compromiso de sus hijos —compartían el interés por el brandy caro y el juego—, de modo que los Talbot habían asistido a menudo a las cenas en la imponente mansión.

—Bien —aprobó la tía Dorothy—. Para empezar quiero que os imaginéis que, cada vez que salís de esta casa, estáis en una cena de los Linfield. Manteneos erguidas y tranquilas, caminad despacio, nada de ir y venir ajetreadas, todos los movimientos deben ser lánguidos y elegantes. Debéis hablar en voz baja y pronunciar con claridad, nunca con jerga o vulgaridades, y si no estáis seguras, no digáis nada.

Durante tres días, la tía Dorothy las instruyó en la forma adecuada de caminar y de arreglarse el pelo a la última, de sujetar un abanico, un tenedor, un bolso. Convertirse en una dama, como pronto empezó a comprender Kitty, consistía en contenerse tanto que no se podía respirar: todo su cuerpo tenía que convertirse en un corsé, en cuyo interior debía encerrarse cualquier muestra de carácter, descortesía y falta de decoro. Kitty escuchaba con atención cada pizca de información y controlaba que Cecily hiciera lo mismo, ya que su hermana tenía por costumbre abstraerse en cuanto una conversación no le interesaba. Para cuando llegaron los primeros vestidos, aún estaban recuperándose de la instrucción.

—Gracias a Dios —declaró la tía Dorothy cuando les entregaron los paquetes—, al menos ahora podéis salir de casa sin sonrojaros.

Kitty y Cecily llevaron las cajas arriba, donde las abrieron maravilladas. Descubrieron que la moda iba mucho más rápido en Londres que en Biddington, de manera que los vestidos que tenían ante sus ojos tan solo guardaban un ligero parecido con aquellos a los que estaban acostumbradas. Había vestidos de día de bonitos tonos azules y amarillos, vestidos largos de muselina, capas gruesas, jubones de satén y, lo más impresionante de todo, dos vestidos de noche más elegantes que nada de lo que Kitty hubiera visto nunca. Tuvieron que ayudarse la una a la otra con sumo cuidado para poder ponérselos. Se arreglaron el pelo como les había enseñado la tía Dorothy, adornándolo con esmero con flores recién cortadas. Cuando acabaron, tenían un aspecto bastante distinto.

De pie frente al espejo de cuerpo entero del dormitorio de la tía Dorothy, Kitty se quedó de piedra ante el reflejo de las dos. Estaba acostumbrada a que Cecily siempre pareciese recién levantada de un sueño profundo, pero en ese momento semejaba un ángel: las faldas ondeantes, de un blanco resplandeciente, daban la impresión de que estaba a punto de desaparecer; el cabello rubio, peinado en tirabuzones a ambos lados de la cabeza, le suavizaba aún más los rasgos. Kitty también iba de blanco, lo habitual para una joven dama en su primera temporada. La palidez del vestido contrastaba con su cabello oscuro, liso natural pero domesticado a juego con el de su hermana, y resaltaba la forma llamativa de sus brillantes ojos. Las chicas del espejo tenían un aspecto imponente, pensó Kitty. Daban la impresión de que Londres era su sitio.

—¡Muy guapas, desde luego! —La tía Dorothy dio una palmada, encantada—. Creo que estáis listas. Empezaremos esta noche.

Llegaron al Teatro Real, en Covent Garden, al anochecer. A la luz de las velas, el teatro tenía un aspecto hermoso, con sus techos altos y abovedados y su interior ricamente decorado. Pese a que aún no estaba tan lleno como lo estaría en temporada alta, reinaba un murmullo de excitación.

—Mirad a toda esta gente —dijo la tía Dorothy con admiración—. ¿Percibís las oportunidades en el ambiente, queridas?

—Señales de debilidad, señales de aflicción —recitó Cecily con aire sombrío, en lo que Kitty reconoció como su tono para las grandes frases.

La tía Dorothy la miró con recelo. Cuando avanzaban por el enorme vestíbulo de entrada susurró al oído de Kitty, para que Cecily no la oyera:

—¿Está loca?

—Es una intelectual —explicó Kitty en voz baja.

La tía Dorothy suspiró.

—Me lo temía.

Se abrieron paso despacio hasta sus asientos. La tía Dorothy iba mirando con atención a su alrededor y saludaba con la mano a los conocidos entre la multitud.

—Hemos tenido mucha suerte —aseguró en voz baja cuando entraban en la galería superior—. No esperaba ver a tantos solteros cotizados tan pronto.

Kitty asintió y se acomodó en su asiento, aunque estaba

distraída. Había atisbado a la familia más regia que había contemplado nunca, y su atención se vio cautivada inmediata y totalmente. Sentados muy por encima de ellas, en su palco privado, los tres desconocidos, incluso para el ojo inexperto de Kitty, parecían sobresalir en medio de la multitud. Bellos e impecablemente vestidos, un joven, una joven y una mujer muy atractiva y elegante que debían de ser familia, una familia que, a juzgar por cómo sonreían y se reían juntos, no tenía una sola preocupación más allá de su propio disfrute. La tía Dorothy siguió la dirección de la mirada de Kitty y chasqueó la lengua con desaprobación.

—No tiene sentido alzar la vista ahí arriba, querida. Admiro tu ambición, por supuesto, pero no olvidemos nuestra posición.

—Ícaro —apostilló Cecily con aire distraído, ya fuera para mostrarse de acuerdo o sencillamente para aportar un toque intelectual a la conversación, no estaba claro.

—¿Quiénes son? —preguntó Kitty sin dejar de mirar hacia arriba.

La tentación de cotillear enseguida se impuso a la desaprobación de Dorothy.

—Los De Lacy —respondió inclinándose hacia ella—. La condesa viuda, lady Radcliffe, y sus dos hijos menores, el señor Archibald de Lacy y lady Amelia de Lacy. Toda la familia es tan rica como la realeza. Por supuesto, es el hijo mayor, el conde de Radcliffe, quien se llevará el mejor pedazo del pastel, pero los dos pequeños recibirán una bonita fortuna cada uno también: al menos ocho mil al año, calculo yo. Se espera que todos ellos se casen muy bien.

Kitty se recostó en su asiento en el momento en que empezó la función, pero incluso cuando la gente comenzó a reírse y dar gritos ahogados, no pudo apartar los ojos de los De Lacy. ¿Cómo será saber desde que naces que tu futuro será sin duda seguro y feliz? ¿Sobresalir del resto de la sociedad en ese palco exclusivo? Kitty tenía que admitir que daban la impresión de encontrarse en su sitio, muy por encima de los demás. ¿Podría haber existido un mundo en el que ella misma habría estado en su sitio ahí arriba? Después de todo, su padre había nacido noble, y antes de casarse se habría mezclado con damas y caballeros como ellos sin pensarlo. Si los acontecimientos se hubiesen desarrollado de otra manera... Kitty sintió una punzada de celos absurdos ante aquella versión alternativa de sí misma, pensando que habría podido compartir aquel palco dorado con la familia De Lacy. No apartó la vista hasta que la tía Dorothy le dio un leve codazo.

En el descanso, su tía mantuvo ocupadas a Kitty y a Cecily, presentándoles a todo tipo de hombres y mujeres, comerciantes ricos y sus hijos, hijas y esposas, abogados, militares vestidos con uniformes elegantes y las mujeres con bonita vestimenta que llevaban del brazo. Era más gente en una sola noche que la que Kitty había conocido en su vida hasta la fecha, y no pudo evitar sentirse un poco intimidada, como si volviera a tener quince años y se acercara a la mansión de los Linfield para su primera velada allí, aterrorizada por si cometía algún error. Recordó a su madre susurrándole al oído para tranquilizarla esa noche; el aroma de su perfume de agua de rosas le cosquilleó en la nariz. «Ver y oír, queridas —les había dicho—. Prestad atención y haced lo que hagan ellos, no es tan difícil».

Kitty inspiró tan hondo que imaginó que podía percibir ese aroma a agua de rosas en el aire. Luego reunió valor y se dispuso a impresionar. Igual que se moldea un sombrero para seguir una moda, se moldeó a sí misma para adaptarse a su interlocutor: una risa rápida para los hombres que se creían muy listos; admiración para los vanidosos; y a los tímidos les sonreía a menudo y hablaba más. Dorothy estaba exultante en el camino de vuelta a casa.

—El señor Melbury cuenta con mil al año —les informó en el carruaje—. El señor Wilcox parecía bastante prendado de Cecily y...

—Y acordamos que Cecily no está aquí para buscar un buen partido —la interrumpió Kitty.

A su lado, Cecily volvió a relajar los hombros.

—Vale, vale. —La tía Dorothy hizo un gesto de desdén con la mano—. El señor Pears era algo más difícil de interpretar, pero cuando fallezca su padre contará con una bonita fortuna de dos mil al año. Y el señor Cleaver...

—¿Tiene muchos conocidos que valgan más de dos mil al año? —volvió a interrumpirla Kitty.

—¿Más de dos mil al año? —preguntó Dorothy—. ¿Qué esperas, hija mía?

—El señor Linfield tenía una fortuna de cuatro mil al año —respondió Kitty con el ceño fruncido.

—¿Cuatro? —repitió Dorothy con incredulidad—. Madre mía, al dueño de las tierras debió de irle bastante bien. Pero no podéis esperar que se repita un milagro así, queridas. Sería complicado contar con una fortuna semejante sin tierras, cielo, y no encontraréis muchos terratenientes en mis círculos.

Kitty asimiló la desagradable noticia. Sabía que el señor Linfield era rico, lo bastante para pagar sus considerables deudas sin problema, pero había dado por sentado que serían capaces de encontrar a muchos más como él en Londres.

—¿No debería esperar encontrar a hombres de fortuna equivalente? —quiso aclarar Kitty, con un nudo amargo en el estómago.

—No en mi ambiente. —La tía Dorothy se rio.

Kitty se sintió acalorada y estúpida. Deseó estar de vuelta en Wimpole Street para poder sentarse con papel y tinta y hacer números con calma. ¿Servirían dos mil al año, cuando tenía que mantener a sus hermanas y, a la larga, pagar sus dotes? ¿Era suficiente?

—¿A cuánto asciende vuestra deuda? —preguntó Dorothy, sagaz.

Kitty se lo dijo. Cecily —quien Kitty no creía que estuviera escuchando— dejó escapar un grito ahogado, y la tía Dorothy se permitió la indulgencia de un silbido nada propio de una dama.

—Madre mía —exclamó, con los ojos como platos—. Entonces tendrá que ser el señor Pears.

—Sí —coincidió Kitty, aunque con algunas dudas.

Dos mil libras al año era mejor que nada, por supuesto, pero no era solo cuestión de saldar la deuda. ¿Bastaban dos mil libras al año para pagar sus cuentas, nada desdeñables, mantener Netley y garantizar después el futuro de sus hermanas también? Porque ¿y si una de ellas necesitaba una dote para asegurar el matrimonio con el hombre que había escogido? ¿Y si la necesitaban todas? ¿Y si, en cambio, una necesitaba fondos para casarse con un hombre pobre? O Cecily, que seguramente sería más feliz sin marido, pero con un gran número de libros en su poder. Esperaba que el señor Linfield se encargara de todo eso, pero el hombre más amable del mundo, con una renta de tan solo dos mil libras al año, no sería capaz de prometerle lo mismo.

—¿Sería... Almack's el tipo de sitio que frecuentan los hombres de mayor fortuna? —preguntó con aire reflexivo.

—¿Las Salas de Reuniones de Almack's? Kitty, estarías intentando alcanzar las estrellas —respondió Dorothy, exasperada—. Hay una gran diferencia entre la buena sociedad y la alta sociedad. La alta sociedad (el mundo de los nobles, las tierras y las grandes fortunas) no es un lugar al que yo pueda proporcionarte acceso. Debes haber nacido en ese mundo, y no hay ninguna otra forma de conseguir una invitación. Aparta esas peligrosas ideas de tu cabeza y concentra tu atención en hombres como el señor Pears; sin duda tendrías suerte de conseguir un marido así.

Habían llegado a Wimpole Street. Kitty subió a su habitación sin decir nada más. Sumida en un estado de cierta melancolía, reflexionó acerca de las palabras de Dorothy mientras se lavaba para acostarse, y aún seguía pensando cuando Cecily apagó la vela y se metió en la cama junto a ella. Su hermana se quedó dormida al instante, y Kitty escuchó su respiración en la oscuridad, celosa de la facilidad con la que Cecily podía dejar a un lado las preocupaciones del día.

Dos mil al año no supondría el fin de sus problemas e inquietudes, pero al menos ayudaría. Después de todo, su madre se había conformado con mucho menos. De hecho, era una suma muy superior a lo que el señor y la señora Talbot habían recibido a cambio de marcharse juntos de Londres tantos años atrás. A ellos no les había bastado, por supuesto, sobre todo porque su padre nunca había sido capaz de adaptar del todo su estilo de vida como caballero soltero y acaudalado al de padre de cinco hijas con unos ingresos anuales de quinientas libras que menguaban rápidamente. Puede que Kitty no disfrutara del juego o del oporto de cien años, pero seguía teniendo cuatro hermanas a las que mantener y, a diferencia de su padre y de su madre, no gozaría del lujo de un matrimonio por amor para consolarse cuando llegaran las vacas flacas.

Por enésima vez deseó poder hablar con su madre. Estaba agradecida por tener a la tía Dorothy como guía experta en Londres, pero no era lo mismo. Quería desesperadamente hablar con alguien que la conociera de manera íntima, alguien que quisiera a sus hermanas tanto como ella, que se sintiera tan atormentada como ella por las visiones de Jane, Beatrice, Harriet y Cecily solas y desamparadas en rincones oscuros y desagradables del país, y alguien que comprendiera que no había ningún obstáculo insalvable en la persecución de su felicidad, como haría su madre. Ella sabría lo que debía hacer a continuación, Kitty estaba segura de que no se preocuparía por tonterías tan limitadoras como la jerarquía o las distinciones sociales; al fin y al cabo había sido ella, y no la tía Dorothy, quien había tenido las agallas de enamorarse de un caballero muy por encima de su posición.

Kitty se giró de lado e intentó poner en orden sus pensamientos rebeldes. Era inútil dar vueltas a asuntos que nunca podría cambiar. Su madre no estaba, y tenía que llevar esa carga sola. La tía Dorothy era la única consejera con la que contaba y se había reído cuando le había preguntado por hombres más ricos que el señor Pears. No lo había hecho con malicia, lo había considerado sinceramente absurdo, y quizá Kitty debía tenerlo en cuenta.

Esa noche le costó dormir, y cuando lo logró, lo hizo a ratos, mientras el agotamiento luchaba con la ansiedad por el control. E incluso dormida seguía preguntándose: ¿se equivocaba tanto al desear que, si tenía que venderse por el bien de su familia, al menos fuera a un mejor postor que el señor Pears?

4

Kitty se despertó a la mañana siguiente anhelando un respiro del desorden de las calles de Londres. Después del desayuno convenció a Cecily para que fueran a Hyde Park. La tía Dorothy insistió en que Sally, la criada, las acompañara. Las siguió un par de pasos más atrás hasta que llegaron al parque sin problemas. Comenzaron el paseo por la Serpentina, y su ritmo rápido —a pesar de las instrucciones de la tía Dorothy— chocaba con el andar lánguido del resto de las damas. Kitty absorbió aliviada el aire limpio y el verde vivo de la hierba y los árboles. Aunque el parque estaba mucho más estructurado que cualquier parte del paisaje de Biddington, era lo más parecido a su casa que Kitty había visto en Londres hasta el momento.

Se preguntó si sus padres habrían paseado alguna vez juntos por allí. No un día tan bueno, por supuesto. Su cortejo no había sido tradicional: la familia del señor Talbot se oponía tanto a su noviazgo que por necesidad había tenido lugar lejos del ojo público, en los márgenes y lugares discretos de la sociedad. Cuando hacía buen tiempo y la alta sociedad salía en tropel a los prados verdes de Londres, ellos se refugiaban en el interior, lejos de las hordas; era mucho más probable que visitasen Hyde Park juntos bajo la lluvia o en medio de fuertes vientos, cuando se aseguraban privacidad. Kitty sabía que a su madre no le había importado. Si bien había nacido y crecido en la ciudad, no existía nada que le gustase más que salir a la intemperie, ya lloviera o hiciera sol, mientras que las pasiones del señor Talbot se habían limitado más a actividades de interior.

Algunos de los recuerdos más preciados que tenía Kitty de su padre eran de cuando jugaban juntos a las cartas en el salón, todos los domingos por la tarde, desde que tenía memoria hasta el mismo día de su muerte. Le enseñó las reglas del whist, el faro y toda clase de juegos de naipes, y siempre jugaban con dinero real —aunque solo con peniques, por insistencia de Kitty—, pues el señor Talbot creía firmemente que uno jugaba de otra manera cuando había dinero encima de la mesa. Kitty aún se acordaba de la primera vez que jugaron al piquet juntos. Tras aprender las reglas, Kitty había optado por apostar solo medio penique en cada partida.

—¿Por qué tan poco, querida? —Su padre chasqueó la lengua—. Tienes una buena mano.

—Por si pierdo —había contestado ella, como si fuese evidente.

Él dejó escapar una bocanada de humo de la pipa y meneó un dedo ante ella, reprendiéndola.

—Uno nunca debe empezar un juego dándose por vencido —le advirtió—. Juega para ganar, querida, siempre.

—Oh. —La voz de Cecily la sacó de sus ensoñaciones para devolverla al presente—. Creo que la conozco.

Kitty alzó la vista. Y allí estaban, los De Lacy del teatro, de paseo por el parque. Lady Amelia, de cabello oscuro, llevaba una elegante pelliza y el ceño fruncido; y al rubio señor De Lacy se le veía inequívocamente aburrido.

—¿Qué quieres decir con que la conoces? —preguntó Kitty con aspereza.

—Fuimos juntas a la escuela —respondió Cecily con aire distraído, a punto de perder el interés—. Solo era un poco más joven que yo y compartíamos el amor por la literatura. Lady Amelia de... algo.

—¿Y no se te ocurrió mencionarlo? —siseó Kitty agarrándole el brazo con fuerza.

—Ay —se quejó Cecily—. ¿Cómo iba a mencionarlo antes? Acabo de verlos.

Se cruzarían en unos instantes. Kitty podría esperar que lady Amelia levantase la cabeza y reconociese a Cecily, pero mantenía la mirada gacha y les separaban casi diez metros, un verdadero abismo.

No serviría.

Cuando se encontraban a menos de diez pasos encogió los dedos de los pies. Entonces, justo cuando la distancia se reducía a un metro y medio, ladeó el tobillo y fingió que tropezaba. El zapato salió volando y Kitty se inclinó pesadamente sobre su hermana con un grito ahogado.

—¡Oh, no!

Cecily se sobresaltó, pero cargó con el peso sin problemas.

—¡Kitty! ¿Necesitas sentarte?

—¿Señorita Talbot? —Sally se apresuró a ayudar, pero Kitty la ahuyentó con un gesto.

—Me he torcido el tobillo —jadeó—. Pero... oh, ¿dónde está mi zapato? Se me ha salido.

Uno, dos, tres...

—Disculpe, señorita, pero ¿esto es suyo?

Sí. Alzó la vista para ver al joven caballero, el señor De Lacy, que le tendía el zapato sonrojado y con una mirada que fue haciéndose cada vez más ansiosa al atisbar su rostro.

—Gracias —dijo Kitty con la voz entrecortada al tiempo que lo aceptaba. Sintió que procedía que ella también se sonrojara, así que ordenó a sus mejillas que obedecieran, sin éxito. Maldijo el hecho de no ser de las que se sonrojaban.

—¿Cecily? ¿Señorita Cecily Talbot? —Lady Amelia se había acercado y sus ojos reflejaban reconocimiento.

Ojalá Cecily no le fallara.

—Lady Amelia. —Inclinó brevemente la cabeza y le tendió la mano.

—¿Ahora vives en Londres? ¿Esta es tu hermana? —La joven dama no hizo gala de tantas complejidades sociales: un lujo de ricos.

—Sí... mi hermana, la señorita Talbot. Kitty, esta es lady Amelia y... —Cecily miró al señor De Lacy con gesto interrogante. La verdad es que lo estaba haciendo muy bien, como la mejor hermana.

—Su hermano, el señor De Lacy. —Se apresuró a presentarse con una sonrisa fácil, mientras sus ojos bailaban con admiración entre las dos hermanas.

—¿Te has hecho mucho daño? —le preguntó lady Amelia—. Archie, por el amor de Dios, ofrécele el brazo, ¿quieres?

El señor De Lacy —Archie, al parecer— lanzó una mirada de desagrado a su hermana.

—Deben permitirnos que las acompañemos a casa —ofreció con galantería—. No debería caminar mucho con el tobillo torcido. Podemos acercarlas en nuestro carruaje. Venga, apóyese en mi brazo.

Kitty aceptó con gentileza el ofrecimiento, tomó el brazo que le tendía y se apoyó lo suficiente en él para volver a ponerse la zapatilla bajo las faldas. El señor De Lacy carraspeó y apartó la vista. La comitiva no tardó en dirigirse lentamente hacia una hilera de carruajes que aguardaban a lo lejos. Cecily y lady Amelia caminaban por delante, con la cabeza inclinada la una hacia la otra en una intimidad que habían retomado de inmediato; las seguían Kitty y el señor De Lacy. Kitty tardó un segundo en darse cuenta de que iba cojeando del pie equivocado; lo corrigió lo bastante rápido para estar segura de que nadie se había dado cuenta.

Puede que caminara despacio, pero pensaba a toda velocidad. Era una oportunidad que jamás habría previsto y no pensaba dejarla escapar. Tenían, calculó, unos veinte minutos para dejar su impronta en los De Lacy: los seis o siete minutos que tardarían en llegar al carruaje, seguidos del breve trayecto hasta Wimpole Street. Kitty no conocía al señor De Lacy en absoluto —no sabía cuál era la mejor línea de ataque según su carácter—, pero ¿podía ser muy distinto del resto de su género?

—Lo considero mi héroe, señor De Lacy —dijo volviendo los ojos, muy abiertos, para mirarlo fijamente—. Ha sido muy amable al rescatarnos. No sé qué habríamos hecho sin usted.

El señor De Lacy inclinó la cabeza con timidez. Sí, iba bien encaminada: el hilo de la caña de Kitty se tensó.

—Solo lo que haría cualquiera —protestó el señor De Lacy—. Lo caballeroso, ya sabe.

—¡Es usted demasiado humilde! —insistió ella, y añadió—: ¿Ha servido en la Península? Tiene el porte de un soldado.

El señor De Lacy se sonrojó.

—No —se apresuró a corregirla—. Era demasiado joven; me habría gustado ir, pero aún no había acabado la escuela. Mi hermano luchó en Waterloo; se suponía que no debía, claro, ya que es el primogénito, pero nunca ha prestado atención a esa clase de cosas... —Su voz se fue apagando, consciente de que se estaba desviando del tema—. ¡Pero fui capitán del equipo de críquet en Eton, ¿sabe?!

—Oh, maravilloso. Será un gran deportista.

El señor De Lacy aceptó el cumplido complacido, aunque no dejó de sonrojarse por ello. De hecho, durante los minutos siguientes se alegró de descubrir todo tipo de cosas nuevas acerca de sí mismo: que tenía el porte de un soldado, el instinto de un héroe y un brazo fuerte, sí, pero también que era sumamente divertido y extraordinariamente inteligente. Su opinión se escuchaba con atención: una historia de sus días de escuela a la que su familia no había prestado atención más que con indulgencia educada, la señorita Talbot la encontró bastante hilarante, como siempre había sospechado Archie que debía ser. La señorita Talbot tenía un sentido del humor excelente, pensó Archie. No tenía ni idea, por supuesto, de que durante aquella conversación repleta de cumplidos la señorita Talbot también estaba extrayendo un torrente continuo de información sobre él: que adoraba a su hermano mayor, lord Radcliffe, el cabeza de familia, aunque este rara vez se dejaba ver en Londres; que el señor De Lacy pronto cumpliría veintiún años, edad en la que recibiría la mayor parte de su fortuna. No, lo único que sabía el señor De Lacy era que no había disfrutado tanto de un paseo en toda su vida. De hecho, pensó que la señorita Talbot era la mejor conversadora con la que había hablado nunca.

Llegaron a los carruajes demasiado pronto y lady Amelia se detuvo delante de una calesa elegante, con la capota bajada en deferencia al aire de primavera. Tras indicar a Sally que regresase a Wimpole Street a pie, Kitty se entretuvo un momento en admirar los caballos —cuatro corceles perfectamente emparejados— antes de que las ayudaran a subir. Lady Amelia y Cecily se colocaron muy juntas en el asiento de atrás, de modo que el señor De Lacy se vio obligado a sentarse junto a la señorita Talbot. Carraspeó, consciente de su proximidad, y se aseguró de dejar una distancia cortés entre ambos. Kitty, por su parte, miró al señor De Lacy desde debajo de las pestañas —una hazaña más difícil de lo que había pensado— y se vio recompensada por otro rubor cuando este advirtió su mirada.

Los caballos se pusieron en marcha con suavidad y las calles de Londres empezaron a pasar a toda velocidad. Kitty se apresuró a hacer el cálculo de nuevo: avanzaban mucho más rápido de lo que había anticipado en el tráfico de las ajetreadas calles, como si el emblema de los De Lacy bastase para que los coches y los caballos se apartaran de su camino, así que apenas tardaron unos minutos en llegar a Wimpole Street. Exhaló un profundo suspiro y miró al señor De Lacy.

—¿Cree...? —empezó a preguntar, pero se interrumpió y bajó la vista con arrepentimiento calculado.

—¿Sí? —preguntó ansioso el señor De Lacy.

—No, ha sido un tremendo error planteármelo siquiera —insistió Kitty—. Ya ha sido usted demasiado amable.

—Se lo ruego, pregúnteme lo que quiera, señorita Talbot —dijo.

Se rindió con gracia.

—Mi hermana y yo dependemos de nuestros paseos diarios para tomar aire fresco... no soporto estar sin ellos. Pero temo que Cecily no sea lo bastante fuerte para sostenerme con el tobillo dolorido... —Su voz se fue apagando de manera significativa, y el señor De Lacy chasqueó la lengua con empatía, esforzándose en pensar. Entonces se le ocurrió una idea.

—Bueno, ¡volveremos a reunirnos y puede usted apoyarse en mí! —declaró con galantería.

—¿Está seguro de que no les causaría demasiadas molestias? —preguntó Kitty—. Les estaríamos muy agradecidas.

—En absoluto, faltaría más, en absoluto —contestó entusiasmado.

Habían girado en Wimpole Street.

—Entonces ¿nos encontramos por la mañana junto a la Puerta del Oeste? —preguntó Kitty con una sonrisa radiante.

—¡Maravilloso! —Acto seguido, lo asaltaron las dudas—: ¿Está segura de que su tobillo se habrá recuperado lo suficiente para entonces?

—No me cabe ninguna duda —respondió Kitty, sin faltar a la verdad.

Se despidieron con afecto y las hermanas vieron cómo el carruaje resplandeciente, mucho más grande y magnífico que la calle que lo rodeaba, volvía la esquina y desaparecía. Kitty dejó escapar un suspiro exultante. Era de la opinión de que uno se labraba su propia suerte, y tenía la sensación de que estaba a punto de ser muy afortunada.

Wimpole Street, lunes 9 de marzo

Queridísima Beatrice:

Llegamos bien a Londres, y la tía Dorothy es justo lo que esperábamos. No tienes que preocuparte en absoluto por nosotras: la tía Dorothy y yo no dudamos de que estaré prometida para cuando termine la temporada. Unos meses más de valentía y luego todo irá bien, te lo prometo.

¿Qué tal os va a vosotras? Escríbeme en cuanto recibas esta carta con todas las noticias de casa. ¿Ya has reabastecido la despensa? ¿Tienes suficiente con las monedas que te dejé? Si no es así, me las arreglaré para enviarte más, así que escribe directamente si estáis incómodas en cualquier sentido. Si tenéis algún problema urgente, no dudes en acudir a la señora Swift; estoy segura de que os ayudará hasta que puedas ponerte en contacto conmigo.

Aún me duele que nos perdamos el cumpleaños de Jane. Se supone que esa semana llega la feria a Petherton y había apartado algunos peniques para visitarla, los encontrarás en el escritorio de papá. Intenta que el día sea lo más alegre posible aunque no estemos.

No tengo espacio para escribir un relato detallado de nuestras idas y venidas, pero me esforzaré en recordar todos los detalles para ti, así podré contártelo todo cuando regresemos. Vosotras tres debéis hacer lo mismo por Cecily y por mí, para que cuando volvamos a estar juntas sea como si nunca nos hubiésemos separado ni un momento.

Os echamos de menos, os queremos y regresaremos en cuanto nos sea posible.

Tu hermana, que os quiere,

Kitty

5

La condesa lady Radcliffe, viuda a la temprana edad de cuarenta y seis años, había heredado una bonita fortuna y una serie de libertades que superaban con creces las que había disfrutado en calidad de esposa. Por supuesto, había lamentado muchísimo la muerte de su marido y aún sentía la terrible pérdida, pero al cabo de un tiempo empezó a apreciar los placeres que ofrecía la vida cuando no se tenían ataduras con alguien cuya naturaleza austera no se prestaba a la frivolidad. Lo cierto era que, siete años después de la muerte de su esposo, lady Radcliffe se había adaptado a la perfección a la vida como viuda adinerada. Sus mayores pasiones en esa nueva etapa eran sus hijos (y preocuparse por ellos), la alta sociedad (y divertirse en ella) y la observación de su propia salud (o, más bien, la falta de ella).

Bastaba para mantener ocupado a cualquiera, y cabía perdonar a lady Radcliffe por las raras ocasiones en las que el patrocinio de una de sus pasiones la llevaba, lamentablemente, a desatender otra. De ahí que se abstrajese del escrutinio de una mano izquierda temblorosa —un síntoma, sin duda, de sus recientes episodios de debilidad— al encontrar a su segundo hijo aquejado de una fijación del todo nueva por una mujer.

—¿Quién es esa señorita Talbot? —No creía haber oído el nombre antes.

Archie puso los ojos en blanco, algo ofendido.

—Ya sabes, mamá —respondió—. Las hermanas Talbot. Hemos estado paseando con ellas todos los días por Hyde Park.

—¿Os habéis encontrado con las mismas jóvenes todos los días? —Lady Radcliffe frunció el ceño. No era raro que Archie, o cualquier joven de su edad, se obsesionara por una mujer a la que acababa de conocer, pero aquello había ido muy rápido.

—Sí —contestó Archie con aire soñador—. Es la criatura más hermosa que hayas visto jamás, mamá. Me considero el hombre vivo más afortunado por haberla conocido de forma tan casual.

Algo angustiada, lady Radcliffe exigió saber cómo, con exactitud, habían conocido a las tales Talbot. La respuesta de Archie fue bastante incoherente —incluía un zapato, un tobillo torcido y la descripción embelesada del color exacto de los ojos de la hermana mayor—, lo que no mitigó en absoluto los recelos de su madre. Cuando alguien tenía el dinero y la cuna de un De Lacy, sencillamente debía mantenerse siempre alerta. En opinión de lady Radcliffe, en el mundo abundaban los riesgos, tanto para el buen nombre como para la salud, y era crucial no perder de vista ninguno de los dos. Siempre habría aprovechados de cuna más baja que intentarían mezclarse con personas con título y honor como ellos, del mismo modo en que lo hacían los parásitos por toda la naturaleza. Al fin y al cabo, su importancia, su riqueza y su posición en la sociedad eran tesoros tentadores, cultivados y guardados durante siglos. Y cuando una tenía tres hijos en edad de contraer matrimonio, como ella, la amenaza resultaba aún mayor. Lady Radcliffe era muy consciente de que todos sus hijos, con una renta generosa cada uno, serían presas de primera para cualquier cazafortunas avispada.

—Me gustaría conocer a esas jovencitas, si son tan amigas

vuestras —pidió con firmeza, interrumpiendo la descripción de Archie de una divertida cancioncilla que había entonado el día anterior y que la señorita Talbot había encontrado graciosísima.

—¿Sí? —preguntó Archie, sorprendido—. Creí que esta semana estabas... decaída.

—Si te refieres a mis desmayos —se defendió lady Radcliffe con desdén al detectar un tono de duda en la voz de su hijo que encontró sumamente descortés—, deberías saber que me encuentro mucho mejor. Me gustaría conocer a esas Talbot. Invítalas a venir a casa después del paseo.

Archie accedió encantado, ajeno a cualquier motivo oculto que pudiera tener su madre, y un poco más tarde echó a correr tan campante hacia Hyde Park. Por su parte, lady Radcliffe dedicó el tiempo que pasaron fuera a ponerse cada vez más nerviosa. Menuda tonta, despistarse en una época así; era evidente que Archie se había encaprichado de esa joven, quien sin duda resultaría ser la persona menos apropiada si iba por ahí perdiendo zapatos. Lady Radcliffe se preguntó si debía escribir a James de inmediato para advertírselo, pero al final lo descartó. Desde su regreso de Waterloo, su hijo mayor se había refugiado en Devonshire, y si bien a lady Radcliffe le gustaba mantenerlo al tanto de todos los asuntos familiares, también intentaba no importunarlo a menos que fuera realmente necesario. Puede que su participación en la guerra de los Cien Días contradijera los deseos de su madre —y los de su padre—, pero lady Radcliffe no podía reprocharle que se aislara. Después de todo, ¿qué sabía ella de la guerra?

El tiempo transcurría despacio cuando uno estaba nervioso, y le pareció que había pasado una eternidad cuando Archie y Amelia regresaron, con las hermanas a remolque. Para entonces, la preocupada anticipación de lady Radcliffe era tal que casi esperaba recibir a dos charlatanas de falda empapada con sendas sonrisas de labios rojos en el rostro. En lugar de eso se sintió aliviada al ver que las señoritas sí parecían bonitas jóvenes acomodadas: llevaban vestidos y pellizas a la última moda —aunque sin duda, pensó con ojo crítico, no eran obra de la señora Triaud—, iban peinadas de modo favorecedor y sus movimientos eran elegantes y comedidos. Quizá se hubiera equivocado al encontrar aquello más alarmante que cualquier otro caso del amor juvenil de Archie. Se levantó para saludarlas.

—¿Qué tal, señorita Talbot, señorita Cecily? Encantada de conocerlas —saludó con suavidad.

Se produjo una pausa, mientras esperaba que hicieran una reverencia —como dama de mayor rango, las señoritas Talbot debían inclinarse primero— y, tras una demora más larga de lo habitual, las dos se agacharon. Mucho más de lo apropiado; de hecho, casi tanto como si se hallaran delante de una duquesa. Lady Radcliffe hizo una mueca. Válgame Dios.

Archie dio unas palmaditas animadas.

—¿Pattson va a servir refrescos? —preguntó, y se apoltronó en un sillón. Al cabo de un segundo se levantó avergonzado—. Discúlpenme, por favor... Señorita Talbot, señorita Cecily, ¿quieren sentarse? —las invitó con una floritura.

Se sentaron todos. La condesa viuda pasó revista de nuevo a las jóvenes damas; su ojo crítico renovado se detuvo entonces en el dobladillo de los vestidos, que estaban algo salpicados de barro, y atisbó los zapatos, que tenían los inconfundibles botones de madera procedentes de Cheapside. Hum. Pattson entró con brío, seguido de tres criadas que portaban bandejas llenas de porciones de tartas exquisitas y las mejores frutas de temporada. A lady Radcliffe le pareció que la mayor de las señoritas Talbot contemplaba aquel despliegue algo maravillada, como si no hubiera visto nada tan suntuoso en su vida. Válgame Dios.

—Señorita Talbot, Archie me ha contado que se alojan en casa de su tía —dijo lady Radcliffe, esforzándose al menos en parecer educada—. ¿Vive cerca del parque?

—No muy lejos —respondió la señorita Talbot, que dio un pequeño bocado de fruta deliciosa—. En Wimpole Street.

—Muy bien —aprobó la condesa, sin una pizca de sinceridad.

Sin duda, Wimpole Street no era lo que consideraría una zona elegante de la ciudad. A continuación se volvió hacia la hermana menor.

—Y Amelia me cuenta que asistieron juntas al Seminario para Jóvenes Damas de Bath —añadió.

—Sí, durante dos años —contestó la señorita Cecily en voz alta y clara.

—¿Solo dos? —preguntó lady Radcliffe—. ¿Trasladaron su educación a otra parte?

—No, nos quedamos sin dinero, así que volví a casa —explicó Cecily, y dio un buen bocado a la tarta.

La señorita Kitty Talbot se quedó con el vaso suspendido en el aire. Lady Radcliffe dejó su plato con un golpe decidido. Santo Dios, era peor de lo que podía haber imaginado. Qué desprestigio, no solo sufrir una falta de fondos tan reveladora, sino también hablar de ella en público, ¡y con desconocidos! Debían sacarlas de la casa de inmediato.

—Acabo de acordarme de que nos esperan en casa de los Montagu —afirmó sin ocultar el tono hipócrita de sus palabras.

—Ah, ¿sí? —dijo Archie, que se estaba llevando un pedazo de tarta a la boca—. Creí que aún no habían vuelto a Londres.

—Sí, qué cabeza la mía. —Lady Radcliffe se puso en pie—. Sería una falta de respeto si no fuésemos. Mis más sinceras disculpas, señorita Talbot, señorita Cecily, pero me temo que debemos concluir esta visita antes de lo previsto.

Lady Radcliffe, con la ayuda del indispensable Pattson, acompañó a las hermanas Talbot a la puerta en un frenesí de educación obligada, el equivalente de la clase alta a echarlas a empujones. Aterrizaron en los escalones de entrada apenas unos instantes después, con Archie corriendo tras ellas y deshaciéndose en disculpas.

—No es nada propio de mamá olvidar algo así —le oyó decir con tono de urgencia lady Radcliffe—. Deben disculparnos... terrible que haya ocurrido... tremendamente descortés invitarlas para una visita tan corta.

—No pasa nada —respondió la señorita Talbot con amabilidad—. ¿Nos vemos mañana en Hyde Park?

No si lady Radcliffe tenía algo que decir al respecto.

—Sí, sí, por supuesto —prometió él, imprudente.

—¡Archie! —La voz de lady Radcliffe resonó autoritaria hasta la calle, y el joven corrió de vuelta al interior con una disculpa final a su amada. A un gesto brusco de lady Radcliffe, Pattson cerró la puerta con firmeza tras las hermanas Talbot.

—Pues claro que se ha deshecho de vosotras —soltó la tía Dorothy, con la voz cargada de exasperación—. Es un milagro que os hayan dejado pasar siquiera. Pero ¿qué esperabais? ¡De verdad, Kitty, no me entra en la cabeza por qué te sorprende tanto!

A raíz de la desastrosa visita a la casa de lady Radcliffe, Kitty consideró necesario confesar a su tía qué habían estado haciendo exactamente durante sus paseos diarios; hasta entonces había guardado silencio por miedo a su desaprobación. Como suponía, la tía Dorothy la llamó tonta sin inmutarse.

—No me sorprende —replicó Kitty enfadada—, me siento frustrada. Si Cecily no hubiese dejado escapar ese horror de que no tenemos dinero...

—Aunque no lo hubiese hecho, lady Radcliffe os habría descubierto al cabo de un segundo —aseguró la tía Dorothy con aspereza—. Conozco a las de su clase, se pasan la mayor parte del tiempo preocupadas por los cazafortunas. Escúchame bien, querida: no volverás a ver a ese muchacho.

Contrariamente a las predicciones de la tía Dorothy, al día siguiente sí vieron a los De Lacy en Hyde Park. Archie parecía algo avergonzado pero, no obstante, contento de ver a Kitty. En cuanto comprobó que no podían oírlos, lady Amelia soltó con malicia:

—¡Mamá cree que andáis detrás de nuestra fortuna! ¿Es verdad?

—¡Amelia! —exclamó el señor De Lacy, escandalizado—. ¡Qué cosas se te ocurre decir! —Miró a Kitty con un gesto de disculpa sincera—. Lo siento muchísimo, por supuesto que sabemos que no son... es solo que mamá... está acostumbrada a pensar... —Tartamudeó en torno al asunto un poco más y acabó concluyendo sin fuerzas—: Es muy protectora con nosotros.

Esto le dio a Kitty una idea bastante precisa del tipo de acusaciones que habría vertido sobre ellas después de que se marcharan de casa de los Radcliffe. Contuvo un gemido de frustración. Estaba muy cansada de todos esos hombres completamente constreñidos por otras mujeres. Era hora de pasar a la ofensiva.

—Lo entiendo —le dijo a Archie—. Por supuesto, es natural que quiera protegerlo. Para mí está claro que aún le ve como a un niño.

—Pero yo ya no soy un niño —protestó él, y apretó la mandíbula con gesto terco.

—No —concedió ella—. Claro que no.

Comenzaron a andar.

—Espero... Espero que no fuesen las palabras de Cecily sobre nuestra situación económica lo que dio que pensar a su madre —añadió en voz baja.

En respuesta Archie balbució unas palabras sin sentido.

—Mi padre siempre nos enseñó que era nuestra personalidad, quienes somos en el interior, lo que importa... —Kitty miró a lo lejos como sumida en un recuerdo—. Pero sé que no todo el mundo siente lo mismo. Si va a disgustar a su madre, quizá sea mejor que no seamos amigos.

Aquello era pura ficción, por supuesto, pero el farol funcionó.

—Oh, no diga eso, señorita Talbot —imploró el señor De Lacy, horrorizado—. No debemos permitir que mi madre arruine nuestra amistad; ella está chapada a la antigua, ya sabe, pero yo mismo estoy de acuerdo con su padre. De hecho —se enderezó todo lo que pudo para prepararse para una declaración romántica—, de hecho, yo... ¡Me da igual si es usted un mendigo o un príncipe!

Al margen del error de género, Kitty se sintió bastante complacida con esa declaración. Era perfecto que el señor De Lacy se considerase a sí mismo un héroe romántico, y a lady Radcliffe, el dragón que guardaba el castillo.

—Señor De Lacy, me tranquiliza muchísimo oírle decir eso —lo alabó.

Kitty se paró en el sendero, con lo que lo obligó a detenerse con ella.

—Espero que no me considere demasiado directa —siguió, imprimiendo toda la calidez que pudo en su tono—. Pero estoy empezando a considerarle un amigo muy valioso.

—Señorita Talbot, lo mismo siento yo —respondió él en voz baja—. Estoy decidido a que sigamos viéndonos. Hoy hablaré con mi madre; seguro que puedo hacerla entrar en razón.

Muy bien jugado, sí, se felicitó Kitty. Impecable. Cuando se separaron una hora después, Kitty estaba bastante contenta con cómo había ido el día. Pero no habían hecho más que llegar a Wimpole Street cuando Cecily soltó sin venir a cuento:

—¿A ti te gusta el señor De Lacy?

Kitty estaba desatándose los lazos del sombrero.

—¿Por qué lo preguntas? —contestó con el ceño frunci-do. El nudo de la base de la barbilla le estaba dando algunos problemas.

—He oído lo que te ha dicho, que no le importaría si fueses un príncipe o un mendigo. Pero ese no es tu caso, ¿verdad?

Kitty se encogió de hombros, olvidándose por un momento de que Dorothy le había ordenado que no volviese a hacer nada tan impropio de una dama.

—Le admiro, sin duda —respondió a la defensiva—. Posee muchas cualidades admirables. Pero si me estás preguntado si voy detrás de él por su fortuna, entonces, por supuesto, la respuesta es que sí, Cecily. ¿Para qué si no creías que habíamos venido?

Cecily parecía algo perdida.

—Supongo... —dijo, y se detuvo— supongo que pensé que intentarías encontrar a alguien rico que también te atrajese.

—Eso sería muy bonito —repuso Kitty con sequedad—, si tuviésemos todo el tiempo del mundo para hacerlo, pero solo disponemos de ocho semanas antes de que los prestamistas acudan a Netley. Y esta vez no se irán con las manos vacías.

6

El día siguiente amaneció claro y soleado. Un tiempo excelente, en opinión de Kitty, para practicar un poco la caza de fortunas. Ese comienzo lleno de buenos auspicios, sin embargo, resultó breve, porque cuando se encontraron con los De Lacy, Archie se mostró tan tímido como un corderito.

—Me temo que no hay forma de convencer a mamá —reconoció en cuanto comenzaron el paseo—. Intenté hablar con ella, como le prometí que haría, pero se puso casi histérica cuando intenté explicarle lo que decía vuestro padre del interior de las personas.

Apesadumbrada, Kitty cayó en la cuenta de que la imaginería de aquel discurso podría haberse vuelvo bastante incoherente con la traducción.

—Ha escrito a nuestro hermano y le ha hablado de usted —intervino Amelia, de nuevo con malicia. Parecía emocionada con el drama que habían introducido las Talbot en su, por otro lado, aburridísimo mes.

—¿Para qué? —preguntó Kitty, alarmada. Lo último que quería era que se le echase encima otro De Lacy protector.

—Supongo que querrá que intervenga, que me prohíba verla o algo así —explicó Archie como si nada—. Nada de qué preocuparse, James siempre ve más allá de sus tonterías.

Comoquiera que fuera, Kitty tenía un gran interés en que

Archie se distanciara de la influencia de su madre antes de que esta se sintiera más motivada para separarlos. Pero ¿cómo hacerlo?

—Señor De Lacy, ¿puedo preguntarle algo? —dijo cuando Cecily y Amelia se adelantaron un poco más—. Verá, aún no estoy acostumbrada a los usos de Londres. ¿Es habitual que los hombres como usted, de su edad y estatus, sigan viviendo con su madre?

Aquello pareció cogerlo desprevenido.

—Todos mis compañeros de escuela lo hacen —confesó—. James, mi hermano, sí que tiene su propio alojamiento en la ciudad, aunque la casa familiar ahora es suya; mamá se ofreció a marcharse, pero ni se lo planteó. Aunque, como viene muy poco a Londres, apenas usa ninguna de las dos casas.

—Entiendo —dijo Kitty con aire pensativo—. ¿Cree que le permitiría utilizarlas, si usted quisiera? Confieso que, de estar en su lugar, a mí me encantaría tener la libertad que ofrece vivir solo.

—¿A qué se refiere? —preguntó el señor De Lacy sin terminar de entender. Ni se le había ocurrido la idea de tener su propio alojamiento.

—Bueno, podría hacer lo que quisiera, cuando le diera la gana —sugirió Kitty—. Ir y venir como le apeteciera, y cosas así.

—No tendría que responder ante mi madre ni ante Pattson, que siempre parecen tener algo que decir acerca de todo lo que hago —añadió el señor De Lacy al caer en la cuenta.

—Podría desayunar a la hora de cenar —añadió Kitty con picardía—. Y quedarse despierto hasta la hora que quisiese.

—Oh, vaya —se rio, pues encontraba la idea bastante escandalosa.

—Es solo una idea —le aseguró ella—. Podría ser maravilloso, ya sabe.

Kitty esperó que aquello bastara para empujar al chico a

actuar, pero al día siguiente comprobó enseguida que aquella táctica había sido un error. Lady Amelia las recibió con la noticia de que les habían prohibido volver a ver nunca a las señoritas Talbot, un decreto que parecían demasiado contentos con desobedecer, pues el atractivo de tener compañía joven en un Londres por otra parte desierto resultaba demasiado poderoso para ignorarlo.

—Mamá casi se desmaya cuando Archie dijo que quería buscarse un alojamiento propio —les contó lady Amelia—. Le echa toda la culpa a usted, señorita Talbot.

—Tonterías —desechó el señor De Lacy de inmediato—. Mucho teatro. No piense en ello ni un segundo, pronto entrará en razón.

—¿No notará que se han marchado para venir a vernos, como siempre? —preguntó Cecily.

—Para nada —respondió el señor De Lacy—. Tiene uno de sus nuevos desmayos, no me acuerdo de cómo los llama ahora. Ya la han visitado dos médicos y hemos salido a hurtadillas en medio de toda la confusión.

—Menos mal —añadió lady Amelia—. No soporto hablar de su salud un minuto más. Además —entrelazó su brazo con el de Cecily— los encuentros clandestinos son mucho más emocionantes.

A Kitty le dio un vuelco el corazón. A ellas no les servía de nada que su relación fuese clandestina. Clandestino significaba escándalo, y Kitty sabía muy bien cómo acababan los escándalos. No era la vida que quería para ella en absoluto.

—Señor De Lacy, lamento muchísimo haber causado tanto malestar —dijo—. No quiero que su madre me coja tanta antipatía.

Archie hizo un gesto despreocupado con la mano, zafándose de esa preocupación por completo.

—Entrará en razón, no se preocupe —aseguró con desdén—. Tengo que contarle lo que me ha dicho Gerry en su última carta... mi amigo de Eton, ya sabe. Tiene previsto venir a la ciudad en una semana más o menos. Es extraordinario.

El señor De Lacy siguió perorando con una historia larga y poco interesante sobre la última aventura de Gerry, y aunque Kitty le reía las gracias, su atención estaba en otra parte. Puede que el señor De Lacy fuera por la vida con la alegre seguridad de que al final todo se arreglaría en su beneficio, pero Kitty, no. Dudaba mucho de que lady Radcliffe cambiara de opinión sin alguna intervención externa, así que debía pensar en algún modo de gustarle. Pero ¿cómo hacerlo?

—Siento oír que su madre está enferma —dijo en voz baja una vez que el señor De Lacy hubo concluido su soliloquio—. Ojalá pudiera hacer algo por ayudarla.

—Yo no me preocuparía por eso —respondió el señor De Lacy—. Los médicos dirán que no le pasa nada, ella no los creerá y al final lo que la curará será alguna medicina mágica de la cocinera o de lady Montagu. Luego empezará todo de nuevo.

—Ah, ¿sí? —contestó Kitty con aire pensativo. Al cabo de un segundo añadió—: ¿Le he dicho alguna vez que me interesa muchísimo la medicina?

—Pues no... al menos que yo recuerde —confesó Archie.

—Así es. En Dorsetshire nos gusta utilizar los remedios de hierbas —mintió—. Los desmayos de su madre me resultan muy familiares; estoy segura de que la señora Palmer, de nuestro pueblo, sufría una afección similar y tengo la receta del elixir que la curó. ¿Me permitiría escribirle una nota para recomendárselo?

El señor De Lacy pareció un poco confundido, pero asintió dispuesto y, cuando las dejaron en Wimpole Street, hizo esperar al carruaje mientras Kitty entraba corriendo en busca de papel de carta. Con su mejor caligrafía escribió una nota rápida a lady Radcliffe, antes de volver a salir a toda prisa para entregársela al señor De Lacy.

—Su amabilidad es prodigiosa, señorita Talbot —le dijo el señor De Lacy, con los ojos llenos de admiración.

Kitty le dio las gracias con modestia. Por supuesto, la amabilidad no la movía en absoluto, y el remedio que había anotado era inventado y absolutamente inofensivo. La experiencia de Kitty con personas sanas que a menudo caían enfermas, como lady Radcliffe, le había enseñado que valoraban en gran medida la compasión por su enfermedad y la discusión sobre la misma. Esperaba que el rechazo evidente de las dolencias de lady Radcliffe por parte de sus dos hijos y los profesionales médicos hubiese creado en la dama una sed de oídos compasivos. Era dar palos de ciego, Kitty lo sabía, pero no se le ocurría otra cosa.

A la mañana siguiente, los ánimos en Wimpole Street estaban por los suelos. Todas se encontraban cansadas: la tía Dorothy debido a una partida de whist hasta altas horas de la noche con su vieja amiga la señora Ebdon; Kitty a causa de la tensión de los últimos días, y Cecily por... Bueno, por lo que quiera que se cansase Cecily. El propicio tiempo primaveral se había visto interrumpido por una brisa gélida procedente del este. Las tres mujeres miraron por la ventana, algo tristes, pues el tiempo ejercía en ellas, como en todos los británicos, un efecto contagioso en su ánimo. De haber estado en Biddington, aquel fresco irrisorio no les habría impedido salir en todo el día. Las demás hermanas de Kitty sin duda se dirigirían a grandes zancadas al pueblo sin prestar atención al tiempo, aunque Kitty no podía saber con certeza lo que estarían haciendo, porque aún no había recibido ninguna carta en respuesta. Habían acordado escribir con moderación, pues el coste de recibir correo era una extravagancia que apenas podían permitirse; sin embargo, Kitty anhelaba tener noticias suyas.

—Ayuda a Sally con el desayuno, ¿quieres, querida? —le pidió la tía Dorothy a Kitty, pero antes de que pudiera hacerlo, la puerta se abrió y entró la joven criada con una nota en la mano en lugar de la habitual bandeja.

—Es para usted, señorita. —Se la entregó a Kitty—. El chico que la ha traído dice que es de la condesa viuda lady Radcliffe.

Por su tono de incredulidad, resultaba evidente que pensaba que era mentira. Kitty rompió el sello. La nota, escrita en una bonita cursiva sobre un papel grueso de color crema, era breve.

Querida señorita Talbot:

Gracias por su atenta nota. La receta que me envió ha demostrado ser muy eficaz: lo tomé ayer y los síntomas ya casi han desaparecido. Si fuera tan amable de venir a verme mañana, me gustaría expresarle mi agradecimiento en persona. Estaré en casa entre las dos y las cuatro en punto.

Cordialmente,

LADY HELENA RADCLIFFE

Kitty sonrió.

7

El séptimo conde de Radcliffe se hallaba sentado en el salón del desayuno de su casa de campo. Mientras comía, aprovechaba el tiempo para leer con detenimiento un fajo de cartas. La temporada londinense no empezaba hasta dentro de dos semanas, y no era el único que pasaba ese tiempo lejos de la bulliciosa ciudad. Gran parte de la clase alta disfrutaba de la misma oportunidad. Era una excepción, sin embargo, por el hecho de haber evitado Londres durante casi dos años enteros. Desde que murió su padre y él heredó el título de conde, lord Radcliffe había preferido permanecer en la residencia familiar de Devonshire en lugar de enfrentarse a las hordas voraces de la capital. Y, aun así, con su camisa blanca almidonaba, la corbata arreglada de forma impecable, y las brillantes botas negras de montar, seguía siendo la encarnación del sofisticado caballero londinense; su única concesión al lugar era el desaliño de sus rizos oscuros.

—¿Algo importante, Jamie? —Su amigo, el capitán Henry Hinsley, que formó parte del Séptimo de Brigadistas, le habló con indolencia desde el diván, donde se hallaba tumbado relajadamente.

—Solo negocios —respondió Radcliffe—, y una nota de mi madre.

Hinsley soltó una risa breve.

—Es la tercera carta esta semana. ¿Está enferma?

—Siempre —murmuró Radcliffe con aire ausente, mientras sus ojos descendían por la página.

Hinsley se incorporó sobre los codos para ver mejor a su amigo.

—¿Lumbago? ¿Viruela? —aventuró con una sonrisa—. ¿O solo se ha alzado en armas por la muchachita de la que se ha enamorado Archie?

—Lo último, aunque la joven en cuestión ha pasado de «muchachita» a «arpía».

—Ahórrame el sonrojo, James. —Hinsley se llevó una mano al corazón—. ¿Qué ha hecho la pobre chica para merecer semejante difamación?

Radcliffe comenzó a leer en voz alta.

—«Querido James, debo implorarte que regreses a Londres de inmediato. Nuestro querido Archie, mi precioso hijo, tu hermano pequeño», ¿cree que he olvidado quién es Archie?, «está al borde de la ruina. Cada momento que pasa despierto lo hace en compañía de la arpía, que lo manipula a su antojo. Temo que pronto sea demasiado tarde».

Radcliffe concluyó el soliloquio en un tono de un catastrofismo tan portentoso que Hinsley dejó escapar una sonora carcajada.

—Está tratando de seducirlo, ¿no? Chico con suerte. ¿Vas a acudir al rescate?

—Parece que eso es lo que se espera de mí —respondió Radcliffe con ironía, y acabó de leer la carta—. Aunque me imagino que irrumpir en el lugar de encuentro clandestino de mi hermano pequeño podría ser un tanto incómodo.

—Es terrible hacerle eso a un miembro de la familia —coincidió Hinsley. Luego hizo una pausa y reflexionó acerca del asunto—. ¿Crees que hay algo de verdad en ello? Archie va a heredar unos cuantos peniques cuando sea mayor de edad, resulta razonable que ella pudiera ir detrás del dinero.

Radcliffe alzó la vista de la página con incredulidad.

—*Et tu, Harry?* Ten algo de fe, amigo mío. Archie es solo un muchacho, y esto no es más que su habitual amor adolescente. Recibo estas cartas todos los años. Si alguna vez tuviera una relación seria, me enteraría por el mismo Archie, en lugar de por nuestra madre.

Le reconvino agitando la carta hacia él, pero su amigo se limitó a esbozar una sonrisa irónica.

—Entonces ¿crees que el chico sigue idolatrándote? ¿Pese a que llevas estos dos últimos años escondiéndote en el campo? Apenas lo has visto, diría yo, por el modo en que has estado evitándolos.

—No he estado evitándolos —respondió Radcliffe tan tranquilo—. Mi madre es más que capaz de llevar la familia. No necesita mi ayuda.

Sonó débil al decirlo en voz alta, y frunció el ceño al oírlo.

—Pero ahora te la está pidiendo, ¿no? —Hinsley lo miró sin alterarse, con una seriedad nada propia de él—. Sabes que algún día vas a tener que empezar a ser un lord como es debido, James. No puedes esconderte aquí para siempre.

Radcliffe fingió no haberlo oído. Sabía que las intenciones de Hinsley eran buenas y que, después de haber luchado juntos en el continente, Harry incluso podría comprender la razón de que se mostrase tan reacio a ocupar una posición que aún debería tener su padre. Después de todo habían presenciado los mismos horrores, aunque Hinsley, que había servido en el ejército de Wellington mucho más tiempo que Radcliffe, parecía encontrar más fácil apartarlos de su mente. Y, si bien él y el resto del país parecían pensar que las guerras habían acabado, Radcliffe no tenía esa impresión. Ahí, en Radcliffe Hall, todo resultaba más fácil: llevar la finca, hablar con los arrendatarios, aprender sus deberes. Eso lo aceptaba. Pero regresar a la ciudad en calidad de conde, ocupar el asiento de su padre entre los lores, acompañar a la familia por Londres, a salones de baile chillones como si nunca hubiera pasado nada... No. No podía hacerlo. Y no tenía por qué hacerlo.

—Te agradezco la preocupación, querido amigo —dijo tras una pausa, sin alterar la voz—. Pero ya te lo he dicho: si Archie estuviera encariñado de verdad, me habría escrito.

Su mayordomo carraspeó.

—Creo que hay una carta del señor Archibald en ese montón, milord —apuntó Beaverton educadamente.

Hinsley se rio.

—¡Oh, no! —gritó—. Ha escrito para confesar que está enamorado, ¿verdad?

Radcliffe frunció el ceño mientras pasaba las cartas hasta que encontró la que llevaba la letra de su hermano.

—Sí —dijo, y sus ojos se movieron mucho más rápido por la página—. Parece que está enamorado. Y que cree que le gustaría casarse con la chica.

—¡Santo Dios! —Hinsley se puso de pie y se acercó para asomarse por encima del hombro y leer la carta por sí mismo.

Radcliffe la apartó irritado. Volvió a meterla en el sobre, apuró la taza de café de un trago y se levantó de la mesa del desayuno.

—¿Cómo es posible, en apenas unas semanas? —se preguntó Hinsley mientras se servía más café.

—Eso, cómo es posible —coincidió James con aire sombrío—. Me temo que vamos a tener que acortar tu estancia aquí, Harry. Al parecer, sí que se requiere mi presencia en Londres después de todo.

Lord Radcliffe se inquietó un poco cuando entró en la residencia de la familia De Lacy en Grosvenor Square y la encontró prácticamente a oscuras y sumida en un silencio sepulcral, con las cortinas de todas las ventanas corridas para tapar la intensa luz del sol. Lo recibió Pattson, como de costumbre, que había llevado la casa desde que Radcliffe tenía uso de memoria y, del mismo modo que sus padres, era como si formara parte del mobiliario de su infancia. Radcliffe le dio un apretón en el brazo a modo de saludo. El rostro del hombre reflejaba un alivio evidente.

—¿De qué se trata esta vez, Pattson? —preguntó con aprensión.

—Una *migraine*, creo que lo llaman, milord —respondió Pattson, tan bajo que apenas movió los labios.

—Oh, Dios, francesa, ¿no? ¿Dónde ha oído hablar de ella? —Las enfermedades internacionales siempre eran peores.

—Tengo entendido que el diagnóstico ha llegado por medio de lady Jersey, que ha sufrido algo similar —contestó Pattson con prudencia.

—Ya veo. ¿Y es... serio? —preguntó lord Radcliffe. La experiencia le había enseñado que era mejor prestar atención a tales achaques, pues una perspectiva demasiado jocosa podía causar una ofensa irreparable.

—En círculos más humildes creo que se conoce más comúnmente como «dolor de cabeza» —fue su delicada respuesta—. Le ha sobrevenido bastante rápido, de hecho, justo después de la visita de lady Jersey.

El rostro de Pattson permaneció inexpresivo por completo. Radcliffe reprimió una sonrisa y entró en el salón sin hacer ruido. La habitación estaba aún más oscura, así que tardó un momento en reconocer la forma de su madre, que descansaba en una postura dramática sobre el diván.

—Buenos días, madre —saludó en voz baja, adoptando el volumen de Pattson.

La condesa viuda se incorporó de golpe.

—¿James? ¿Eres tú? Oh, maravilloso. —Se levantó de un salto enérgico—. ¡No veo nada! —añadió indignada antes de llamar a gritos al mayordomo—: ¡Pattson! ¡Pattson! No veo nada, abre las cortinas, por favor, esto es una auténtica morgue.

Estaba tan agitada que no parecía recordar que ella misma había ordenado que así fuera, pero Pattson no dijo una sola palabra, sino que descorrió las cortinas con unos cuantos movimientos rápidos e inundó la sala de luz. Lady Radcliffe llevaba ropa de casa, el cabello apenas arreglado y una sencilla bata gris. Se acercó con paso ligero hacia su hijo mayor con los brazos abiertos y lo envolvió en un cálido abrazo.

—James, cariño, me alegro mucho de verte. —Retrocedió, sosteniéndole las manos y mirándolo para que no se le escapase nada.

—Y yo de verte a ti. —Sonrió y le dio unas palmaditas en las manos con cariño—. ¿Qué tal estás? Me ha dicho Pattson que no te encontrabas bien.

—Bah —lo rechazó enseguida. Pattson, por encima de su hombro, hizo una leve mueca de dolor—. Ya sabes que nunca paso demasiado tiempo echa polvo.

Eso era cierto. A veces rayaba en lo milagroso el modo en que las dolencias de lady Radcliffe se desvanecían justo a tiempo para los eventos sociales a los que más ganas tenía de asistir.

—Pero ¿por qué estás aquí, James? Creí que habías decidido quedarte en Radcliffe Hall, al menos de momento.

James enarcó las cejas.

—Así era... pero tus cartas me han convencido. Tienes que contármelo todo acerca de la señorita Talbot y Archie.

Si había esperado una interpretación en vivo de su dramática carta, iba a llevarse una decepción.

—Oh, por favor, James, no digas más —exclamó, llevándose las manos a las mejillas con vergüenza fingida y jovial—. ¡Sé que he sido una tonta!

—Una tonta... —repitió él. Resultaba algo irritante haber recorrido tan rápido una distancia tan larga, pero sin duda eso aliviaba la situación.

—Sí, reconozco que pensé que la señorita Talbot era una cazafortunas, y muy inapropiada para Archie, además, pero la verdad es que no tenemos de qué preocuparnos.

—Eso me tranquiliza —dijo él, preguntándose a qué velocidad podía prepararse para volver a partir hacia Devonshire.

—Ya sé, ya sé. No me puedo creer que la juzgara tan mal. Es la criatura más maravillosa.

—Humm —contestó él con aire ausente. Sus caballos tendrían que descansar, lo cual quizá lo retrasara... Entonces, su mente comprendió las palabras de su madre—. Mamá... ¿me estás diciendo que Archie y la señorita Talbot aún mantienen una relación?

—¡Por supuesto! Vaya, ahora ella y su hermana nos visitan con bastante frecuencia. La señorita Cecily y Amelia fueron juntas al Seminario de Bath, ¿sabes?, y son amigas de los Linfield de Dorsetshire. Reconozco que me equivoqué por completo al juzgarlas, ya sabes cómo me preocupo por todos mis hijos, por que podáis ser víctimas de mala gente debido a nuestro dinero.

Radcliffe lo sabía bien. En sus cartas, su madre había utilizado la expresión más condenatoria: «mujerzuela inestable».

—Estaba muy equivocada; la señorita Talbot es en realidad una joven de lo más amable. Vaya, se mostró muy solícita cuando tuve mis desmayos la semana pasada y, de hecho, casi me los curó con un remedio de Dorsetshire.

—Ah, ¿sí? —murmuró él con aire pensativo, reclinándose en su silla.

—Sí, y de verdad creo que la actitud de una persona hacia la salud de otros revela mucho acerca de su carácter, ¿no estás de acuerdo?

—Estoy absolutamente de acuerdo. Es muy revelador —respondió.

Su tono era tranquilo, pero debió de dejar ver algo que dio que pensar a su madre, porque esta continuó algo nerviosa:

—Yo preferiría que Archie tuviera amigos más distinguidos, por supuesto. Pero, en el caso de que su relación resulte ser duradera, creo que serán felices. Y, como su madre, es lo que me importa por encima de todo lo demás.

Ya que el matrimonio de su madre había sido de conveniencia, arreglado por sus padres con un hombre mucho mayor que ella, Radcliffe creía que sus palabras eran ciertas y, además, no podía llevarle la contraria respecto a sus buenos deseos. Pero...

—Creí que habíamos acordado que tanto Archie como Amelia eran demasiado jóvenes para contemplar relaciones a largo plazo —dijo con suavidad.

—Lo hicimos —admitió—. Y lo son. Pero no veo ningún peligro en permitirles seguir adelante con su relación. Apuesto lo que quieras a que se cansarán. ¿Por qué no deberían disfrutar de la compañía mutua durante un tiempo? Vaya, ¡si hasta tienen intereses compartidos!

El conde volvió a emitir un murmullo.

—James, no seas desagradable, por favor —lo reprendió—. Si tienes tiempo, las espero en cualquier momento. Son una gran influencia para Archie y Amelia, los invitan a sus paseos diarios; creo que Amelia no había tomado tanto el aire en años. El aire fresco es, por supuesto, buenísimo para la salud. Una vez que conozcas a la señorita Talbot, estoy seguro de que la adorarás —añadió con tono tranquilizador—. La adoramos todos, incluso Dottie.

—Estoy seguro de que me gustará mucho conocerla —respondió con tono afable, aunque las llamas de la sospecha se habían avivado en su interior.

Y, al fin y al cabo, aunque a Dottie se le daba bien juzgar el carácter de la gente y no era nada impresionable, no dejaba de ser una gata.

8

La señorita Kitty Talbot siguió al señor De Lacy y a lady Amelia por los escalones de entrada de su magnífica casa en Grosvenor Square. Se sentía muy satisfecha consigo misma, un estado semipermanente durante toda la semana, después de haberse ganado los afectos de la condesa viuda además de los de su hijo. Su tratamiento solícito y sumamente compasivo hacia la salud de la dama la había cautivado por completo y, una vez que el remedio de Dorsetshire de Kitty («elixir de restauración», lo había llamado, pese a que no era más que agua aromatizada con tallos de flor de saúco y ramitas secas de tomillo) había curado los desmayos de lady Radcliffe, esta la consideraba un ángel.

Por el cariño en el tono del señor De Lacy cuando hablaba con ella, la duración de sus miradas de admiración cuando estaban juntos y el entusiasmo con el que suplicaba verla, Kitty calculaba que su compromiso no tardaría más de una semana en llegar. Entró en el salón ensimismada, pensando en la feliz situación, cuando se sobresaltó con el grito de «¡James!» que oyó su lado. El señor De Lacy y lady Amelia corrieron a saludar a una figura alta que se incorporaba de un sillón. Kitty se quedó en la puerta, sorprendida, aunque no se alteró lo más mínimo. Por el recibimiento y el nombre, solo podía tratarse de lord Radcliffe, pero le habían dado a entender que el caballero no se dejaba ver con frecuencia en Londres.

Los De Lacy más jóvenes se arremolinaban alrededor de su hermano como cachorrillos, con un entusiasmo exagerado. Por el irregular contacto de lord Radcliffe con su familia, Kitty había dado por sentado que no sentía un gran amor por ellos, aunque podía ver el afecto con claridad en el cariño que reflejaban sus ojos mientras Archie le apretaba la mano demasiado tiempo o en la indulgencia de su sonrisa al inclinar la cabeza en dirección a Amelia cuando esta le tiraba del codo. La distracción le ofrecía la oportunidad de observarlo sin tapujos, y se alegró de poder hacerlo. Radcliffe era alto, con una constitución delgada que apuntaba a un estilo de vida deportivo, y había que reconocer que era atractivo, con el pelo grueso y oscuro, los ojos grises y amables y una pose relajada y segura. Aunque eso no le granjeaba las simpatías de Kitty. Por su experiencia, cuanto más atractivo era el hombre, menos carácter poseía, y eso sin añadir la riqueza y el título a la mezcla. Kitty avanzó despacio, con Cecily siguiendo sus pasos, para inclinarse ante lady Radcliffe.

—Espero que no les molestemos, milady —dijo Kitty—. No sabía que lord Radcliffe venía de visita.

—No, querida, claro que no molestáis —repuso la condesa viuda, y les hizo señas para que se acercasen—. James, James... me gustaría presentarte a las señoritas Talbot, nuestras queridas nuevas amigas.

—Señorita Talbot, señorita Cecily —Radcliffe las saludó con una inclinación de cabeza mientras ellas hacían una reverencia.

Cuando se incorporaron, Kitty lo miró a los ojos por primera vez. ¿De verdad había pensado que su mirada era amable? Debía de haber sido la luz; en ese momento era gélida y calculadora. Durante un instante terrible, Kitty sintió que la veía por completo. Como si ese hombre supiera todas las cosas vergonzosas que había hecho o pensado y la condenara por cada una de ellas. Se quedó sin aliento. Acababa de descubrir que, después de todo, era capaz de sonrojarse. Él apartó la vista y, pasado el momento, Kitty se recompuso. Se sentaron en la sala y Pattson llevó la bandeja de los refrescos. Aceptó un pedazo de tarta murmurando un gracias.

—Señorita Talbot —Radcliffe se dirigió a Kitty cuando esta tomaba su primer bocado—, debe contarme cómo ha conocido a mi familia. La carta de Archie mencionaba algo sobre... un zapato, ¿me equivoco?

—¡Dios mío! —Kitty bajó la vista con vergüenza calculada—. Sí, estoy muy agradecida porque lady Amelia y el señor De Lacy acudieran en nuestra ayuda ese día, porque estábamos en un apuro. Aunque qué maravilla que fuese la causa de que se reunieran de nuevo dos grandes amigas.

Sonrió a su hermana, pero Cecily no se movió para añadir ningún comentario. Qué chica más difícil. Aunque el señor De Lacy la observaba con adoración, derritiéndose como mantequilla, y Kitty intentó sacar fuerzas de ello.

—Sí, una coincidencia maravillosa, milagrosa, incluso —coincidió lord Radcliffe. Aunque su tono seguía siendo educado, Kitty se removió incómoda.

—Supongo que debí de tener mucha suerte —concluyó. Se volvió hacia lady Radcliffe, con la esperanza de librarse de esa línea de interrogatorio—. Me han dicho que el tiempo seguirá mejorando, señora. Ojalá nos llegue un respiro de la humedad, que sin duda será una de las causas de sus terribles *migraines*.

—Ojalá, querida —suspiró lady Radcliffe en un tono fatalista—, aunque no espero ninguna mejoría. —Se volvió hacia su hijo—. ¿Estaba todo bien en Radcliffe Hall cuando te has ido?

—Ah, muy bien —respondió él enseguida.

—El señor De Lacy me cuenta que Radcliffe Hall es muy bonito —dijo Kitty, sonriendo al recién llegado—. Me encantaría oír más, milord.

—Me temo que la mayor parte de los presentes encontraría bastante aburrido el relato —repuso Radcliffe con frialdad—. En lugar de eso debéis hablarnos de vuestra casa solariega, ¿estaba en Netley, si no recuerdo mal?

La sonrisa de Kitty se tensó.

—Por supuesto, aunque me temo que llamarlo «casa solariega» es algo generoso.

—Ah, ¿sí? —preguntó—. Por lo que Archie me contaba, imaginé las tierras bastante extensas.

Kitty hubo de reprimirse mucho para evitar lanzar una mirada acusadora en dirección a Archie. El señor De Lacy pareció sentir que había cometido un error, de modo que se apresuró a intervenir:

—No, no, James. Sí que dije impresionante, pero me refería a la belleza, no a la escala:

Se mostró muy complacido con el giro que había dado a la frase, sonriendo para sí y mirando a Kitty en busca de aprobación. Kitty esbozó otra sonrisa, ya que no iba a servir de nada mostrarse enfadada. Aun así, ¿era mucho pedir que él no pusiera trabas a sus esfuerzos con exageraciones poco útiles? En ese momento parecía que ella le hubiera inducido al error a propósito. Resultaba muy molesto.

—Eso sí que no lo sé —contestó en tono tímido y coqueto—. Al menos a nosotras nos lo parece.

De nuevo intentó incluir a Cecily en la conversación mirándola para que hiciera algún comentario, pero su hermana seguía con la mirada perdida a lo lejos. Kitty imaginó que era una suerte que la estupidez no se considerara pecado en las mujeres.

—Estoy seguro —siguió Radcliffe con suavidad—. En el sudoeste, ¿verdad?

Algo en su tono le dio la sensación de que debía mostrarse cautelosa, pero no había forma de evitar la pregunta.

—Dorsetshire —confirmó Kitty—. Justo al oeste de Dorchester.

—Me encantaría verlo —dijo Archie animado. Su entusiasmo genuino la ablandó un poco.

—Cuando quiera —le prometió con temeridad.

Él sonrió de oreja a oreja.

A partir de entonces, el señor De Lacy y lady Amelia, cansados del interés de su hermano por la señorita Talbot, acapararon la conversación. Kitty, a su vez, pudo volver a concentrarse en congraciarse con la familia, escuchando con atención y mostrándose generosa con las risas y los murmullos de interés en los momentos apropiados. Para cuando se marcharon, tanto lady Amelia como el señor De Lacy estaban bastante animados por la combinación embriagadora de la adulación de Kitty y la atención de su hermano, y Kitty sintió que había acometido favorablemente el reto inesperado del día, después de todo. A continuación, lo único que necesitaba era demostrar a Radcliffe lo fulgurantemente feliz que hacía a su hermano. Al fin y al cabo, si su madre no tenía ninguna objeción al respecto, ¿por qué iba a tenerla él?

Se despidieron después de que el señor De Lacy prometiera que la vería al día siguiente. Saludó a Radcliffe en último lugar. Entonces, por segunda vez ese día, advirtió esa misma expresión en su mirada, la que iba directa al grano y le decía que aquel no era su lugar. Se sentó en el carruaje de los De Lacy, que lady Radcliffe había pedido en cuanto supo que tenían intención de volver a casa a pie, sintiéndose incómoda. ¿Por qué la miraba con tanto desprecio, cuando tenía la aprobación del resto de la familia?, ¿qué había hecho ella para provocar semejante reacción? No estaba nada segura, y aquello no le gustaba una pizca.

Por su parte, Radcliffe, que se fue de la casa familiar a su alojamiento en St James's Place unas horas más tarde, estaba seguro de tres cosas. En primer lugar, que su hermano pequeño y toda la familia estaban peligrosamente encaprichados de la señorita Talbot. En segundo lugar, que esa señorita Talbot no albergaba ningún apego romántico hacia Archie; tan solo le gustaba su riqueza. Y, en tercer lugar, que era su responsabilidad frustrar todo el asunto.

9

Kitty golpeó la nota contra la mesa del desayuno, lo que sobresaltó a su hermana y a su tía.

—Los De Lacy han cancelado el paseo de hoy —explicó enfadada—. El señor De Lacy va a pasar la tarde con Radcliffe, mientras que a lady Radcliffe y a lady Amelia las han invitado a ver los Mármoles de Elgin con las hijas de lady Montagu.

—Es normal que Radcliffe quiera pasar tiempo con su hermano, ¿no? —dijo Cecily sin darle importancia—. Y a mí también me gustaría ver los Mármoles de Elgin —añadió con aire melancólico. A Cecily la había decepcionado descubrir que la caza de marido no dejaba mucho tiempo libre para hacer turismo.

—¿Dos veces esta semana? —soltó Kitty—. No es normal, es intencionado. Radcliffe está intentando acabar con nuestra relación.

Cecily parecía algo confundida, no seguía ese salto de lógica.

—¡Te lo advertí! —exclamó Dorothy, con el rostro parcialmente oculto detrás del último número de *La Belle Assemblée*—. Tal vez pudieras engañar a la madre, pero ese lord Radcliffe parece tenerte calada... No es demasiado tarde para intentarlo con el señor Pears, ¿sabes?

Kitty se levantó con brusquedad.

—Coge tu sombrero, Cecy, y llama a Sally. Vamos a salir.

—¿Ahora? —se quejó Cecily cuando Kitty cruzaba la habitación a toda prisa—. ¿Adónde?

—¿Quieres ver esos mármoles o no? —respondió por encima del hombro.

Archie volvía caminando animado a Grosvernor Square al anochecer, que teñía el cielo de un suave púrpura. Radcliffe le había llevado a su club, White's, dos veces esa semana, un umbral que Archie no había esperado poder cruzar hasta los treinta, cuando estuviera moribundo. Fue incluso más emocionante de lo que habría imaginado nunca: las habitaciones oscuras, el murmullo bajo de conversaciones masculinas, el humo de puro. Estupendo. Estaba tan contento que no pudo evitar darle a Radcliffe una descripción detallada, jugada a jugada, de su última partida de whist, aunque su hermano había estado en la misma mesa.

—¿Has visto su cara cuando he mostrado mi mano, James? —preguntó Archie con emoción infantil.

—Sí —respondió Radcliffe con paciencia—. Está claro que no le ha gustado.

—Estaba enfadadísimo, ¿verdad? —alardeó Archie muy alegre.

Para Radcliffe, la tarde no había resultado tan atractiva. En su juventud había pasado mucho tiempo en White's y locales similares, pero hacía años que no sentía la necesidad de visitarlos. Sin embargo, había sido un rato bien invertido, de eso estaba seguro. Puede que Archie estuviera aburriéndolo muchísimo con un relato minucioso de la tarde, pero no había hablado de la señorita Talbot desde la mañana. El día anterior, Archie había parloteado sobre ella durante horas, sobre su adoración por ella, sus distintas y variadas virtudes, y su deseo incluso de casarse con ella quizá. Radcliffe se alegraba de ver que la prescripción de algo de juego ligero ejercía el efecto de distracción que pretendía. Unos días más así y la amenaza de la señorita Talbot quedaría firmemente relegada al pasado. Aun así, se sintió aliviado cuando llegaron de nuevo a Grosvernor Square. Estaba deseando devolver a Archie a su madre y retirarse a la calma relativa de St James's Place.

—Pattson, ¿están mi madre y mi hermana en casa? —preguntó Archie, irrumpiendo en el vestíbulo—. ¡Tengo que hablarles de la partida!

Radcliffe percibió que, si se quedaba, tendría que escuchar el relato de Archie por segunda vez, de modo que abrió la boca para darle las buenas noches, imaginando el fuego y el bendito silencio de su estudio, cuando Pattson respondió.

—Están tomando un refresco en el salón con las señoritas Talbot, milord.

—¿La señorita Talbot está aquí? —Archie se encendió como una cerilla—. ¡Maravilloso! ¿Vienes, James?

—Sí, ya lo creo que voy. Radcliffe lo siguió tranquilamente a la sala.

—¡Queridos! —los saludó la condesa viuda—. ¡Qué oportunos!

—Qué casualidad que os encontremos a todas aquí, a la espera —Radcliffe inclinó la cabeza hacia las damas reunidas.

—¡Nos hace parecer casi malvadas! —replicó la señorita Talbot con tono risueño.

Archie soltó un grito de alegría al oír el chiste, pero Radcliffe ni siquiera sonrió.

—Acompañadnos —ordenó lady Radcliffe—. James, los Mármoles eran tan magníficos como nos habías dicho. ¡Y nos ha alegrado tanto toparnos con las señoritas Talbot allí!

—Qué bonita... coincidencia. —Los ojos de Radcliffe se detuvieron un momento en la mayor de las señoritas Talbot, que levantó la barbilla.

—Santo Dios, pues sí, ¿verdad? —exclamó Archie, bastante asombrado, olvidando por completo que era él quien había informado a la señorita Talbot de los planes de su madre y de su hermana por carta esa misma mañana.

La incorporación de las señoritas Talbot a su día ya de por sí espléndido lo tenía atolondrado de alegría. Recordó sus modales e hizo una reverencia tan exagerada que podrían haber sido duquesas, en lugar de —como empezaba a darse cuenta Radcliffe— parásitos malvados. Se sentaron y, como era de esperar, Archie se acomodó al lado de su amada para entregarse a la tarea de complacerla.

—Señorita Talbot, han pasado siglos —declaró. Afligido al darse cuenta de que la culpa era suya, tartamudeó una disculpa por las cancelaciones—. Verá, he estado en White's —explicó con aire reverencial, con el entusiasmo sincero propio de los jóvenes—. Es un lugar maravilloso.

Radcliffe ignoró a Archie y miró a la señorita Talbot directamente. Supuso que no parecía una villana, pero, bueno, ¿no era así como actuaba el diablo? Se había vestido con piel de cordero para integrarse (como buen lobo), utilizando la última moda de faldas vaporosas y tirabuzones delicados cuya intención era dar a las jóvenes damas un aire de intensa fragilidad. Tenía que reconocer que le quedaban bien, aunque detectaba una fuerte sensación de vitalidad —resistencia, incluso— en la señorita Talbot que no encajaba en absoluto con esa sensibilidad tan de moda. No podía decir de la señorita Talbot que, tal y como se estilaba, fuera a desmayarse fulminantemente en cualquier momento, eso seguro.

Estaba claro, por la adoración que reflejaban sin disimulo los ojos de Archie —que le recordaba a un perrito a la espera un premio—, que su hermano no había advertido nada de eso. No solo resultaba vergonzoso, sino también maleducado, porque quedaba patente que Archie no estaba prestando atención a la descripción que hacía la señorita Cecily de los Mármoles.

Aunque Radcliffe tampoco podía culparlo del todo, dado lo aburrida que era. Fue la señorita Talbot quien, al final, los rescató a todos del tedio, aunque sus motivos no fueran exactamente altruistas.

—Milady —comenzó—, debo hablarle de un libro interesantísimo que he estado leyendo esta mañana. Hablaba del efecto fortalecedor del ejercicio en el cerebro. Lady Amelia me ha dicho que es usted una diestra amazona, y estoy convencida de que montar podría ser de hecho la cura para su enfermedad actual.

—¡Una idea genial! —aplaudió Archie de inmediato, antes de que su madre pudiera contestar—. ¡Mamá, salgamos todos a montar mañana!

—No estoy muy segura —contestó su madre con recato—. Vosotros, niños, montáis con tanta energía... Me fatigo solo de pensarlo.

—Oh. —La señorita Talbot suspiró con la mirada gacha—. Si tuviese una montura en la ciudad, me encantaría acompañarla a un paso cómodo.

—Puede usar nuestro establo —intervino lady Amelia, horrorizada por que alguien no tuviera un caballo a su disposición a todas horas.

—¡Sí, claro! De hecho, vayamos todos —declaró Archie—. Hagamos una fiesta, ¡una salida a caballo a Wimbledon! ¡Mañana! Señorita Talbot, puede usted montar a Peregrine.

Kitty dejó escapar un grito ahogado exagerado al tiempo que se llevaba la mano al pecho.

—No me tome el pelo así. —Se volvió hacia lady Radcliffe—. Si no es una imposición... —añadió con deferencia.

Sin embargo, fue lord Radcliffe quien contestó.

—En absoluto —intervino con suavidad—. De hecho, yo les haré de escolta.

—¡Maravilloso! —exclamó Archie.

—Sí... encantador —asintió la señorita Talbot.

Radcliffe se preguntó si tenía los dientes apretados y combatió el impulso de enseñarle los suyos.

La cháchara de Archie y Amelia acaparó la conversación mientras planeaban la expedición emocionados, aunque poco conscientes de que les habían manipulado como a simples marionetas. Radcliffe se dio cuenta de que había sido un insensato al considerar el asunto zanjado. Muy insensato. Las señoritas Talbot no se quedaron mucho más después de eso; por qué iban a hacerlo, pensó Radcliffe con aire sombrío, cuando ya habían alcanzado el objetivo de la visita. Se despidieron con bonitas cortesías y promesas de verse por la mañana temprano para su aventura.

Lord Radcliffe llegó de un humor introspectivo a su casa de Londres, situada a apenas unas calles, de modo que encontrarse a su amigo, el capitán Hinsley, instalado cómodamente en su estudio y sirviéndose con generosidad de su brandy más caro, no fue una sorpresa del todo grata.

—¿Y bien, James? —preguntó Hinsley, ansioso—. ¿Ya te has librado de ella?

—No —respondió Radcliffe apesadumbrado mientras se servía una copa—. Ha demostrado ser tan terca y peligrosa como me advertían todas las cartas de mi madre, aunque ella ya no recuerde ninguna. La señorita Talbot los tiene danzando a su antojo. Solo Dios sabe lo que le haría al buen nombre de mi familia si yo no hubiese regresado a tiempo. Por suerte, falta poco más de una semana para que empiece la temporada y Archie contará con la agradable distracción de una horda de jovencitas intentando atraer su atención. Lo único que tengo que hacer es evitar que le pida matrimonio en los próximos siete días, por su propio bien.

Hinsley lo observó un momento y luego esbozó una amplia sonrisa.

—¡Mírate! —exclamó, casi orgulloso—. Estás empezando a sonar como tu padre, ¿no?

Radcliffe lo miró con no poco desagrado.

—Qué cosas dices —protestó—. Pues claro que no.

—Ya lo creo que sí —insistió su amigo—. Todo eso sobre el bien de Archie, el nombre de la familia... ¿Quién dice que no es eso lo que decía el viejo sobre ti, antes de mandarte al continente a tomar notas para Wellington?

Radcliffe le lanzó una mirada cáustica.

—Sabes perfectamente que no es eso lo único que hice.

—Sí, y gracias a Dios que el viejo Bonaparte consiguió escapar, si no, te habrías muerto de aburrimiento en Viena —añadió Hinsley con una sonrisa irreverente.

—Aun así, no pienso mandar a Archie fuera del país porque crea que es demasiado indulgente con el alcohol y el juego —replicó lord Radcliffe, haciendo caso omiso del comentario de Hinsley para volver al asunto inicial—. Estoy intentando asegurarme de que no caiga en las garras de alguien como la señorita Talbot. —Dio un sorbo a su copa con aire pensativo y luego añadió—: Sin embargo, no andas del todo equivocado. Puede que no estuviera de acuerdo con mi padre en la mayoría de los asuntos, de hecho pasé una buena parte de mi vida odiándolo, pero él sabía, y yo sé, que formar parte de esta familia significa protegernos los unos a los otros de semejantes víboras. Y es lo que tengo intención de hacer.

—No quieres que se case con una doña nadie —añadió Hinsley con complicidad.

—No quiero que se case con alguien a quien no le importa un comino —lo corrigió Radcliffe—. Escucha bien lo que te digo: dentro de un mes ni siquiera recordaremos su nombre.

10

A la mañana siguiente, para cuando lord Radcliffe llegó a caballo a Grosvenor Square, Kitty y su hermana ya habían ensillado. Kitty iba a lomos de la montura que solían reservar a lady Radcliffe, quien, cuando la convencían de que se moviese, era una amazona sorprendentemente buena. La baya era la yegua de paso más bonita que había visto Kitty, y educada hasta decir basta, lo cual le vino muy bien, pues hacía tiempo que no cabalgaba. La pérdida del señor Linfield también les había arrebatado el acceso a un establo. Lady Radcliffe no se uniría a ellos después de todo, ya que había sufrido un ataque de agotamiento atroz, pero ni a Kitty ni a Radcliffe les sorprendió ni decepcionó la noticia. Los dos tenían la impresión de que les resultaría más fácil cumplir con la tarea del día sin su presencia.

Aunque a Kitty el denso bosque urbano de Londres le parecía interminable, pronto lo dejaron atrás: las calles adoquinadas dieron paso a una pista polvorienta y la hierba fue sustituyendo poco a poco a las ajetreadas aceras. Relajarse resultaría peligroso —ese día era tan esencial como cualquiera de los precedentes para asegurar su futuro—, pero Kitty sintió, no obstante, que parte de la tensión la abandonaba a medida que la tierra se abría ante ella. La paz no duró mucho, por supuesto, ya que Radcliffe situó su montura a la izquierda de la de ella casi desde el principio. El camino solo permitía el paso de dos caballos a la par, de modo que el señor De Lacy quedó con aire ofendido tras ellos, dando empujones y estirando el cuello para poder oírlos.

La señorita Talbot esperaba alguna clase de interrogatorio después de que se presentara en Grosvenor Square el día anterior, pero, aun así, jamás habría predicho que lord Radcliffe fuese capaz de abordarla de forma tan directa una vez liberado por fin de la presencia restrictiva de su madre.

—¿Dijo que su familia es originaria de Devonshire? —preguntó a propósito de nada.

—Dorsetshire, milord —corrigió—. Aunque originalmente proviene de Londres. Yo nací aquí, en la ciudad.

—Hum, ¿y por qué se marcharon?

—Por el aire fresco —contestó ella de inmediato.

—¿Y por qué han vuelto ahora?

—Por la compañía.

—¿Más hermanas?

—Cuatro hermanas pequeñas.

—¿Ningún hermano?

—No.

—¿Padres?

—Fallecidos.

—¿Enfermedad?

—¡Ya está bien, James! —exclamó el señor De Lacy indignado, solo para verse ignorado tanto por su hermano como por su amada.

—Fiebre tifoidea —respondió Kitty—. Mi madre primero, mi padre un año después.

La impactó un poco oír aquello en voz alta y sin rodeos. Expresarlo en una sola frase, como si cualquier explicación pudiera abarcar lo que habían pasado... pero no daría a Radcliffe la satisfacción de verlo en su cara. Era evidente que intentaba atraparla en una mentira. Como si fuese a ser tan tonta como para ocultar la situación económica de su familia al señor De Lacy. Pero ¿qué iba a conseguir si él descubría en su misma noche de bodas que tenía una colección de hermanas sin casar y la herencia cargada de deudas de su padre como dote?

—¿Y tienen pensado volver a Dorsetshire una vez que se hayan asegurado un matrimonio?

Kitty no esperaba un golpe tan directo, y el señor De Lacy emitió un gritito de sorpresa también, pues no se le había ocurrido la idea.

—Tenemos pensado quedarnos en Londres solo para la temporada —reconoció Kitty—. Quería introducir a Cecily en la sociedad londinense. Es demasiado joven para contemplar el matrimonio, por supuesto, pero me pareció prudente permitirle experimentar algo del mundo en preparación. Siento que es mi deber, ahora que mi madre no está.

Kitty no tenía que ver al señor De Lacy para saber que se había derretido con aquello; lo sabía por cómo fruncía el ceño Radcliffe.

—Debo decir —añadió, tomando el control de la conversación— que los dos montan muy bien. De hecho, ¡mucho mejor de lo que habría esperado de dos caballeros de ciudad!

—¡Oh, menudo golpe! —dijo el señor De Lacy alegremente—. No vas a dejar eso así, ¿verdad, James?

James hizo caso omiso.

—Es usted muy amable, señorita Talbot, aunque olvida, quizá, que yo resido en el campo, así que no puedo aceptar el cumplido.

—Ah, sí, lo olvidaba —mintió Kitty—. Qué tonta... El señor De Lacy me había dicho que hacía más de dos años que no estaba usted en Londres. Radcliffe Hall debe de ser muy hermoso para haberle mantenido alejado de su familia durante tanto tiempo.

Él no reaccionó —tenía más experiencia en esas lides—,

pero a Kitty le pareció advertir cierta tensión en torno a sus ojos.

—Los negocios me retienen en el campo.

—Debe de tener muchos negocios que atender, milord —respondió, manteniendo el tono ligero y jocoso—. Es extraño que no cuente con alguien que le ayude a administrar la hacienda, si hay tanto trabajo que hacer... Sin duda, otro par de manos fiables le permitirían venir más de visita.

—¡Ah, tenemos a alguien! —El señor De Lacy estaba ansioso por defender a su hermano—. Un tipo brillante, el señor Perkins; lleva con nosotros desde que nuestro... —Su voz se fue apagando al darse cuenta de que aquello demostraba la negligencia de su hermano, en lugar de lo contrario.

Kitty volvió la cabeza ligeramente y advirtió su vacilación: su ídolo quedaba manchado por primera vez. Sonrió.

—Estoy seguro de que me perdonará, señorita Talbot —dijo Radcliffe con sequedad—, si me fío más de mi experiencia que de la suya. No sería propio de un lord dejar la administración de las tierras en manos de otra persona. El título conlleva ese deber.

—Debe de tener en muy baja estima a sus pares lores, entonces —siguió ella, en un intento ambicioso de sonar inocente—, porque ellos pasan cada primavera en Londres, ¿no?

—¿Y qué hay de su tía, la señorita Kendall? ¿Es hermana de su madre o de su padre? —preguntó Radcliffe con bastante aspereza, casi como si Kitty no hubiese hablado en absoluto.

—De mi madre —respondió ella enseguida. Su tercera mentira del día, pero una que había creído necesaria desde el principio para mantener su historia lo más impecable posible.

—Siento no haberla conocido todavía —dijo el señor De Lacy con auténtico pesar.

Radcliffe observó a la señorita Talbot con perspicacia. Ella se mantuvo impasible, pero no sirvió de nada.

—Un verdadero descuido por tu parte no presentarte —le reprochó Radcliffe a su hermano menor.

—¿Sí? —dijo Archie, que se sintió culpable de inmediato—. ¡Hay que invitarla a Grosvenor Square! ¿Por qué no vienen a cenar las tres mañana por la noche?

—Es usted muy amable —respondió Kitty, pensando a toda velocidad. La tía Dorothy no entraría en Grosvenor Square de ninguna manera, no cuando se oponía tanto a los ya precarios planes de Kitty—. Pero mi tía ni siquiera ha coincidido con su madre.

—¡Entonces haremos que coincidan ya! —exclamó Archie, decidido.

—Mi tía se cansa con facilidad —añadió Kitty a toda prisa—, y aunque hace muchos años que falleció mi tío, todavía se considera de luto.

El camino se abrió y por fin pudieron ir los cinco juntos; Archie apuró a su montura para cabalgar junto a Kitty.

—¿De verdad sería tan agotadora una cena tranquila con mi madre? —le preguntó poco convencido.

—¿Qué ocurre? —inquirió lady Amelia, que ya podía oírlos.

—Archie está intentando invitar a la tía de la señorita Talbot a cenar con nosotros mañana por la noche —explicó su hermano mayor—. De momento sin éxito.

—Ah, no podemos —intervino Cecily—. Prometimos acompañar a la tía Dorothy a los Jardines del Placer de Vauxhall mañana por la noche, ¿no te acuerdas, Kitty?

Kitty le habría propinado una bofetada con gusto.

—Ah, sí —murmuró lord Radcliffe—. He oído que los Jardines del Placer son bastante populares entre dolientes.

—¡Maravilloso! —exclamó—. ¡Las acompañaremos!

Kitty no podía negarse —no se le ocurría qué otra excusa poner—, así que se limitó a cambiar de tema, esperando que se olvidara el asunto. El resto de la mañana pasó sin hostilidades, y Kitty casi logró dejarse llevar lo suficiente para disfrutar de la compañía de los De Lacy mientras avanzaban a medio galope por los caminos llenos de hierba y se atrevían a saltar los setos. No hubo ocasión de continuar conversando, y Kitty se sintió aliviada de tener un respiro. Permitieron que sus monturas descansasen un rato en Wimbledon, donde también ellos tomaron un breve refrigerio en una posada local. Kitty instó a Cecily a que compartiera su opinión sobre la *oeuvre* de William Cowper. Kitty no sabía quién era ese hombre —o qué significaba siquiera *oeuvre*—, pero conocía bien la conferencia asociada, y como predecía duró prácticamente todo el trayecto de regreso.

De vuelta en Grosvenor Square, Kitty rechazó el ofrecimiento de lady Radcliffe para tomar un refrigerio con la esperanza de que, si no hablaban más, el temido plan de los jardines de Vauxhall cayera en el olvido. Pero Archie, que se sentía muy culpable por haber desatendido sus deberes románticos de forma tan grave, no pensaba dejarse engatusar y se lo propuso a su madre de inmediato.

—¡Oh, espléndido! —exclamó lady Radcliffe, dando alegres palmaditas—. Vayamos todos, ¡podemos alquilar un palco!

—¿No se siente demasiado cansada, quizá? —preguntó Kitty desesperada.

—¡No, ya estoy muy bien! —declaró lady Radcliffe animada; más sana que una manzana, pensó Kitty soliviantada.

Su destino estaba sellado, y Kitty no podía sino rendirse a él. Se obligó a sonreír mientras se despedía de lady Radcliffe, lady Amelia y el señor De Lacy —que le apretó la mano con elocuente efusión—, aunque flaqueó un poco al volverse hacia Radcliffe.

—Hasta mañana, señorita Talbot —dijo este al tiempo que inclinaba la cabeza mientras aceptaba su mano.

—Sí, hasta entonces —asintió.

Se quedaron un momento ahí parados, mirándose el uno

al otro, midiéndose mutuamente. Entonces se les ocurrió a los dos —aunque por supuesto no lo sabían— que bien podrían haber acordado batirse en duelo al amanecer.

Radcliffe se abría paso por el tráfico londinense en su carruaje de dos caballos cuando se dio cuenta de que añoraba la presencia de su padre. Tras conocer a la señorita Talbot, podía apreciar el valor de la fría fortaleza del difunto lord Radcliffe frente a las amenazas al prestigio de su familia de un modo en el que no lo había hecho nunca. Por supuesto, él solo se habría preocupado por la reputación familiar —a diferencia de James, a quien le preocupaba su felicidad— y, sin embargo, no cabía duda de que habría sabido qué pasos era necesario dar para anular la amenaza sin inmutarse. Como habían hecho los De Lacy durante siglos, al fin y al cabo.

Mientras Radcliffe, en ese momento, dudaba de estar a la altura de esa tarea. Haber subestimado tanto a su oponente ya era bastante mortificante, y su padre (de haber seguido con vida) habría perdido aún más el respeto por su primogénito (si es que eso era posible). Radcliffe casi podía oírlo como si fuese él —y no Lawrence, su mozo de cuadra— quien, sentado a su espalda en el asiento del palafrenero, observaba con ojo experto cómo manejaba las riendas.

«Encuentro irrefutable —diría sin duda su padre— que ni siquiera la carrera diplomática que te arreglé te ha otorgado el menor grado de competencia en tu cualidad de noble. Siempre has sido un despropósito».

Radcliffe no estaba seguro de cómo exactamente su carrera como agregado en el Congreso de Viena lo habría convertido en un experto a la hora de librarse de cazafortunas —aunque era cierto que la señorita Talbot parecía tan comprometida con la causa conquistadora como cualquier ministro de Exteriores—, pero su padre se revolvería en su tumba de todos modos. La aún más breve experiencia de Radcliffe en la guerra —una evolución profesional que había encolerizado a su padre de manera inconmensurable— en ese momento tampoco le era de ayuda. Por supuesto, en el campo de batalla Radcliffe habría tenido libertad para disparar a la señorita Talbot, una posibilidad que no carecía de atractivo en absoluto. Dedicó un momento a deleitarse en imaginarlo, y luego pasó a recordar la sala de guerra de Waterloo, la formidable figura del Duque de Hierro, desconcertante para sus enemigos, sus motivos, su psicología.

Radcliffe frenó a sus caballos al acercarse a la esquina de Regent Street. Cuando se detuvieron, un par de galanes bien vestidos interrumpieron su paseo para admirar sus famosos corceles. Pero ni siquiera la admiración franca hacia sus animales, normalmente muy satisfactoria, era capaz de sacarle de su introspección.

—Anímate, Radcliffe —dijo Lawrence con aire jovial a su espalda. Los observadores se quedaron boquiabiertos al oír a un criado dirigiéndose al célebre lord Radcliffe sin título honorífico, y el conde sintió que una sonrisa auténtica le curvaba los labios por primera vez ese día.

—¿Cabe esperar que empieces a dirigirte a mí correctamente en breve? —preguntó con educación—. Querido amigo, ya no estamos en el continente.

—Como si no lo supiese... —respondió Lawrence con pesimismo—. Aquello era mucho más emocionante. Incluso Devonshire es mucho más emocionante. Aquí parece que nos limitamos a ir de casa en casa.

—Debe de ser horrible para ti —se disculpó Radcliffe—. Hazme saber si está en mi mano hacer tu estancia más agradable.

Solo bromeaba en parte. Después del peligro que habían corrido sus vidas en Europa, y la libertad de Radcliffe Hall, comprendía que el papel de Lawrence en Londres —acompañándolo por la ciudad para cuidar y sacar a pasear a sus caballos— resultaría aburrido.

—Podrías llevarme a alguna subasta en Tattersall's —sugirió Lawrence al instante con una sonrisa impenitente.

—Tan pronto como sea posible —accedió Radcliffe, con cierta ironía.

Lawrence era un tipo astuto, y Radcliffe supuso que el comentario era natural y calculado a partes iguales. Se conocían desde hacía tanto tiempo que no les costaba entender al otro. La confianza conllevaba saber y, como tanto le gustaba decir a Wellington, el saber era poder.

—Resulta —continuó Radcliffe tras una pausa, con tono pensativo— que tengo una tarea para ti que quizá encuentres más divertida.

—¿De qué estás hablando? —preguntó Lawrence con recelo.

—¿Cómo de bien conoces Dorsetshire, amigo mío?

11

A la suave luz de la luna de una noche de primavera preci-
pitadamente cálida, los jardines de Vauxhall parecían de
otro mundo. Tras bajar de la barca en la que habían cruzado
el río, recorrieron senderos flanqueados por altos árboles,
con farolillos colgados para iluminarles el camino. Kitty tenía los ojos como platos mientras se cruzaban con cantantes,
malabaristas y todo tipo de espectáculos y entretenimientos a
los que los farolillos y la semioscuridad dotaban de un encanto sensual. Era como el jardín de las hadas de una de las historias que su madre les contaba a la hora de acostarse, en la
que uno no debía salirse del camino por miedo a los peli-
gros que acechaban.

Al ver a la condesa viuda y a la tía Dorothy deslizándose
por delante de ella, Kitty supo que nunca debería haberse preocupado por la actuación de su tía. Como ante cualquier reto,
la señora Kendall se había mostrado a la altura de las circunstancias de maravilla.

—No apoyo este empeño tuyo, Kitty; creo que es imprudente y temerario, y es probable que todo se desmorone sobre ti —había dicho muy seria la noche anterior—, pero por
supuesto que os ayudaré.

Habían discrepado un poco en cuanto a la elección de ves-
tuario. La tía Dorothy, no contenta con su papel de viuda re-

traída, se había puesto un vestido que, pese a ser de un crespón de color piedra, tenía un escote que ni de lejos podía describirse como sobrio.

—Confía en mí, querida, estaré más cerca de hacerme amiga de tu lady Radcliffe vestida así —había dicho—. Por lo que tengo entendido, es bastante elegante.

Su única concesión, ante la inseguridad de Kitty, había consistido en ponerse un par de guantes negros, aunque Kitty no podía evitar la sensación de que seguía mostrando demasiado pecho para una viuda, con guantes o sin ellos.

Resultaba evidente, sin embargo, que Dorothy había comprendido a su público. Lady Radcliffe se había sentido visiblemente aliviada al descubrir que la señora Kendall era una mujer de buen gusto en lugar de una viuda austera y desaprobadora, y, vestida a la última con elegancia, mostraba tanto escote como la señora Kendall. Y aunque la tía Dorothy, fiel a la descripción que había hecho Kitty de ella, había transmitido a todo el grupo su amor por su difunto esposo y la pérdida que aún sentía por su fallecimiento (etcétera), enseguida había despachado el asunto y había pasado a las últimas habladurías de la alta sociedad, un tema mucho más del agrado de lady Radcliffe. El cotilleo del que la tía Dorothy se había enterado por Sally, que parecía conocer a todas las doncellas de Londres, era lo bastante fresco para que lady Radcliffe se enamorara rápidamente de su nueva amiga.

Era evidente que Radcliffe también había acudido preparado para la batalla. Había invitado a su amigo, el capitán Hinsley, cuyo papel era sin duda ejercer de carabina de Kitty, porque no podía hacer un solo movimiento sin que el hombre la acompañara. Estaba claro que el objetivo era evitar cualquier conversación íntima a la luz de la luna entre el señor De Lacy y ella, una estrategia astuta, dado que Kitty estaba decidida a hablar con Archie a solas antes de que acabara la noche. Aquella farsa con Radcliffe había ido demasiado lejos, y ya iba siendo hora de inducir una petición de matrimonio. Ojalá lograra librarse de su irritante guardia.

La oportunidad se presentó en la rotonda. Mientras escuchaban a la orquesta, un grupo de hombres impecablemente vestidos se apartó de su propio grupo para saludar a Radcliffe de forma ruidosa. Este se puso tenso, parecía incómodo, pero los hombres avanzaban hacia el grupo con los brazos abiertos y caras de regocijo.

—¡Radcliffe! ¡Y Hinsley! No sabía que estuvierais en la ciudad.

En el consiguiente intercambio de saludos, Kitty se escabulló para situarse junto al señor De Lacy. Llamó su atención apoyándole una mano en el brazo.

—¿Me acompaña hasta los refrescos, señor De Lacy? —preguntó en voz baja—. Me muero de sed.

Tan ansioso que incluso se tropezó, el señor De Lacy se apresuró a acceder en el momento idóneo, justo cuando Kitty vio que el capitán Hinsley se disponía a alcanzarlos. Lo entretuvo la tía Dorothy enredándolo en la conversación con lady Radcliffe, y Kitty aprovechó la oportunidad para escabullirse de la rotonda con el señor De Lacy en dirección contraria. No debían ausentarse más de diez minutos y se mantendrían alejados de los caminos, los paseos íntimos o cualquier lugar que pudiera afectar a su honor o al de él. Y, aun así, en diez minutos a solas podía conseguirse mucho, incluso en un jardín bien iluminado y atestado de gente. Kitty esperó a que estuvieran lo bastante lejos para que no los oyera nadie.

—Me alegro muchísimo de tener la oportunidad de hablar a solas con usted, señor De Lacy —empezó.

—Dios mío, yo también —respondió él, apretándole la mano—. Una noche absolutamente maravillosa, ¿verdad?

—Cierto —convino ella—. Pero deseaba hablar con usted porque necesito consejo seriamente y no tengo a quién más recurrir.

—¡Madre mía! —Parecía halagado y algo alarmado, porque no estaba acostumbrado a ofrecer consejos—. ¿De qué puede tratarse?

—Mi tía dice que debo casarme, y rápido —respondió Kitty, intentando transmitir una sensación de desesperación apenas reprimida—. Ha encontrado para mí a un tal señor Pears, quien sin duda es un buen hombre, uno amable, pero me cuesta dar mi consentimiento.

—Santo Dios... ¿Por qué no? —El señor De Lacy estaba impaciente.

—Debe saber, señor De Lacy... —Hizo una pausa, como para armarse de valor, satisfecha al ver que la miraba sin pestañear—. Sabrá... o siento que al menos sospechará... que mis afectos yacen en otra parte...

Dejó la declaración en el aire a la espera de que calara, mirando directamente al señor De Lacy para que no hubiese manera de que malinterpretase sus palabras, y advirtió con satisfacción que este se sonrojaba.

—Yo creí, yo... pensé que así era —contestó en voz baja.

—De modo que puede ver que me hallo ante un dilema —continuó—. ¿Tengo el valor de rechazar al señor Pears cuando es cierto que necesito casarme para mantener a mis hermanas? Ya le he confesado, señor De Lacy, que el estado de las finanzas de mi padre hace esencial el matrimonio. Y, aun así, actuar en contra de mi corazón...

Le habría gustado que le brillasen los ojos con lágrimas contenidas, pero, por desgracia, siguieron secos por completo.

—Señorita Talbot —dijo el señor De Lacy con vehemencia—. Señorita Talbot, ¿y si... y si se casase usted conmigo?

Kitty dejó escapar un grito ahogado ante aquel giro inesperado de los acontecimientos.

—Señor De Lacy —contestó—, ¿habla en serio?

—C-creo que sí —tartamudeó—. De hecho, ¡estoy seguro! No puede andar casándose con alguien con un apellido tan insípido como Pears... Eso no se hace. Debe... debe saber que mis sentimientos por usted son muy profundos. ¡Vaya, hace años que la quiero, señorita Talbot!

Kitty no vio la necesidad de recordarle que hacía apenas unas semanas que se conocían. Le apretó la mano con sentimiento.

—Me siento abrumada —suspiró—. Oh, me ha hecho tan feliz, señor De Lacy...

—Por favor —suplicó él—, llámame Archie.

—Archie. Entonces hazme tú el honor de llamarme Kitty, pero...

—¿Pero? —preguntó él ansioso.

—Oh, Archie, siento que debemos estar seguros de la aprobación de tu familia. No me parece bien dar un paso así sin ella.

—¡Por supuesto, tienes razón! —se apresuró a responder Archie—. Qué poco decoroso por mi parte, en realidad... debería haber hablado antes con mi hermano... No sé por qué no lo he hecho, tenía intención de hacerlo.

—Entonces estamos totalmente de acuerdo... como siempre.

Se sonrieron el uno al otro: él, sin aliento a causa de la emoción; ella, debido al júbilo. Casi lo había conseguido. Tenía la victoria al alcance de la mano.

—No he podido pararlo, James, su tía me tenía completamente acorralado —le decía en ese momento el capitán Hinsley a Radcliffe, que tenía una sonrisa educada pintada en la cara—. ¡Ahí están! No han podido pasar más de diez minutos. No hay de qué preocuparse.

Estaba claro que Hinsley no había pasado suficiente tiempo en compañía de la señorita Talbot, pensó Radcliffe de un humor sombrío.

—Queridos, ya empezábamos a preocuparnos por vosotros —dijo lady Radcliffe cuando el señor De Lacy y la señorita Talbot se acercaban.

—Lo siento, madre, solo he acompañado a Kit... a la señorita Talbot a por un poco de limonada.

Un hombre menos versado quizá hubiera palidecido, pero Radcliffe no exhibió ninguna reacción perceptible al desliz de Archie. Su madre, con la misma educación, se limitó a abrir los ojos ligeramente, mientras que la señora Kendall tuvo que bajar la vista para ocultar su sonrisa. En esos diez minutos a solas, Archie había sido invitado a utilizar el nombre de pila de la señorita Talbot. Un trabajo rápido, en efecto. Había que separarlos de nuevo, y ya.

—¿Cenamos? —propuso Radcliffe en voz alta al grupo. Hinsley apareció de inmediato junto a la señorita Talbot para ofrecerle el brazo.

Ella lo aceptó de buen ánimo, cediendo el terreno ofensivo por el momento, y el grupo se dirigió a los palcos para la cena. Radcliffe tuvo el tiempo justo para suspirar de alivio antes de que Archie apareciera a su izquierda, apretando la mandíbula con determinación.

—Tengo que hablar contigo, James. Sobre K... la señorita Talbot. Es sumamente importante, debemos hablar.

Ay, Señor.

—Sí, por supuesto, muchacho —respondió Radcliffe con tono tranquilizador—. Pero quizá no sea el lugar apropiado para una conversación como es debido, y a partir de mañana estaré unos días fuera, ¿puede esperar hasta que vuelva?

Archie le dio vueltas en la cabeza.

—Supongo —accedió al fin. Se quedó mirando a su hermano con gesto severo—. Pero no lo olvidaré.

La tía Dorothy se contuvo a lo largo de la cena, a lo largo de las actuaciones, a lo largo del trayecto en carruaje... pero en cuanto franquearon la puerta de Wimpole Street, fue incapaz de seguir mordiéndose la lengua un segundo más.

—¿Ya está? —inquirió—. ¿Estáis prometidos?

—No del todo —respondió Kitty, al tiempo que se desabrochaba los botones del abrigo—. Pero me lo ha pedido.

La tía Dorothy dio unas palmadas.

—¿Has aceptado? —preguntó Cecily—. ¿Ya podemos irnos a casa?

—Casi —le prometió su hermana—. No puedo aceptar hasta que él tenga la aprobación de su familia, de otro modo no sería seguro. Le he invitado a que vuelva a declararse una vez cuente con ella.

Su tía asintió con gesto aprobador.

—Bien hecho. No creo que la madre se oponga si él insiste lo suficiente. —Hizo una pausa pensativa—. Pero tenías razón al prestar atención al hermano. Te mantiene vigilada... y no le gustas nada.

—Bueno, de todos modos, ya no hay mucho que pueda hacer —concluyó Kitty tan tranquila. Se dejó caer en un sillón, pasó una pierna por el reposabrazos y hundió el cuerpo con una dejadez nada propia de una dama—. Haría falta un milagro para obligar a Archie a retirar su palabra. Unos días más y habré atrapado nuestra fortuna del todo.

Cecily dejó escapar un pequeño resoplido sentencioso.

—No estoy segura de que me guste cómo habláis las dos de él. Como si fuera... un zorro al que dais caza.

Kitty estaba demasiado contenta para enfadarse.

—Cecy, las dos sabemos perfectamente cuánto disfrutarás siendo rica. ¡Piensa en los libros!

Esta alusión a su lado intelectual le resultó menos repugnante moralmente que los argumentos anteriores, así que Cecily se relajó lo suficiente para sonreír al pensarlo.

—Además —siguió Kitty—, de cualquier modo, todos los hombres de su clase están destinados a matrimonios de conveniencia, sin amor. Y si alguna mujer va a disfrutar de su fortuna, ¿por qué no íbamos a ser nosotras?

La sonrisa de Kitty era triunfal. No imaginaba que nadie en el mundo entero hubiese sentido nunca tanto alivio como ella en ese momento. Lo había conseguido. El señor De Lacy, Archie, le había propuesto matrimonio. Nadie podía quitarle eso, ni siquiera lord Radcliffe.

12

A lo largo de los dos días siguientes quedó claro que Radcliffe había capitulado. El señor De Lacy y lady Amelia retomaron los paseos diarios junto a las hermanas Talbot sin la esperada carabina de su hermano mayor, aunque con un séquito que bastaba para que toda intimidad más allá del intercambio de miradas tímidas y sonrisas reservadas resultara imposible. No había habido represalias, ningún intento de separar a Archie y a Kitty de nuevo, ni una palabra en absoluto de Radcliffe. Kitty había ganado... Bueno, casi. Archie todavía debía hablar formalmente con su hermano o su madre sobre los esponsales —pues, según decían, ambos estaban fuera el fin de semana—, pero le había prometido muchas veces y con vehemencia que conseguiría la aprobación de los dos cuando regresaran.

Ese domingo Kitty estaba escribiendo una segunda carta a Beatrice para asegurarles que todo se encontraba bajo control y que había recibido una petición de matrimonio, cuando entró Sally para informarla de que lord Radcliffe esperaba abajo.

—¿Estás segura? —dijo Kitty, boquiabierta, pero Sally se limitó a preguntar si debía dejarlo pasar o no. Kitty asintió tartamudeando y luego, reprendiéndose a sí misma por sus nervios, se levantó y se pasó la mano por los rizos, que no acababan de estar en su orden habitual.

Radcliffe parecía bastante fuera de lugar en su salón, que de repente se veía más estrecho y con el techo más bajo ante su presencia. Por el modo en que recorría con la mirada los muebles —tan caros a ojos de Kitty cuando llegó por primera vez, y aun así tan deslucidos comparados con los de Grosvenor Square—, él también lo sabía.

—Buenas tardes, señorita Talbot. Por favor, disculpe mi descortesía por aparecer sin haber sido invitado.

La señorita Talbot tuvo la gentileza de aceptar las disculpas.

—¿En qué puedo ayudarlo, milord? —preguntó con la misma educación, al tiempo que le hacía un gesto para que se sentase—. ¿Su familia está bien?

—Sí, muy bien. Un estado en el que planeo mantenerlos. —Pronunció esas palabras mirándola de forma muy directa a los ojos. Luego dejó que se extendiera el silencio.

Los dos lo sostuvieron, cada uno a la espera de que el otro lo rompiese, y Kitty experimentó una satisfacción sombría cuando fue él, y no ella, quien habló primero.

—Señorita Talbot, me temo que debo poner fin a su relación con mi familia. Perdóneme por ser tan directo, pero no permitiré que enrede a Archie para que se case con usted, por ningún otro motivo que su avaricia.

Había algo en el modo en que le habló, con un ligerísimo desdén, que resultó más impactante que si le hubiese gritado. Kitty notó que empezaba a acalorarse. Se preguntó si debía protestar que la había malinterpretado por completo, que ella quería a Archie, pero algo en su gélida mirada le decía que sería inútil. En lugar de eso puso fin a la farsa y lo estudió con la misma calma con la que él la observaba a ella. Dos miradas calculadoras que por fin se encontraban con sinceridad.

—Ya veo. ¿Y puedo preguntar, milord, si la única razón por la que se opone a un matrimonio así es que cree que soy una cazafortunas?

Radcliffe hizo un gesto elocuente con las manos.

—Perdóneme, ¿necesito más razón que esa?

—Sí, creo que es posible... No estoy segura de por qué mi espíritu pragmático le resulta tan aborrecible.

—¿Espíritu pragmático? —repitió—. ¿Prefiere llamarlo así a calculador, codicioso, manipulador? Me temo que son esos términos, mucho menos honorables, los que yo utilizaría para describirla, señorita Talbot.

—Solo los ricos tienen el lujo del honor —repuso ella con frialdad—. Y solo los hombres tienen el privilegio de buscarse su propia fortuna. Tengo cuatro hermanas que dependen de mí, y las profesiones abiertas a las mujeres como yo, como institutriz o costurera, con suerte, no bastarán para mantener vestidas y alimentadas a la mitad de ellas siquiera. ¿Qué otra cosa voy a hacer sino buscar un marido rico?

—Es usted despiadada —la acusó.

—Y usted un ingenuo —replicó. Se le habían subido los colores—. Si Archie no se casa conmigo, se casará con cualquier joven bien relacionada que se cruce en su camino, todas ellas tan preocupadas por sus bolsillos como por su corazón. ¿Acaso puede negarlo?

—Pero al menos sería elección suya —le espetó—. En lugar de casarse con una mentira.

—¿Qué mentira? No he fingido ser nadie que no soy. Él sabe que no soy rica; conoce mi situación familiar. He sido sincera.

—¿Sincera? —preguntó muy despacio, con el desprecio reflejado en su voz.

—Sí —dijo.

—Entonces ¿debo creer que está al tanto de toda la verdad acerca de su familia? —preguntó sin rodeos.

—No sé a qué se refiere, milord —respondió intentando parecer tranquila, aunque se había quedado paralizada en su asiento.

—Creo que sí que lo sabe —contestó él—. Verá, conozco el motivo por el que sus padres dejaron Londres para trasladarse a Dorsetshire de forma tan repentina.

Kitty apretó la mandíbula para no dejar escapar nada. Podía tratarse de un farol; debía de ser un farol.

—Si va a chantajearme, milord, entonces debo pedirle que pronuncie las palabras —le espetó.

—Muy bien. —Inclinó la cabeza con cortesía fingida—. Sus padres... mantuvieron relaciones antes del matrimonio, ¿no es así? De hecho, su madre tuvo una carrera bastante lucrativa con su... relación con varios hombres, según me cuentan. Al igual que su «señora Kendall».

Kitty no dijo nada. Ni siquiera estaba segura de seguir respirando, aunque el corazón le palpitaba con fuerza en los oídos.

—Y cuando su padre decidió casarse con su amante —continuó Radcliffe, en el mismo tono suave—, su familia no aprobó el matrimonio, algo comprensible, supongo, y lo desterró de Londres para evitar el escándalo. Imagino que fue una fuerte caída en desgracia para él.

Se hizo el silencio tras esas palabras.

—¿Puedo preguntarle, milord, cómo ha llegado a desarrollar esa encantadora pequeña teoría? —Kitty se negaba a que le temblara la voz.

Los ojos de Radcliffe brillaban triunfantes.

—Mi mozo de cuadra, Lawrence, un tipo útil que no se limita a cuidar de los caballos, lo escuchó todo de labios del criado de su señor Linfield hace unos días. ¿Sabía por qué rompió el señor Linfield su compromiso de forma tan repentina? Me temo que su padre le confesó todo una noche que habían bebido más de la cuenta, poco antes de su muerte. Tras semejante revelación, los Linfield no podían permitir el matrimonio.

Kitty negó con gesto forzado, pese a que las palabras resonaban de un modo espantoso en su cabeza. Así que por eso había perdido al señor Linfield, por eso habían puesto sus padres a la señorita Spencer en su camino con tantas prisas, porque su padre había revelado el secreto familiar después de tantos años manteniéndolo oculto. Le sobrevino una oleada de ira desesperante hacia su padre, hacia Radcliffe, hacia todo el mundo por abocarla a ese desastre.

Radcliffe tomó un pellizco de rapé con un giro elegante de muñeca, y la despreocupación de su acción mientras ella sufría semejante conmoción, la enfureció tanto que concretó sus pensamientos.

—¿Y cuál es exactamente la relevancia del origen de mi madre en esta discusión? —preguntó con frialdad, dominándose de nuevo.

Radcliffe alzó una sola ceja.

—Yo lo encuentro sumamente relevante —dijo con calma—. Imagino que, pese a lo sincera que ha sido acerca de la pobreza de su familia, no habrá usted comunicado los detalles escandalosos de la misma a Archie. Y Archie, por muy bondadoso que sea, no se tomaría bien una revelación así. Una aventura amorosa es emocionante, claro, pero él ha sido criado con una aversión al escándalo digna de admiración. Y si llegara a extenderse la noticia, esta ciudad no le parecería un lugar acogedor, señorita Talbot.

Kitty cerró los dedos temblorosos en un puño.

—Y supongo que, para que no se extienda la noticia, ¿me hará abandonar Londres? —preguntó sin rodeos.

—Ah, yo no soy tan despiadado. —Cerró la cajita de rapé con un chasquido decidido, como si se preparara para marcharse una vez zanjado el asunto—. Puede decidir por sí misma adónde ir y cuándo. Incluso puede intentar seducir a otro miembro de la alta sociedad, no es de mi incumbencia —añadió como si tal cosa—. Pero le pediría que deje a Archie y a mi familia en paz.

Se hizo de nuevo el silencio. Kitty supuso que podría haberse mostrado más cruel en su victoria, más vengativo. De haber estado en su lugar, ella lo habría acompañado en persona a la diligencia de la mañana.

Pero ¿era tan amable en realidad? La temporada londinense estaba a punto de empezar de verdad, y sin las conexiones adecuadas, Kitty solo podría existir en la periferia, un lugar que los muy ricos no frecuentaban. No tenía sentido. Y, con fondos limitados, saldría caro. En lugar de eso tendría que comprometerse con las elecciones originales de la tía Dorothy para ella. Al fin y al cabo, dos mil libras al año no eran nada desdeñables... Pensó en la ligereza con la que los De Lacy manejaban su fortuna. Como si apenas tuviera importancia; un mero hecho de la vida, como el aire que respiraban. Qué no daría ella por que sus hermanas contaran con la misma seguridad...

—¿Hemos llegado a un entendimiento, señorita Talbot? —Radcliffe volvió a atraer su atención. Su tono ya no era cruel. ¿Acaso una parte de él sentía cierta simpatía por la pérdida que veía en sus ojos?

—Un entendimiento —dijo ella poco a poco, deteniéndose con cada sílaba—. Sí, eso creo. Comprendo que sienta usted que tiene que desenmascararme para librarse de mí. Y también entiendo que, en respuesta, me llevaré a Archie a Gretna Green para casarnos allí. Me parece seguro dar por sentado, dado el afecto que siente por él, que una vez hayamos contraído matrimonio, hará usted todo lo posible para acallar el escándalo de nuestra fuga.

Radcliffe, conocido por su talante tranquilo incluso en las batallas más sangrientas, notó que se le aflojaba la mandíbula.

—¿Gretna Green? —repitió como un tonto.

—Reconozco que la idea de hacer un trayecto tan largo un domingo resulta abrumadora, pero si de verdad es necesario, imagino que estaré a la altura. Después de todo, la necesidad obliga.

Radcliffe, incrédulo, se quedó con la boca abierta.

—La necesidad obliga —repitió con tono débil. Se quedó mirándola, sentada con remilgo en su asiento, la viva imagen de la elegancia que ocultaba un alma malvada—. Señorita Talbot —comenzó de nuevo, pronunciando la «t» de forma exagerada, como si contuviera las ganas de escupírsela—, no me he encontrado a una mujer tan carente de delicadeza femenina en toda mi vida. No alcanzo a entender cómo tiene el descaro de sentarse ahí y amenazar la virtud de mi hermano como una... ¡como una delincuente de tres al cuarto!

—¿De tres al cuarto? —repitió ella algo dolida—. Debo decir que eso resulta muy poco amable de su parte.

Radcliffe se quedó mirándola, impotente, antes de estallar de pronto en carcajadas. Ella lo miró con recelo. ¿Estaba sufriendo una crisis nerviosa, quizá? Después de todo, su familia tenía tendencia a lo enfermizo.

—¿Le apetece un poco de té? —ofreció con cautela, parecía el único recurso a su disposición.

Radcliffe soltó otra carcajada.

—Eso sería sencillamente maravilloso, señorita Talbot —contestó con una inclinación cortés de cabeza.

Ella salió de la habitación para llamar a Sally y regresó al cabo de unos momentos. Sally llevaba una bandeja y la señorita Talbot la seguía con unas tazas. Radcliffe observó cómo servía el té con el eco de la risa aún en los labios.

—Al parecer he vuelto a subestimarla —comentó como si tal cosa mientras Sally cerraba la puerta a su espalda—. Y, en consecuencia, nos encontramos en un callejón sin salida. No puedo permitir que se case con mi hermano. Estoy dispuesto a hacer lo que sea necesario para mantenerlo alejado de usted, pero me gustaría evitar una escena desagradable en la carretera a Escocia.

—No tengo otra opción —se limitó a responder ella sin vergüenza alguna—. Sería una buena esposa para él —añadió lisonjera, mirándolo a través de las pestañas.

Durante un instante Radcliffe advirtió la facilidad con la que debía de haber engatusado a Archie.

—No siga por ahí —respondió él con tono burlón, y la expresión tímida se vio sustituida por un ceño—. Seguro que es capaz de buscarse a otro hombre rico como objetivo, ¿no? —insistió, y se preguntó qué decía de él que estuviese dispuesto a sacrificar a cualquier otro hombre de Londres para librar a su familia de esa maldita mujer.

—Lo dice como si fuese fácil. Los salones sagrados que usted pisa son impenetrables, milord. Conocí a Archie solo por casualidad, y no me imagino que vuelva a tener la suerte de toparme con una oportunidad así. Para que me merezca la pena romper con él... necesitaría presentaciones. Invitaciones. Patrocinio, a falta de una palabra mejor.

—¿E imagina usted que yo puedo conseguir algo así? —preguntó él con curiosidad.

—Lord Radcliffe, no estoy en un error sobre su posición en sociedad. —Mantuvo un tono razonable—. Ni sobre lo que es capaz de conseguir con la motivación adecuada. Estoy segura de está perfectamente capacitado para afianzarme lo suficiente en sociedad como para que yo me encargue del resto.

Radcliffe no podía creerse que estuviera manteniendo siquiera esa conversación.

—¿Quiere que sea el cómplice de una cazafortunas? —preguntó con incredulidad.

Ella asintió brevemente.

—Sí. O su bendición a mi compromiso con Archie.

—Esto es un disparate —dijo él, intentando hacer que entrara en razón.

—Piénseselo bien, milord. —Volvió a encogerse de hombros, aunque por dentro contenía el aliento—. Le aseguro que mi amenaza no ha sido vana. No le fallaré a mi familia.

Lord Radcliffe se recostó en su asiento, agitado. El buen juicio y el decoro dictaban, por supuesto, que rechazase esa oferta de manera categórica. No era decente ni correcto, ni siquiera necesario de verdad. Si actuaba con suficiente rapidez, podía evitar que cumpliera su vil amenaza. Podía susurrarle a su madre todo lo que había descubierto, llevarse volando a Archie al campo e inmunizar así a su familia contra la infecciosa señorita Talbot. Aunque no podía saber con seguridad qué estragos sería capaz de ocasionar exactamente esa mujer sin escrúpulos como venganza. El apellido y la posición de los De Lacy no se mancharían con facilidad, pero ¿estaba dispuesto a correr el riesgo, cuando la había subestimado a cada paso hasta entonces?

¿Tan malo sería acceder? Con su método quizá le costase menos controlar el resultado. Y... durante un momento se imaginó a la señorita Talbot arrasando con la buena sociedad y sus remilgados guardianes, solo que en esa ocasión su familia se hallaría fuera de peligro. La perspectiva resultaba muy atractiva. ¿Qué caos podría causar? ¿Cómo trastocaría los planes de todas esas madres manipuladoras que llevaban siguiendo sus propios pasos desde que cumpliera los veintiún años? Sin duda las pondría a todas en su sitio que uno de sus preciosos hijos les fuese arrebatado por semejante víbora. Y tanto si tenía éxito como si fracasaba, Archie abriría por fin los ojos y vería la verdadera naturaleza de la señorita Talbot.

Kitty dejó que reflexionara en silencio unos instantes. Luego se dirigió a él en voz baja, como la serpiente podría haber hablado a Eva, pensó él.

—Su madre celebra una cena la semana próxima a la que ha invitado a las damas y los caballeros más distinguidos que conoce. Convénzala de que me permita asistir y seguro que me gano una invitación a los primeros bailes de la temporada.

—¿Eso es todo? —dijo con sarcasmo.

Ella reflexionó un momento.

—No —respondió, y Radcliffe alzó la vista al cielo para pedir fuerzas—, en mi primer baile usted será mi pareja.

—¿Una invitación y un baile? —Se quedó pensando en silencio—. Esto no es nada ortodoxo —la reprendió con severidad—. Y si expone a algún daño a mi familia, actuaré sin remordimientos para destruirla.

—¿Pero...? —Sus palabras no parecieron perturbarla.

—Pero creo que tenemos un trato. Me ocuparé de que sea presentada en sociedad. Y a cambio nos libraremos de usted para siempre.

Ella sonrió.

Él se preguntó si era así como se había sentido Fausto.

13

Después de su familia y su salud, la pasión que más consumía a lady Radcliffe era su antigua rivalidad social con lady Montagu. Era el espíritu competitivo de las dos damas lo que había originado la cena anual de lady Radcliffe para abrir la temporada: lady Montagu —también condesa viuda y con la ventaja de tener dos hijas, ambas mayores que Amelia— había abierto las temporadas londinenses previas con suntuosos bailes. Amelia aún no había sido presentada en sociedad, de modo que lady Radcliffe no podía ejercer de anfitriona de su propio acontecimiento rival, pero los dos últimos años había celebrado una cena unos días antes del baile de Montagu, una noche de la que no se hablaba ni se disfrutaba menos, pese a tener un carácter íntimo. En lugar de eso, su exclusividad incrementaba el valor de las invitaciones y constituía un golpe de estado que lady Radcliffe ejecutaba con sumo placer. La lista de invitados se decidía meses antes de que se extendieran las invitaciones, y el selecto grupo nunca superaba las catorce o dieciséis personas, los amigos más cercanos de la familia y su descendencia, todos casualmente pertenecientes a la flor y nata de la alta sociedad.

Así pues, Radcliffe no esperaba que le resultase fácil pedir a su madre una incorporación de última hora al plan de distribución de los asientos. Y, en efecto, la condesa viuda miró a su hijo como si se hubiese vuelto loco cuando este le sugirió que invitara a las señoritas Talbot y a la señora Kendall.

—¿Con un día de antelación? —exclamó al principio, horrorizada—. Desbarataría la mesa que asistieran tantas damas. Y además... —vaciló—, siento un gran afecto por la señora Kendall y las Talbot, como sabes, pero esto es siempre... un acontecimiento muy exclusivo. El señor Burrell, en especial, es tan maniático...

Fue bajando la voz. No quería reconocer en voz alta que la señora Kendall y las señoritas Talbot, por encantadoras que fuesen, no cumplirían con las normas de refinamiento del señor Burrell. Al fin y al cabo, no tenían títulos ni conexiones, y tampoco eran conocidas.

Radcliffe suspiró. Había llegado el momento de seguir el ejemplo de la señorita Talbot en el arte de la manipulación.

—La verdad, mamá, es que esperaba poder asistir a la cena este año y pensé que la incorporación de las Talbot era la forma más fácil de evitar descompensar la mesa. No me imagino a otros miembros de la alta sociedad que no se sintieran ofendidos por la invitación tardía.

A lady Radcliffe se le iluminaron los ojos.

—¡James! ¿Hablas en serio? Reconozco que no esperaba convencerte nunca de que asistieras... En el pasado has dicho cosas tan crueles de los Montagu y los Sinclair...

—Cosas de las que me arrepiento —mintió Radcliffe—. Si invitásemos a Hinsley, además de a la señora Kendall y a las señoritas Talbot, eso equilibraría los números, ¿no?

Lady Radcliffe reflexionó un momento. Por supuesto, invitar a tres personas que no incrementarían la trascendencia de la velada no era lo ideal, pero la asistencia de James y del capitán Hinsley sin duda lo compensaría. Como miembro de la alta sociedad, lady Radcliffe era lo bastante astuta para reconocer que James no había hecho más que acumular glamour durante su ausencia de Londres. Su regreso por sorpresa sin duda aportaría algo especial a la velada. Solo quedaba un punto de disensión.

—¿Y no te preocupa volver a arrojar a la señorita Talbot al camino de Archie? —preguntó—. Desde que volví de Richmond, Archie ha dado a entender varias veces que tiene intención de pedir tu aprobación para cortejarla formalmente. Si tienes pensado oponerte a ese compromiso, quizá no sería prudente...

—Eso ya no me preocupa —contestó Radcliffe con tono tranquilizador. No había necesidad de mencionar que Archie ya había intentado pedírsela en dos ocasiones, aunque, por suerte, Radcliffe había estado fuera en las dos—. Te aseguro, madre, que ni los afectos de Archie ni los de la señorita Talbot son profundos.

—Entonces ¡escribiré a las Talbot ahora mismo! —declaró su madre, ya sin fruncir el ceño—. ¿Podrías convencer a Hinsley de que se ponga el uniforme, querido?

—¿Una cena? —La tía Dorothy estaba tan escandalizada como si Kitty hubiese sugerido que se ataran las ligas en público.

—Sí, ¿no es maravilloso? —Kitty blandía la carta con una sonrisa radiante—. Algunas de las damas y los caballeros más importantes estarán allí. Si todo va bien, ¡habremos entrado en la temporada por la puerta grande!

La señora Kendall se llevó una mano a la frente.

—Niña agotadora —dijo con tono cansado—. Cada vez que te dejo sola más de cinco minutos acabas en medio de otra intriga imprudente. Lord Radcliffe ya nos ha descubierto; no puedo creer que ese sea el proceder correcto ahora mismo.

—Lo es —respondió Kitty con firmeza—. Teniendo en

cuenta que Radcliffe amenazaba con contarle a todo el mundo lo de mamá, yo creo que deberíais elogiarme por cómo le he dado la vuelta a la situación.

—¿Contarle a todo el mundo lo de mamá? —intervino Cecily desde un rincón.

Kitty se sobresaltó levemente; se había olvidado de Cecily.

—Oh —añadió con ligereza—. Nada de qué preocuparse.

—Quiero saberlo —insistió Cecily—. Si es sobre mamá, merezco saberlo.

Kitty suspiró. Reconocía la expresión testaruda del rostro de su hermana, y se acercó para sentarse a su lado.

—Esto es posible que suponga un golpe para ti —dijo, sin tiempo para hilar la noticia de forma delicada—, pero mamá... a ver, mamá era... una cortesana. Así se conocieron papá y ella.

Cecily se quedó boquiabierta.

—¿Qué? —preguntó con la voz entrecortada—. No puede ser cierto. Era actriz.

—Sí —respondió Kitty—, y también...

Cecily se tapó los oídos con las manos.

—¡No!

Kitty sintió que la invadía la impaciencia ante su ingenuidad. Con tantas cosas que preparar, aquel uso de su tiempo no era productivo.

—No... no me lo creo. Nos encantaba hablar de los grandes dramaturgos juntas —tartamudeó Cecily—. De Shakespeare... y... y de Marlowe.

—Vamos —la animó Kitty—. Sigue siendo la misma persona, Cecily, sigue siendo nuestra madre. Eso no significa que no le gustase Shakespeare y... quien sea. Solo acabas de descubrir algo nuevo acerca de ella; ¿no es interesante, como poco?

Por la mirada de desprecio que Cecily le lanzó, su hermana no lo encontraba interesante.

—¿Cómo has podido ocultarme esto? —inquirió.

—Mamá creyó que te disgustaría... ¡y está claro que tenía razón!

—¡Pero a ti te lo contó! —la acusó Cecily.

Kitty se mordió el labio; en este caso no estaba segura de si debía contestar con sinceridad. La verdad era que su madre ni se había planteado alterar a Cecily con semejante confidencia. Cecily era la afectada soñadora de la familia, la intelectual; su madre hablaba con ella de libros y obras de teatro, y solo con Kitty mencionó el pasado. No había habido secretos entre ambas: habían hablado con franqueza de sus problemas económicos y habían compartido planes para escapar de ellos, mientras que Cecily había mantenido una relación muy distinta con ella.

—Kitty, no podemos asistir. —La tía Dorothy se hizo oír por encima de los balbuceos de Cecily.

Kitty frunció el ceño.

—¿Por qué te opones tanto a esto? —preguntó—. Es una oportunidad, tía. Tengo una posibilidad real.

—También la tenía tu madre, ¡y mira cómo acabó! —replicó tía Dorothy levantando la voz.

Tanto Kitty como Cecily dieron un paso atrás, impresionadas. La tía Dorothy se llevó una mano trémula a la boca.

—No quería decir eso —dijo—. Lo siento... Te pareces tanto a ella... Tenía la misma seguridad que tú en que podría conseguirlo todo: amor, matrimonio, dinero. Pero cuando te mezclas con la alta sociedad, nada es tan sencillo, y pueden arrebatártelo todo de golpe. La enviaron lejos y no volví a verla nunca.

Se hizo el silencio. Nunca habían visto a la tía Dorothy perder así la compostura.

—La diferencia es que yo no voy a enamorarme de nadie —le aseguró Kitty.

—No estoy segura de que eso sea de ayuda. —La tía Dorothy alzó las manos en señal de frustración—. Es un plan de lo más temerario. Ninguna de nosotras tiene la menor idea de cómo comportarse en un evento así.

—Pensé que tú quizá sí —reconoció Kitty—. Ya has alternado con caballeros.

—No delante de sus esposas —recalcó la tía Dorothy—. Esto es tan nuevo para mí como para vosotras. Esos eventos se rigen por toda clase de reglas sobre las que no tenemos la menor idea, y ¿has pensado en lo que podría ocurrir si uno de los caballeros que asisten me reconoce?

—Han pasado diez años —señaló Kitty dubitativa.

—Diez años que, sé de fuentes fidedignas, han sido muy amables conmigo —le dijo con severidad—. Menos mal que ahora llevo el pelo negro, no rojo; hay un motivo por el que evito a esa clase de gente, Kitty. Y en cuanto a ti, ¡eres la viva imagen de tu madre! Será mejor que escribas a lady Radcliffe y le digas que no podemos asistir.

—¿Y abandonar? —Kitty alzó la barbilla desafiante—. No, averiguaré todo lo que necesitamos saber. ¡Vamos a ir a esa cena!

Fiel a su palabra y con el mejor de los ánimos, Kitty salió esa tarde de expedición para recopilar información. Su destino, con Cecily a remolque, era la biblioteca, porque su hermana le había hablado a menudo de los libros sobre conducta que les daban en el seminario y que les enseñaban las virtudes de las damas recatadas. Sin embargo, Kitty se llevó una decepción. Para su indignación, incluso los ejemplares más académicos al respecto solo contenían instrucciones escuetísimas e inútiles. ¿De qué iban a servirle en una cena disparates como «tener un respeto sagrado por la verdad» y «poseer dignidad sin soberbia»? Se fueron con las manos vacías. Por la tarde, Kitty evitó la mirada de la tía Dorothy.

De mutuo acuerdo no volvieron a hablar del asunto esa noche, y todas se retiraron temprano a la cama, aunque Kitty no durmió. Durante los días transcurridos desde que habían llegado a Londres había ido acostumbrándose al ruido semi-continuo de la ciudad, pero aún no se sentía del todo cómoda con la cantidad de sonido que seguía filtrándose por la ventana incluso de noche. En casa, en Netley, cuando ella o Beatrice no podían dormir, se susurraban confidencias bajo las mantas, compartiendo secretos y miedos hasta que pertenecían más a las dos que a una sola. Y pese a que había secretos que Kitty nunca compartió con Beatrice —el verdadero alcance de sus deudas y la historia completa del cortejo de sus padres eran cargas que soportó sola—, se había acostumbrado a recurrir a ella en busca de apoyo en los momentos de incertidumbre. En especial en los años posteriores a la muerte de su madre, cuando Kitty se había sentido terriblemente sola, contar con Beatrice fue el mayor consuelo que podría haber pedido.

Y en ese momento no lo tenía.

—¿Cecy? —susurró Kitty en medio de la oscuridad. Un leve ronquido, sin embargo, confirmó que su hermana estaba completamente dormida.

Kitty deseó que se le hubiera ocurrido hablar con su padre acerca de la etiqueta del *beau monde* mientras vivía. Había tenido tantas oportunidades de hacerlo... Pero ¿cómo era posible que no hubiese sido consciente de la importancia que tendría en el futuro? En el caso de Kitty, lo peor de perder a sus padres no llegó en los primeros días de duelo, crudos y traumáticos. Había llegado después: le sobrevenía por sorpresa a diario, en los muchos momentos en los que pensaba en algo que necesitaba consultarles, algo que quizá siempre se hubiese preguntado de forma vaga, pero que nunca se le había ocurrido formular en voz alta, algo estúpido o algo importante. Entonces, un segundo después se daba cuenta de que, por supuesto, ya no estaban ahí.

En ese momento más que nunca, Kitty habría dado casi cualquier cosa por formular a alguno de sus padres las preguntas que le daban vueltas en la cabeza. Preguntar a su padre sobre la alta sociedad —sí, esa era una—, pero también si estaba haciendo lo correcto. ¿Debía escuchar a la tía Dorothy o confiar en su propio instinto? ¿Estarían todas bien? Señor, cómo desearía que le dijesen que todo volvería a ir bien, notar la presión tranquilizadora de una mano paterna sobre su frente una vez más...

A Cecily se le escapó un hipido, y Kitty meneó la cabeza para despejar la mente. Lo que de verdad necesitaba, en términos prácticos, era hablar con alguien que conociese ese mundo como la palma de la mano, que dominara todas las pequeñas reglas y rituales que ella no reconocería. Alguien que supiese exactamente cómo identificaban los miembros de la alta sociedad a los intrusos y —algo crucial— alguien con quien pudiera hablar con sinceridad, sin miedo a lo que su ignorancia pudiese revelarle. No fue hasta que el cielo de color púrpura se fundió en un negro como el carbón cuando Kitty comprendió que solo había una persona con la que podía hablar.

El mayordomo de lord Radcliffe, Beaverton, se sorprendió al abrir la puerta de la casa adosada de Radcliffe en St James's Place a las diez en punto de la mañana siguiente, para encontrarse con la señorita Talbot y una doncella que lo miraban con aire expectante desde el último escalón. La respuesta apropiada a aquella ocurrencia irregular era, sin duda, informar a las damas de que su señor no iba a recibir visitas y enviarlas de vuelta a casa. Salvo porque, sin saber muy bien cómo, Beaverton se vio en cambio acompañando a las damas hasta la biblioteca y subiendo a la planta de arriba para comunicar la noticia a lord Radcliffe.

—¿La señorita Talbot? —preguntó Radcliffe con incredulidad desde las profundidades de su dormitorio a oscuras—. ¿Aquí? ¿Ahora? ¿Qué demonios...?

Logró salir de la cama con dificultad y llegó a la biblioteca menos de quince minutos después, algo más desaliñado de lo que normalmente le gustaba presentarse ante las visitas. Se quedó en el vano de la puerta mirando perplejo a la señorita Talbot. Por incomprensible que pareciera, sí que estaba allí.

—Señorita Talbot —dijo al fin, sin inclinarse. Cuando no añadió nada, Kitty comprendió que Radcliffe se había despertado, pero no sus modales.

—¿Tal vez podríamos tomar un refresco? —sugirió, consciente de que Radcliffe necesitaba algo de orientación.

Este apretó los labios, pero se dirigió a su criado como correspondía y la invitó a sentarse.

—No esperaba su visita, señorita Talbot —se atrevió a decir, recuperando parte del equilibrio—. También es bastante más temprano de lo que esperaría recibir vistas, incluso las esperadas.

Kitty lo miró sorprendida.

—¡Pero si ya son más de las diez! —objetó—. ¿No estaba despierto todavía?

—No importa —dijo con suma paciencia—. ¿Por qué ha venido? Estoy seguro de que no se me ocurre nada más que hablar, dado que recibió usted ayer la invitación de mi madre. A menos que desee faltar a nuestro trato...

—Oh, en absoluto. —Hizo un gesto de desdén con la mano—. Tengo intención de cumplir con mi parte, no tiene de qué preocuparse, Archie ya no está en peligro conmigo. Pero me gustaría hacerle algunas consultas.

Radcliffe desvió la mirada hacia Sally, que estaba sentada en una silla junto a la puerta, y la devolvió a Kitty. Era una pregunta.

Esta volvió a sacudir la mano.

—Ah, Sally lo sabe todo, no se preocupe. No dirá una palabra.

—Por supuesto —respondió él—. Discúlpeme si no comparto su seguridad. Quizá podría esperarnos en el vestíbulo. A menos que tema que tenga otras intenciones para con usted.

Dotó sus palabras de un toque de ironía que sugería que la idea era ridícula; Kitty intentó no ofenderse. Una vez que se hubo cerrado la puerta tras Sally, parte de la altivez de Radcliffe lo abandonó.

—Creí que había mantenido mi parte del acuerdo —dijo enérgicamente—. Que yo me ocuparía de su presentación y que usted se encargaría a partir de ahí.

—Seguro que no creyó que sería tan sencillo —repuso ella en tono de crítica, olvidando que también lo había creído así de fácil hasta que la tía Dorothy la informó de lo contrario.

—Le ruego que me disculpe, pero... sí.

—Hay muchas cosas que necesito averiguar acerca del evento de lady Radcliffe, muchas cosas que podrían ir mal, ya sabe.

—Ah, ¿sí? —dijo pensando con anhelo en su cama.

—Sí, en efecto. Su madre me consideró una intrusa al cabo de unos segundos de conocernos. Debo asegurarme de que no vuelve a ocurrir.

—¿Y lo primero que se le ocurre es pedirme ayuda a mí? —preguntó con incredulidad—. Ayer intentamos chantajearnos el uno al otro.

—Lo primero que se me ocurrió —lo corrigió ella— fue probar en la biblioteca, pero para lo que me sirvieron todos esos estúpidos libros de etiqueta bien podría haber leído la Biblia. Además, no es tan extraño que le pregunte a usted. Imagino que querrá que tenga éxito. Tenemos un trato, ya sabe.

—Un trato del que me arrepiento más a cada minuto que pasa —masculló Radcliffe, que se frotó el rostro con las manos y deseó haber pensado en pedir café, no té.

Kitty hizo caso omiso.

—¿Quién asistirá esta noche? —preguntó.

—La condesa viuda lady Montagu, su hijo lord Montagu, sus dos hijas. —Fue contando con los dedos—. Lord y lady Salisbury, el señor y la señora Burrell, el señor y la señora Sinclair, su hijo Gerald, el señor Holbrook y el capitán Hinsley, a quien ya conoce.

Kitty asintió, memorizando la lista para transmitírsela más tarde a la tía Dorothy.

—Cuando me presenten a lady Montagu, ¿cómo debe ser mi reverencia?

La miró en silencio unos instantes.

—Media —respondió por fin, con la esperanza de que ahí acabaría todo.

Kitty se levantó.

—¿Puede enseñármelo? —pidió.

—¿Que se lo enseñe?

—Sí, por favor, ¿puede mostrarme el nivel apropiado de reverencia delante de una condesa? Es evidente que cuando saludé a su madre por primera vez no lo hice correctamente.

—Pero yo no soy una mujer.

—Aun así, las ha visto inclinarse con bastante frecuencia, ¿no? —Hizo un gesto de impaciencia con la mano.

De haber sido algo más tarde, si se hubiese preparado lo más mínimo para aquella visita, podría haberse negado. Pero no estaba preparado y era muy temprano, así que, frente a una orden tan insistente, le pareció más fácil obedecer. Se levantó e hizo una imitación pasable de una reverencia ante una condesa. La señorita Talbot lo miró con ojo crítico —el gesto era mucho más superficial de lo que habría dicho— y a continuación lo copió ante él.

—¿Cambia, para lord y lady Salisbury?

—Sí, porque él es marqués y ella marquesa, cierto. —Volvió a mostrárselo, y luego una vez más, para los Sinclair y los Burrell, simples señores.

Cuando estuvo satisfecha, convencida de haberlo aprendido perfectamente de memoria, la señorita Talbot volvió a sentarse.

—¿Y qué ocurrirá? —preguntó a continuación—. ¿Nos sentamos enseguida? ¿Qué clase de cosas comeremos? ¿Debería sentarme en algún sitio en concreto? ¿De qué hablan ustedes y cómo hay qué vestir?

La señorita Talbot fue capaz de sacar un verdadero tesoro oculto de información de lord Radcliffe antes de que su mente se despertase del todo y empezase a poner objeciones a su presencia en su casa, de modo que, cuando le ordenó «márchese ya y no vuelva jamás», ella obedeció tan campante.

La acompañó en persona a la puerta —abrigaba serias sospechas de que, si no, cabía la posibilidad de que no se marchase nunca— y se despidió con un brusco «buenos días» que ella le devolvió de mucho mejor humor.

—Y, aunque no le importe demasiado —añadió con severidad antes de cerrar la puerta—, en la buena sociedad se considera muy inapropiado que vean a una mujer soltera visitando la casa de un hombre soltero, con doncella o sin ella.

Kitty puso los ojos en blanco con gesto extravagante.

—Querido lord, la gente de ciudad se escandaliza con tanta facilidad... ¿Cree que es por la falta de aire fresco?

Radcliffe cerró la puerta con fuerza, pero Kitty, muy contenta, bajó saltando los escalones con Sally. Tenía la sensación de que había descubierto todo lo que necesitaba saber para causar sensación en sociedad. Se sentía lo bastante preparada para cualquier cosa.

14

Una nunca está del todo segura de qué ponerse en veladas como esta. Espero que lady Montagu no venga demasiado arreglada —dijo lady Radcliffe con malicia mientras esperaban en el salón a que llegaran los invitados.

Radcliffe contuvo una sonrisa. Era evidente que a la condesa viuda nada le habría complacido más que lady Montagu cometiese semejante error.

Los primeros invitados comenzaron a llegar a partir de las siete, y mientras Radcliffe se inclinaba y murmuraba saludos a cada uno de ellos, fue consciente de que esperaba con aprehensión la llegada de las Talbot.

—¡La señora Kendall, la señorita Talbot y la señorita Cecily Talbot! —anunció Pattson, y las tres mujeres entraron.

Iban vestidas de un modo encantador, a la última moda: la señora Kendall de un malva suave, y la señorita Talbot y la señorita Cecily con los mismos vestidos blancos de noche que habían llevado a los jardines de Vauxhall, aunque con chales de gasa plateada para que el conjunto pareciese nuevo.

—Buenas noches, señorita Talbot —dijo Radcliffe con cortesía mientras su madre saludaba a la señora Kendall y Amelia, a Cecily.

Kitty inclinó la cabeza y preguntó en voz baja:

—¿Algo más que lamentar?

—Oh, muchas cosas —le aseguró.

Ella sonrió.

—¿Tiene algún buen partido para mí esta noche? —preguntó con picardía.

—Lo siento, muy pocos, pero como fue usted quien creyó que este evento sería esencial, me temo que ese error es suyo, no mío.

—Avíseme si no se siente a la altura de la tarea —contestó ella, incapaz de resistirse a provocarlo.

—Quizá debería elaborar una lista apropiada de caballeros lo bastante ricos como para satisfacerla y, aun así, tan carentes de moralidad que no sienta ninguna culpa por soltarla sobre ellos —añadió él con aire pensativo.

Kitty lo fulminó con la mirada.

—Qué amable. —Y pasó por delante de él en dirección a lady Radcliffe.

—¡Señorita Talbot, está usted maravillosa! Ese broche... ¡divino! Debe contarme quién es el joyero. —Al parecer esto último era una pregunta retórica, pues de inmediato añadió en un tono bajo y confidencial—: Lady Montagu ya casi llega tarde, estoy fuera de mí de ira. Es de muy mala educación... no siente ningún respeto por mí, está bastante claro.

—El honorable conde de Montagu, la honorable condesa viuda de Montagu, lady Margaret Cavendish y lady Jane Cavendish —anunció Pattson de un modo imponente desde la puerta.

—¡Queridos! —exclamó lady Radcliffe con júbilo y los brazos extendidos en señal de bienvenida.

Las damas se saludaron con una cordialidad absurda.

—Vengan, tienen que conocer a la señora Kendall y a sus sobrinas, nuevas amigas de la familia. Lady Montagu es una amiga cercana, y este es su hijo, lord Montagu; él y Archie son como hermanos. Lady Montagu, esta es la señorita Talbot, quien me ha ayudado maravillosamente con mi *malaise* más reciente.

Kitty y Cecily hicieron una reverencia.

—He oído hablar mucho de vosotras —dijo lady Montagu, sonriendo con los labios pero evaluando con los ojos.

Kitty inspiró hondo y se esforzó por calmarse. Era esencial que concluyeran la velada habiéndose congraciado con todas las damas presentes. Londres podía ser un mundo de hombres, pero eran esas mujeres quienes guardaban las llaves de este: eran ellas las que extendían las invitaciones, hacían correr los rumores y dictaban las sentencias que podían llevarla al éxito o al fracaso.

—¿Talbot? —preguntó entonces lady Montagu—. ¿Alguna relación con los Talbot de París?

Sí, pensó Kitty, aunque no era una asociación que le gustaría difundir, en caso de que alguien estableciera la relación con el escándalo de sus padres.

—No —mintió con calma—. Somos naturales de Dorsetshire.

—Ah, entonces conocerá a los Salisbury, ¿no?

—Aún no nos han presentado —admitió Kitty.

—Oh. — Los ojos de lady Montagu se desviaron por encima de su hombro, como si hubiese perdido parte del interés al instante—. ¿Los Digby, entonces? Una hacienda magnífica, ¿verdad? Mis hijas pasaron las últimas vacaciones de verano allí.

—No la hemos visitado —respondió Kitty negando con la cabeza—. Aunque tengo entendido que es encantadora.

Lady Montagu pareció decepcionada de nuevo y se volvió hacia la tía Dorothy.

—Y... ¿la señora Kendall, era?

Incluso a oídos de Kitty, Kendall sonaba un poco corriente. Deseó que hubieran podido cambiarlo, pero ya era demasiado tarde. La tía Dorothy se comportó de un modo impecable, contando cómo había conocido a su difunto —y ficticio— esposo, pero resultaba obvio que lady Montagu no la escuchaba. Tras revelar que era irrefutable que no tenían conexiones, lady Montagu las había juzgado inútiles para ella y estaba desesperada por pasar a un terreno más fértil.

Para consternación de Kitty, esa iba a ser la tónica de todas las presentaciones: al parecer, todos los invitados compartían la necesidad de ubicar a las Talbot y a la señora Kendall dentro de su geografía social, y se mostraban desconcertados cuando no lo conseguían. Las Talbot parecían y actuaban como jóvenes damas de buena cuna y atributos, y aun así no conocían a una sola persona de las que deberían. Como continuaban negando su relación con cualquier familia de la alta sociedad de todo el sudoeste, la altivez de los invitados reunidos fue en aumento. Aquel mundo era más pequeño de lo que Kitty había imaginado, y uno tenía que estar encasillado en él para que lo aceptasen. Lo único que las salvaba de aquella situación era que el resto de los invitados estaban demasiado distraídos con la presencia de lord Radcliffe para interrogarlas como era debido. Era evidente que consideraban a Radcliffe un personaje glamuroso: tenía título nobiliario, era rico y soltero, sí, pero también se había dejado ver poco en sociedad desde su época en el continente. Había trabajado como agregado de Wellington y después había luchado en Waterloo, aunque su papel solo debía ser de naturaleza diplomática. Era el tipo de historia que rara vez implicaba a los primogénitos, y la alta sociedad, cuya jerarquía era implacable, lo encontraba todo aún más chispeante.

Cada vez que Radcliffe hablaba, las voces de todos los presentes se acallaban, como si esperasen que pudiese estar a punto de contar un relato épico sobre la guerra. No lo hizo en ningún momento, y Kitty se sintió aliviada cuando lady Radcliffe anunció que se disponían a servir la cena. Lady Radcliffe no la había sentado junto al señor De Lacy, lo cual Kitty agradeció —dada la reciente promesa de dejarlo en paz, se había pasado toda la velada evitando su mirada—. En cambio, tenía al señor Sinclair a la izquierda y al capitán Hinsley a la derecha.

Mientras tomaban asiento, Hinsley le guiñó el ojo, a lo que ella respondió con una mirada gélida. No le había perdonado por su papel obstruyendo su caza del señor De Lacy. Sirvieron el primer plato y, a pesar de los nervios, Kitty dedicó un momento a maravillarse ante los manjares que le ofrecían el señor Hinsley y el señor Sinclair. La cantidad era impresionante por sí sola: había cuatro soperas de crema de alcachofa en cada esquina de la mesa y, entre ellas, bandejas de rodaballo a la mantequilla, un lomo de ternera y más de veinte guarniciones aparte, todo aderezado con salsas que Kitty no sabía nombrar. Distaba mucho del pudin de verduras y las mollejas mechadas que habían comido en su última noche en Netley.

Radcliffe había dicho que las mujeres debían hablar primero con el caballero a su izquierda, así que se volvió hacia el señor Sinclair, a quien dirigió una sonrisa temblorosa y esperó que fuese más fácil hablar con él que con su mujer, a quien no le entraba en la cabeza por qué Kitty no conocía a la familia Beaufort y no paraba de insistir al respecto. Pero, ay, aunque el señor Sinclair estaba de buen humor, no lo estaba tanto como para evitarle a Kitty el interrogatorio habitual.

—¿Biddington? ¡Ah, conozco bien la zona! —exclamó—. Conocerá a Ducky, por supuesto.

—¿Ducky? —¿Había oído bien? Sin duda había sonado como Ducky. Se quedó mirándolo sin comprender. ¿Era Ducky un lugar? ¿Un pato de verdad que por alguna razón era conocido en esos círculos? Las palmas de las manos se le humedecieron un poco mientras se preguntaba cuál sería la respuesta más segura, y el señor Sinclair se fue mostrando cada vez más confundido con su silencio.

—Lord Mallard —aclaró por fin, cuando quedó claro que Kitty no iba a decir nada.

—Ah —dijo muy bajito. Un apodo, entonces—. No, me temo que no.

El señor Sinclair frunció el ceño.

—Tiene que conocerlo —insistió—. Tiene un pabellón de caza en la zona, estoy seguro.

Kitty no lo soportaba. Decidió correr un riesgo calculado. No bastaba con limitarse a eludir esas preguntas sin una explicación, debía proporcionar una razón para su opacidad si querían tener una oportunidad de llegar al final de la noche.

—Lo cierto es, señor —dijo, tirando la cautela por la borda—, que no conozco a una sola persona en Londres, aparte de mi tía y la familia De Lacy. Verá, mi padre nos mantuvo totalmente apartadas de la sociedad; le aterraba que pudieran llevarnos por el mal camino, así que nunca salíamos de nuestro pueblo.

—Ah, ¿sí? —Aquello pareció intrigarlo—. ¿Era un tipo excéntrico?

—Mucho. Debo confesarle que mi hermana y yo sabemos muy poco del mundo, así que debe perdonar mi gazmoñería, ¡me da pavor decir algo incorrecto!

—Vaya, serán ustedes las chicas más inocentes de todo Londres —declaró el señor Sinclair. Observó a la señorita Talbot un momento bajo sus gruesas cejas y acabó decidiendo que lo encontraba encantador—. No tiene por qué estar nerviosa en absoluto —la tranquilizó, con un gesto hacia los presentes—. Pero ¡si este es el grupo de personas más amigable de toda la ciudad! Puede confiar en que cuidaremos de ustedes.

La autoproclamada fiabilidad del señor Sinclair no le impidió —una vez que retiraron el primer plato y los dos se volvieron hacia el comensal del otro lado— transmitir la noticia de la crianza inusual de las hermanas Talbot directamente a lady Salisbury, quien a la primera oportunidad la pasó a su vez. La información fue recibida con murmullos de interés y, para cuando había concluido el segundo plato (aún más grande que el primero, con un pavo, langosta y gallina de Guinea entre las bandejas), todos miraban a las Talbot como a una novedad. La altivez comenzó a disminuir. Los nobles y miembros de la alta sociedad allí reunidos empezaron a preguntarse si lady Radcliffe no era una fantástica anfitriona por haber descubierto unas rarezas tan encantadoras como esas jóvenes damas. Kitty advirtió que la tía Dorothy la miraba desde el otro lado de la mesa y compartieron una leve sonrisa de alivio. Volvió la vista y se llevó una grata sorpresa al ver a Cecily animada. Parecía estar instruyendo a lord Montagu sobre la filosofía sáfica y disfrutando mucho, como suele ocurrir cuando a alguien le permiten hablar largo y tendido sobre su propio intelecto. Kitty dio las gracias al joven para sus adentros por continuar prestando atención cuando sin duda debía estar sumamente aburrido.

La alta sociedad no era tan distinta de la gente normal, y Kitty fue capaz de observar entonces que ya no se sentía tan asediada. Sí, hablaban en tono cortante, y sí, llevaban la cortesía a niveles rituales, y había que reconocer que la jerga era completamente incomprensible, todo sobre Eton e institutrices, Londres y apodos para nobles que debías conocer, pero que no debías utilizar a menos que también los conocieses a ellos. Pero comían, como todo el mundo, y cotilleaban como posesos, aunque lo disfrazaban todo de preocupación y simpatía para hacerlo más educado.

—Una noticia horrible lo del chico de los Egerton, ¿verdad? —Pese a que el señor Burrell hablaba en voz baja, sus palabras llegaron a todos los comensales.

—¿Qué ha ocurrido? —preguntó la señora Sinclair, con gesto preocupado y los ojos brillantes.

—Ha perdido una verdadera fortuna a las cartas, el pobre desgraciado; toda la familia está indignada —explicó lady Montagu, negando con la cabeza con tristeza—. Han tenido que vender cien acres de tierra para pagar sus deudas.

—Y no podría haberle ocurrido a una familia mejor. —Lady Radcliffe parecía algo mareada por la noticia—. Estuvo en Waterloo, ¿verdad, Radcliffe?

En cuanto las palabras escaparon de sus labios, lady Radcliffe pareció lamentarlas. Todos los presentes guardaron silencio de inmediato y miraron a lord Radcliffe, quien no ofreció más que un murmullo vago a modo de respuesta. Cuando quedó claro que no pensaba deleitarlos con una historia, lady Salisbury se precipitó:

—Lord Radcliffe —le dijo desde enfrente—, debe hablarnos de Waterloo. Nos morimos por escuchar su relato.

—Radcliffe está harto de hablar de la guerra —intervino su madre a toda prisa.

—Oh, estoy segura de que puede darnos el gusto, por esta vez —insistió lady Salisbury—, ¿verdad, Radcliffe? ¿Si lo pedimos por favor...?

—¿Qué le gustaría saber, milady? —respondió Radcliffe con frialdad.

—¿Cómo fue? —La mujer se inclinó hacia delante con avidez.

—Espantoso —respondió, y bebió de su copa de vino.

Su tono fue casual, pero la señorita Talbot creyó detectar una advertencia —y por las expresiones tensas tanto de lady Radcliffe como del capitán Hinsley, también ellos—, pero lady Salisbury continuó, sin dejarse desanimar.

—Debió de ser impresionante —comentó embelesada—. Todos los regimientos alineados, los caballos, las casacas rojas, la...

—¿La muerte? —añadió Radcliffe, con una sonrisa forzada—. Porque confieso que es la muerte lo que más recuerdo de ese día, no las casacas rojas.

Lady Radcliffe se levantó con brusquedad de su silla.

—¿Nos retiramos para el té, señoras? —dijo alegremente.

Kitty abandonó su crema de vainilla con cierta tristeza.

La atención calurosa con la que trataron a las señoritas Talbot y a la señora Kendall durante el té no se correspondía en absoluto con las gélidas reservas anteriores por parte de esas mismas damas. Solo la señora Burrell se mostró impasible ante la explicación del padre sobreprotector, mientras que lady Montagu y la señora Sinclair —que nunca se quedaban atrás en tendencias— habían decidido que las hermanas Talbot eran las criaturas más adorables que habían conocido nunca. Kitty, por su parte, se introdujo aún más en su papel, suplicando el consejo de aquellas mujeres para navegar las aguas sociales de Londres. Acostumbradas como estaban a las jóvenes que deseaban parecer expertas y sofisticadas en su presencia, esas damas se sintieron reanimadas y halagadas por un reconocimiento tan sincero de su elevada posición social. Para cuando los caballeros se unieron a ellas, a Kitty le habían prometido invitaciones a tres bailes, todos el mes siguiente.

—Creo que podemos contar la velada como un éxito, ¿no? —susurró Kitty a la tía Dorothy en el trayecto de regreso en carruaje.

—Sí. —La tía Dorothy parecía pensativa—. Sí, contra todo pronóstico, creo que podemos.

Se volvió hacia su sobrina, y Kitty se preguntó si iba a darle otra lección sobre lo impropio y arriesgado de su estrategia. Pero su tía la sorprendió una vez más.

—Sigo pensando que estás loca —le advirtió—. Y aún encuentro tu implacable perseverancia agotadora. Pero debo reconocer que esta noche ha sido bastante... emocionante. —Hizo una pausa—. Con todo esto lo que quiero decir es que estoy contigo, querida. Te ayudaré en lo que pueda.

—¿Con quién quieres casarte ahora? —las interrumpió Cecily, bastante confundida—. No es lord Montagu, ¿verdad? El interesante joven que estaba sentado a mi lado en la cena.

Kitty alzó la vista al cielo.

—Cecily, no soy tan ridícula como para aspirar a un caballero con título nobiliario, y menos uno de una familia tan poderosa; no me subestimes.

—Oh, bien —dijo Cecily vagamente, y desvió su atención una vez más.

Contenta con dejar que el resto del trayecto transcurriese en silencio, Kitty cerró los ojos y recostó la cabeza en el asiento.

Al otro lado de la ciudad, Radcliffe volvía a pie a casa —St James's Place estaba a tan solo un breve paseo de Grosvenor Square— sintiendo un alivio similar. Había que reconocer que la señorita Talbot había interpretado su papel muy bien. Estaba casi avergonzado de los suyos por la facilidad con la que habían caído en sus redes.

Casi avergonzado, pero no del todo. Después del interrogatorio de lady Salisbury, estaba más que dispuesto a abandonarlos a su suerte. Y pronto podría lavarse las manos de todo el asunto. Tendría que quedarse en la ciudad lo suficiente para conceder a la señorita Talbot el baile que le debía, pero, aparte de eso, no se requería ni su intervención ni su presencia en Londres. Después de esa noche estaba casi seguro de que habían acabado sus días preocupándose de la señorita Talbot.

15

La visita de la señorita Talbot a la casa de Radcliffe la mañana siguiente no fue espontánea precisamente. Esa noche, a Kitty le costó conciliar el sueño y se pasó horas dudando y reflexionando. Había mil cosas que no sabía acerca de la alta sociedad, ¿de verdad creía que una noche de éxito iba a permitirle estar tranquila? Se sumió en un duermevela inquieto y, para cuando el sol había salido por completo, tenía claro que necesitaba continuar explorando para evitar el desastre.

Beaverton observó con consternación a la señorita Talbot y a Sally en la entrada, pero su reacción se vio eclipsada con creces por la de su señor, que se quedó pasmado al saber que iba a vivir aquel horror por segunda vez.

—¿Y ahora qué? —inquirió, tras bajar a regañadientes para enfrentarse a su flagelo.

—Solo unas preguntas más —le aseguró Kitty, que sacó su cuaderno del bolso—. ¿Puedo empezar?

—Santo Dios... —lo oyó murmurar.

—En el baile de lady Montagu, ¿qué danzas son probables? —preguntó, encorvada sobre el cuaderno y con la pluma lista.

—El cotillón y la cuadrilla, imagino, además de las danzas rurales habituales —respondió, sucumbiendo a lo inevitable—. Y el vals, aunque eso lo evitaría hasta que se haya establecido. Los tiquismiquis aún lo consideran un poco rápido.

Kitty asintió sin dejar de tomar notas.

—¿Sirven la cena en los bailes privados o deberíamos comer antes? —preguntó a continuación.

—Sirven cena.

—¿Y es aceptable comer, o la alta sociedad prefiere pensar que las jóvenes damas no lo necesitan?

Radcliffe estaba perplejo.

—Puede usted comer —aseguró—. Aunque la mayoría de la gente cena antes en casa.

—¿A qué hora resulta apropiado llegar? La invitación dice que a las ocho, pero ¿significa eso que deberíamos llegar a esa hora o a lo largo de esa hora?

Las preguntas prosiguieron más o menos en esa misma línea: acerca de detalles a los que nunca se le había ocurrido prestar atención y en los que deseó no tener que volver a pensar. Se preguntó vagamente adónde había ido su sentido de lucha. Era como si le hubiesen arrebatado toda la energía frente a ese cuaderno y lo único que pudiese hacer era ver con desesperación silenciosa cómo se le escapaba su antes tranquila mañana. Fue un alivio cuando ella cerró el cuaderno de golpe, pero el suplicio no había acabado del todo. Se sacó del bolso una copia de la revista *La Belle Assemblée* y le enseñó la imagen de un vestido.

—Teníamos pensado llevar algo así, ¿es apropiado?

—Eso creo —contestó con impotencia.

—¿Algún paso en falso que debería evitar?

—Muchos. —Su respuesta se vio amortiguada porque tenía la cabeza hundida entre las manos.

—¿Le importaría mencionar uno? —insistió ella con aspereza.

—Sí —respondió enfadado.

Kitty se levantó para marcharse, convencida de que a Radcliffe se le había agotado la paciencia, y le deseó unos buenos días que él no le devolvió.

—¡Por el amor de Dios, salga por la puerta de atrás!

Sin embargo, era demasiado tarde. Kitty ya se había ido.

Radcliffe tardó un tiempo en recobrarse. Por suerte, no recibió más visitas, pero el daño ya estaba hecho. En lugar de pasar el día como había planeado, respondiendo a su correspondencia y escribiendo instrucciones a Radcliffe Hall en referencia a su regreso inminente, se pasó varias horas inquieto pensando en el descaro de la señorita Talbot, en su insolencia... en su audacia. Casi deseó que volviera para poder echarla como era debido. Incluso cuando se acostó, seguía sintiendo un vago temor a la posibilidad de despertarse de nuevo con la noticia de la presencia de la señorita Talbot en su casa. Por suerte no fue así. Por desgracia se despertó con la noticia de que era su hermano Archie quien estaba abajo.

Archie se sentía algo frustrado por el tiempo que le había llevado hablar con Radcliffe del asunto de su compromiso. Sus dos últimos intentos de pasar por St James's Place habían resultado infructuosos, de modo que iba a abordar a su hermano días después de lo que había planeado. Por supuesto, técnicamente no necesitaba el permiso de Radcliffe, sin duda no una vez que alcanzara la mayoría de edad en solo unas semanas, pero a Archie eso no le importaba. Radcliffe era el cabeza de familia, y del mismo modo que le habría pedido su bendición a su padre, en ese momento debía pedir la de James. Era lo correcto.

—Archie, ¿a qué debo el placer? —preguntó Radcliffe, que sospechaba a qué había ido.

Su hermano inspiró hondo.

—Me gustaría hablarte de un asunto muy importante, milord.

Radcliffe contuvo un suspiro.

—¿Sí?

—Como recordarás, te escribí antes de que regresaras a Londres para pedirte tu permiso, tu bendición, más bien, para hablar seriamente con la señorita Talbot acerca de mis sentimientos por ella. —Cogió aire de nuevo—. No he cambiado de opinión. Y me gustaría discutir...

Radcliffe levantó una mano, convencido de que a la conversación no le beneficiaría que Archie se acorralara a sí mismo.

—Archie, antes de que sigas por ahí, he de decir que no creo que la señorita Talbot sea la chica apropiada para ti.

El joven se detuvo de golpe.

—¿Por qué? —exigió saber—. No te creerás aquella tontería que soltó mamá una vez sobre que era una cazafortunas, ¿verdad?

—No tiene nada que ver con eso —mintió Radcliffe. Cambió de táctica, seguro de que cualquier ataque contra el buen nombre de la señorita Talbot no haría más que inspirar en su hermano una defensa aguerrida y encaprichada—. Es solo que no estoy seguro de entender las prisas, Archie. Hace apenas unas semanas que conoces a la señorita Talbot, ¿tiene algo de malo que sigáis siendo amigos por el momento?

Archie sintió que sí. La señorita Talbot le había dicho que sí, aunque no era capaz de recordar por qué exactamente. ¿Algo acerca de una pera?

—Bueno... siento... es decir, una vez que uno está enamorado, no hay ninguna necesidad de retrasarlo. —Estaba bastante satisfecho con aquella declaración, un trabajo estupendo para haber improvisado.

—Sea como sea, sigues siendo demasiado joven —murmuró Radcliffe poco convencido—. Apenas un hombre. Tienes tiempo de sobra para casarte. Deberías enamorarte y desenamorarte diez veces antes de hacerle promesas a una dama.

Su tono era afable, sus palabras amables, pero Archie se enfureció de inmediato.

—No soy un niño —repuso acaloradamente. Como la cara de Radcliffe no varió su expresión de hermano mayor jovial, el enfado de Archie fue en aumento—. ¡Lo cual sabrías si hubieses pasado algo de tiempo con la familia en los dos últimos años!

En cuanto aquellas palabras salieron de sus labios, las cejas de Radcliffe se alzaron y Archie lamentó haberse precipitado.

—Lo... lo siento, no quería decir eso —tartamudeó.

—Estaba en el campo por negocios —le recordó Radcliffe sin alterarse.

Archie dio una patadita al borde de la alfombra con la punta del pie.

—Debían de ser muchos negocios —masculló con cierta acritud.

Radcliffe, por enésima vez esa semana, maldijo a la señorita Talbot con el infierno y la condena eterna. Su familia no había tenido ningún problema hasta que ella había empezado a meterles sus punzantes ideas en la cabeza.

Levantó las manos con gesto de súplica.

—No estoy en contra del matrimonio sin más. Lo único que te pido es que veas lo que tiene que ofrecer la temporada. Si tus atenciones siguen centradas en la señorita Talbot, y las suyas en ti, volveremos a hablar de ello en unas semanas, por supuesto.

Entonces apretó el hombro de Archie con la mano, le hizo volverse y lo empujó con suavidad hacia la puerta.

—Lo dices como si lo hubiéramos llegado a hablar —se quejó Archie, arrastrando un poco los pies.

Radcliffe fingió no haberlo oído.

—Con Montagu y Sinclair de vuelta en la ciudad, ¿por qué no salimos a caballo a alguna parte, fuera de Londres, a pasarlo bien? —sugirió. Le dio un codazo suave hacia los escalones y se despidió de él—. ¡Te veo mañana en el baile de los Montagu! —dijo Radcliffe entusiasmado, y pese a que la puerta no se cerró de un portazo, a Archie le dio la sensación de que había estado a punto.

Se quedó mirando el pomo bruñido, muy confundido. ¿Qué le había dado a James? Se había mostrado distante desde que había regresado de Waterloo, eso no podía negarse, pero al menos cuando estaba en Devonshire en sus cartas parecía interesarse por la vida de Archie. Y, sin embargo, en ese momento no podía ser más huidizo. Había creído que el hecho de tener a su hermano de vuelta en Londres constituía el principio de un nuevo capítulo para la familia, todos juntos de nuevo, pero daba la impresión de que, incluso estando en la misma ciudad, James no quería tener mucha relación con ellos.

Archie bajó a la calle, intentando apartar esos pensamientos sombríos de su mente. Tendría que volver a hablar con Radcliffe pronto para convencerlo de que se trataba de una unión duradera; solo esperaba que a la señorita Talbot no le importase la demora. Aunque, pensó con acritud, ella tampoco se había mostrado tan ansiosa por hablar con él en los últimos días: había cancelado sus paseos y no parecía preocuparle lo más mínimo que no se vieran en días y días. Era evidente que algo estaba haciendo mal Archie —algo que se le escapaba acerca del modo adecuado de llevar esa clase de cosas— y, dado que no podía hablar con su hermano mayor sobre ello, buscó la compañía y el consejo de sus amigos más cercanos, que por fin habían regresado a Londres.

Gerry Sinclair, que había asistido a la cena de Grosvenor Square, estaba quejándose de que la pequeña de las hermanas Talbot era un aburrimiento mortal cuando Archie se les unió en el Cribb's Parlour más tarde ese mismo día.

—Casi se me duerme la oreja oyéndola hablar acerca de la ópera italiana —dijo con tono indignado, aferrando su copa—. ¿Quién le había preguntado?, eso quiero saber yo. Aunque las dos eran endiabladamente bonitas, Archie.

—Pero ¿parecía enamorada de mí? —preguntó este.

—Lo cierto es que no parecía prestarte demasiada atención —le indicó Gerry con tono de disculpa—. ¿Seguro que la oíste bien?

—Sí —dijo Archie, aunque vaciló—. Habría jurado que me dijo que debía hablar con mi familia antes de proponerle matrimonio. Y no me habría dicho eso si no quisiera comprometerse conmigo, ¿no?

Gerry estuvo de acuerdo en que seguro que no. Rupert, el otro miembro del grupo, no parecía estar escuchando. El joven lord Montagu se consideraba un gran poeta y pasaba sus días escribiendo versos deprimentes y pensando en su propio arte. Cuando Archie insistió en escuchar su opinión, dijo de manera enigmática que la conversación amenazaba con contaminar la sensibilidad artística de su mente.

—Además —añadió—, no me sorprende que la señorita Cecily te pareciera un aburrimiento, Gerry, dado que su intelecto excede con creces el tuyo.

La conversación se vio de ese modo desviada, y para el anochecer estaban tan animados que se aventuraron al Soho, donde acabaron en un casino de mala fama. Allí, tras atiborrarse de copas, Archie sintió que la melancolía se apoderaba de él. Se quedó mirando malhumorado los especímenes sin duda superiores de hombres que lo rodeaban y, posando la vista en un caballero al que reconoció como el apuesto lord Selbourne, dijo con tono amenazante:

—Apuesto a que a él la señorita Talbot le prestaría atención.

—Oh, yo me mantendría alejado de Selby —dijo Gerry, volviéndose para echar un vistazo por detrás de Archie—. Parece un caballero, aún posee el título, pero he oído que es un granuja de la peor calaña.

—Un granuja —afirmó Rupert con un aire oscuro y elocuente.

—Lo único que digo —replicó Archie enojado— es que

parece de los que sabe cómo declararse como es debido a una mujer, sin pasar desapercibido.

Los tres se quedaron mirando a lord Selbourne, quien, al percibir las miradas, alzó la cabeza y agitó un dedo lacónico de reconocimiento en su dirección; los tres apartaron la vista de inmediato, sonrojándose.

—Quiero ser igual que él —aseveró Archie con audacia.

—Ni un penique a su nombre, amigo mío, y asfixiado por las deudas; mejor sé tú mismo —le aconsejó Gerry efusivamente.

Tras perder de manera espectacular contra la casa, deambularon por la ciudad. A pesar de la hora, las calles seguían salpicadas de gente en un estado similar de embriaguez, así que hasta que un grupo de hombres los siguió por una callejuela estrecha no se dieron cuenta de que ocurría algo extraño. Al cabo de unos instantes apareció otro grupo por delante que les bloqueó el paso. Archie retrocedió, confundido, sintiendo que la claridad del peligro lo invadía.

—Vaya —oyó que tartamudeaba Gerry, inseguro.

Incluso el temperamento por lo general flemático de Rupert había dado paso a la alarma. Sintiendo, por algún motivo, que la situación podía resolverse con un poco de educación a la antigua, Archie hizo una reverencia y preguntó con cortesía:

—¿En qué puedo ayudarlos, caballeros?

—Dadnos vuestro dinero —respondió su adversario con tranquilidad—, y no os haremos daño.

—El problema es que no llevamos dinero —intervino Gerry—. Lo hemos perdido todo a las cartas.

—Y el resto está bastante amarrado —añadió Archie, con cierta desazón.

—Qué decepción... —dijo el hombre, que dio un paso al frente.

Archie vio el destello de la hoja que blandía.

—¡Eh! —gritó una voz desde la calle.

Un disparo reverberó en el aire y los hombres se dispersaron. Archie dejó escapar una bocanada de aire y se volvió agradecido hacia su salvador. Cuando se acercaba a ellos, distinguió el rojo oscuro de su abrigo bordado y reconoció a lord Selbourne.

—¡Gracias, milord! —exclamó con la voz entrecortada—. Muchísimas gracias.

—No hay problema. —Lord Selbourne se guardó la pistola con aire despreocupado—. Esta parte de la ciudad puede ser endiabladamente peligrosa. Eres el hermano de Radcliffe, ¿no? —preguntó de manera retórica al tiempo que le tendía la mano a Archie, que se la estrechó como si se agarrase a una cuerda salvavidas—. Será mejor que nos vayamos, muchachos. Nunca se sabe con quién puedes toparte en una noche como esta.

Siguieron a lord Selbourne obedientes hasta las cuidadas calles de Grosvenor Square, donde los dejó con una sonrisa y una reverencia. Los jóvenes caballeros se despidieron con aire soñador; cada uno reescribiría los acontecimientos para reconfigurarse como si hubiese tenido un papel más heroico. Ni siquiera la confrontación histérica con su madre que siguió a su entrada en casa podía arruinar el humor de Archie, que se metió en la cama con una sonrisa en la cara. La señorita Talbot, estaba seguro, tendría que pararse a escucharlo.

Queridísima Kitty:

Nos encantó recibir tu última carta, aunque no llegó hasta ayer; el servicio de correos parece no tener prisa en entregar la correspondencia en nuestro condado. Tienes que entretenernos con el relato preciso de cada baile —todo lo detallado que puedas en una sola página—, porque disfrutaríamos muchísimo imaginándoos a ti y a Cecily en lugares tan magníficos, entre personas tan importantes.

Hemos estado disfrutando de unas semanas de temperatura templada, aunque justo ayer se levantó un fuerte viento que tiró un gran número de tejas durante la noche. Si continúa el buen tiempo, deberíamos estar bien, aunque si sufrimos una racha de lluvias, es probable que vuelva a haber goteras, ¿qué nos aconsejas que hagamos? Los fondos que dejaste son suficientes para los gastos semanales, pero no cubrirán el coste de la reparación, y no creo que podamos conseguir ambas cosas.

Jane y yo nos encontramos con el señor Linfield en Biddington ayer. Ahora está casado y se mostró odiosamente condescendiente. Aun así, eso no excusa el comportamiento de Jane: fue evidente para todos que tenía toda la intención de que los nabos le cayeran encima. Ni que decir tiene que la reprendí a conciencia por la descortesía, pero no puedo negar que me gustó ver a Linfield cubierto de hortalizas.

Os echamos mucho de menos y esperamos que volváis con suma impaciencia.

Tu hermana, que os quiere,

BEATRICE

16

Había llegado la noche de su primer baile y todo estaba organizado. Durante los últimos días, Kitty, Cecily y la tía Dorothy no habían parado quietas, ocupadas con modistas, sombrereros y clases de baile, y estaban tan preparadas como era posible. Envueltas en capas y agolpadas en un carruaje de alquiler, avanzaron por las calles de Londres hasta la casa de los Montagu, en Berkeley Square.

Tras casi seis semanas en la capital, Kitty debería haber estado acostumbrada al esplendor de las residencias situadas en las calles más lujosas de Londres y a la riqueza que salpicaba los barrios más de moda de la ciudad. Pero no podría haberse preparado para la imagen de Londres en plena temporada, el aspecto de esa gran ciudad cuando la gente más adinerada del mundo se reunía esforzándose por aparentar.

La casa de los Montagu brillaba más que la luna, las ventanas resplandecían como faroles y proyectaban su luz dorada a la plaza. El carruaje se detuvo al final de la calle, incapaz de continuar debido a la cantidad de vehículos que la atestaban, y Kitty se asomó todo lo que pudo para contemplar el espectáculo con sus propios ojos. Vio un reguero de damas resplandecientes que bajaban con cuidado de los carruajes —todos con intrincados emblemas de familias importantes— y se abrían paso deslizándose hasta el interior. Parecían pavos reales o aves raras procedentes de algún lugar exótico que llegaban para alguna clase de exhibición fabulosa. Qué mundo este, pensó Kitty sin aliento, y qué oportunidad para nosotras. Se volvió hacia su hermana, que miraba a su espalda, por una vez unidas en el asombro, con los ojos como platos.

—¿Estamos listas, señoritas? —preguntó la tía Dorothy, que se recogió la falda para prepararse mientras los carruajes de delante se ponían de nuevo en movimiento.

Cuando les llegó el turno de salir, Kitty se aseguró de que su propio descenso, aunque sin la ayuda de lacayos enérgicos, no fuera menos elegante que el del resto de las damas presentes. A partir de ese momento, el mundo estaría pendiente de ellas. Se recogió la falda del vestido de baile —un tul de satén de color marfil cubierto de un forro de seda blanco y delicado—, recorrió lentamente el camino de entrada con su hermana y su tía y se metió en la boca del lobo.

Habría un millar de velas encendidas para la ocasión, se maravilló Kitty, mirando a su alrededor. A medida que se adentraban en la casa y alzó la cabeza para contemplar las lámparas de araña que colgaban con aire amenazador del techo, calculó que eran mil velas como mínimo. Su luz proyectaba un brillo favorecedor por toda la estancia, haciendo que cada persona pareciese aún más hermosa, arrancando destellos en las piedras preciosas de sus orejas, muñecas y cuellos como una caricia íntima. Kitty se esforzó mucho en mantener la boca cerrada, pero no podía evitar que sus ojos recorrieran la habitación sin parar, sin saber dónde posarse. Todo lo que tenía delante apuntaba a más riqueza de la que había visto en toda su vida: las joyas, los vestidos, las velas, la comida, los lacayos vestidos de un modo impecable que daban vueltas como bailarines, cargados con bandejas de champán con una gracia natural.

La condesa viuda de Montagu las recibió con amabilidad. Recordaba sus nombres y las elogió por sus vestidos antes de que accedieran por fin al salón de baile propiamente dicho. Kitty examinó su rostro en busca de algún signo de hipocresía, pero no lo halló. El baile aún no había empezado, y había grupos de gente reunidos alrededor, todos hablando y riendo. Kitty estaba satisfecha porque sus vestidos, aunque no tan recargados como algunos de los que la rodeaban, eran del estilo apropiado. No obstante, el momento de alivio no duró mucho, pues pronto se dio cuenta de que no había nadie en el salón dispuesto a conversar con ellas hasta que alguien más las reconociera formalmente primero. Nadie le había advertido de que debía prepararse para eso. Kitty recorrió la habitación de manera frenética con la mirada en busca de algún rostro conocido, pero apenas veía más allá de las expresiones frías y calculadoras que le dirigían, que flotaban ante ella de un modo que le daba vértigo.

—Lady Radcliffe nos está saludando con la mano —le dijo la tía Dorothy al oído en tono tranquilizador—. Mira, allí.

Kitty siguió su mirada y, en efecto, lady Radcliffe le sonreía y le hacía señas para que se acercara. Respiró con normalidad de nuevo y guio a su hermana y a su tía hacia allí como si tuvieran todo el tiempo del mundo. Ver y oír, y hacer lo que hacen ellos, se recordó Kitty.

—¡Están ustedes maravillosas! —Lady Radcliffe las recibió muy alegre. Intentaron devolverle el cumplido, pero no quiso ni oírlo—. Estoy hecha un desastre —insistió—. Apenas he dormido, no se creerían la noche que he pasado... Oh, señora Cheriton, es maravilloso verla. ¿Conoce a la señora Kendall?

Todo fue mucho más fácil en compañía de lady Radcliffe. Los De Lacy conocían a mucha gente y lady Radcliffe fue generosa con las presentaciones. Al cabo de un rato, Kitty se sentía como si se hubiera abierto paso por media alta sociedad sonriendo y haciendo reverencias y cumplidos. Unos minutos después apareció el señor De Lacy —su madre lo había enviado a por refrescos—, que se mostró muy complacido al ver a la señorita Talbot y ansioso por ponerla al tanto del alboroto de la noche anterior. No deseaba interrumpir su conversación, de modo que se dirigió primero, de mala gana, a la señorita Cecily.

—Hace calor esta noche, ¿verdad? —dijo con cortesía y jovialidad—. ¿Puede creer que ya sea abril?

—«A un paso rápido y silencioso, el tiempo se pierde en el año» —respondió Cecily con tono sombrío.

—Cuánta razón tienes —añadió el señor De Lacy algo receloso.

No le gustaba demasiado que la gente recitase poesía, le hacía sentirse muy estúpido, ya que ignoraba qué querían decir exactamente, sobre todo si, para empezar, no recordaba de qué vejestorio había salido aquello... y Archie nunca lo recordaba. Dejó a Cecily con lord Montagu en cuanto pudo y volvió a rondar cerca de Kitty.

Kitty había pensado que la resolución más amable y fácil de su breve romance sería dejar que las llamas de la pasión del señor De Lacy se extinguieran lentamente. Hacerlo así, esperaba, evitaría cualquier conversación desagradable que requiriese que se alejaran de su familia, de la cual seguía dependiendo mucho. Lo que no había anticipado era que el señor De Lacy temblara de emoción por estar a solas con ella, incluso en ese momento. En cuanto le permitió conversar, se puso a soltar una retahíla inconexa sobre sus aventuras de la noche anterior, mostrándose bastante seguro de que Kitty sentiría una enorme curiosidad por su conclusión. Para ser justos con él, el señor De Lacy no tenía forma de saber, por supuesto, que sus afectos eran mucho más volubles ahora que no tenía ningún incentivo económico para mimar su ego. Kitty asintió y sonrió educadamente, mientras registraba la habitación tras él en busca de personas más interesantes.

—¡Y entonces nos atacaron! ¡Bandidos! —exclamó encantado—. Tenían mosquetes y... y cuchillos, y estaban empeñados en matarnos o, como mínimo, quitárnoslo todo. Y parecía todo perdido, pero entonces... ¡pum! ¡Se oyó un disparo!

—¿Ese es Beau Brummell? —lo interrumpió la señorita Talbot, incapaz de contenerse.

El señor De Lacy se quedó estupefacto ante aquella falta de tacto. Tras un instante de silencio, respondió en tono gélido:

—No sabría decirlo, señora, pero estoy seguro de que el señor Brummell sigue en el continente.

¿Señora? Kitty lo miró sorprendida y vio una expresión rígida y enfadada en su rostro.

—Oh, señor De Lacy, le ruego que me disculpe —dijo, obligándose a centrarse en él—. Ha sido un momento de distracción. Continúe, necesito oír el final.

—Bueno, se ha mostrado tan poco angustiada por el hecho de que me mataran —replicó él acaloradamente, con el orgullo muy herido— que me dan ganas de no contarle si lo hicieron o no.

Pese a esa actitud, Kitty logró sonsacarle el final de la historia, y cuando concluyó fue capaz de decir, con absoluta franqueza:

—Eso suena muy alarmante, señor De Lacy. ¿Se lo ha contado a su hermano?

—¿Contarme qué?

Radcliffe había aparecido por su espalda, con un aspecto —debía reconocer— bastante gallardo. Por mucho que asegurara que odiaba la sociedad moderna, interpretaba bien el papel de joven noble a la moda.

—James, no te lo vas a creer —empezó el señor De Lacy, que recuperó parte de aquella intensa emoción. Pero iba a volver a verse decepcionado por su público, pues su hermano se limitó a coger un pellizco de rapé.

—Ya me lo ha contado todo nuestra madre —contestó—.

Dos veces, tanto por carta como en persona, así que no necesito oírlo una tercera. —Archie se desanimó de forma visible, así que añadió, en un tono más afectuoso—: Debo decir que es un alivio descubrir que no hay razón para creer que al final te asesinaron.

—Oh, ya conoces a mamá, siempre de morros. No fue así en absoluto —le aseguró Archie.

—Me alegra oírlo. Estaba empeñada en buscarte una torre para que pases el resto de tus días allí.

—¿De verdad? —inquirió Archie, ansioso—. Eso sí que es raro, maldita sea.

—No te preocupes —le dijo su hermano—, le he explicado que no tienes melena para eso.

Archie se tomó un momento para meditar al respecto hasta que se dio cuenta de que se estaba burlando de él y soltó una carcajada.

—¿Quizá pueda sugerir que pidas un carruaje la próxima noche que salgas por el Soho? —añadió su hermano con delicadeza.

—Eso no tiene gracia —replicó Archie horrorizado—. No sería procedente.

Kitty volvía a prestar escasa atención a su conversación —miraba a un grupo de hombres jóvenes que acompañaban a su hermana y pensaba en su riqueza—, de modo que no midió sus palabras siguientes tanto como haría normalmente.

—Entonces debería llevar usted una pistola —dijo distraída. El caballero alto, al menos, debe de ser rico. ¡Era imposible no fijarse en ese reloj de bolsillo!

Archie farfulló. Radcliffe inhaló su rapé con más brusquedad de la que pretendía.

—No tengo —admitió Archie, que se volvió hacia su hermano y preguntó—, ¿debería?

—No —respondió Radcliffe muy tranquilo, al tiempo que la señorita Talbot continuaba.

—Le ayudaría a asustar a tipos así en el futuro. Disparar no es tan difícil, con un poco de práctica. Discúlpenme, creo que mi tía requiere mi atención.

Se alejó de allí, contenta de librarse de los dos, y ambos se quedaron mirándola, por una vez unidos en la estupefacción.

17

La señorita Talbot no esperaba ser capaz de encontrar marido en una sola noche —puede que estuviera verde, pero no era tan ingenua—, aunque le complació haber llamado mucho la atención hasta el momento, ayudada enormemente por su asociación con los De Lacy.

Pese a que muchos de los hombres con los que habló estarían, por supuesto, más motivados por la curiosidad que por nada serio, imaginó que era posible que al menos algunos la visitaran al día siguiente, y dejó muy claro que estaría disponible para esas atenciones. Una vez establecidas las primeras impresiones favorables, lo único que quedaba era bailar.

En cuanto a su acuerdo con Radcliffe, lo había anotado el primero en su carnet de baile, pero mientras las demás parejas tomaban la mano de sus acompañantes, ella no lo localizaba entre la multitud. Si había reservado el primero para él en vano, bueno, a Radcliffe no iban a gustarle las consecuencias. Escudriñó el gentío en busca de su alta figura. La gente se abrió un poco y lo vio dirigirse hacia ella. Parecía caminar hacia el patíbulo. Le tendió la mano con una inclinación de cabeza algo irónica.

—Creo que para este baile estoy comprometido con usted —dijo con tono cortés, aunque dio un giro malvado a sus palabras.

Kitty aceptó su mano con elegancia, deseando poder fruncirle el ceño como nunca.

—Se ha tomado su tiempo —respondió ella con tono dulce, aferrándose a su brazo.

—Verá, es que soy objeto de chantaje —le explicó con cortesía mientras la acompañaba a la pista de baile—. La ansiedad que me produce no se presta a la puntualidad.

—Más ansioso habría estado de no haber cumplido con nuestro trato —respondió ella serena.

—Siempre cabe confiar en el honor de un caballero. Ojalá pudiese decirse lo mismo del de una dama —replicó.

Kitty se abstuvo de responder, consciente, mientras ocupaban sus lugares para empezar con una danza rural, de que había cientos de ojos puestos en ellos. Sonrió, por primera vez esa noche, con sinceridad. Sí, aquello le iría muy bien. ¿El esquivo lord Radcliffe, al que no habían visto en la alta sociedad en dos años, bailando con la desconocida y elegantísima señorita Talbot? Eso la situaría firmemente en el mapa.

—Se la ve muy pagada de sí misma —le dijo Radcliffe sin regodearse—. No puedo creer que bailar conmigo vaya a hacer tanto por usted.

Empezaron a tocar los violines. Él se inclinó y ella hizo una reverencia.

—Es usted un hombre y sabe poco —repuso Kitty con desdén—. Esto lo es todo.

Se movieron en silencio durante varios compases, mientras los pasos del baile los unían y luego los separaban.

—¿Ya tiene una lista de candidatos? —indagó cuando se hallaban a una distancia adecuada para hablar íntimamente—. ¿De víctimas potenciales?

—Si se refiere a pretendientes —respondió—, no como tales. He conversado con tantos hombres esta noche que me cuesta llevar la cuenta.

Si viniera de otra, habría sido la jactancia más desvergonzada, pero Kitty lo dijo en un tono de leve congoja que dejó claro que de verdad la angustiaba el reto de retener tantos nombres en la cabeza.

—El señor Pemberton y el señor Gray me han parecido muy especiales, sin embargo —continuó—. Y el señor Stanfield es encantador.

—¿Lord Hanbury no ha causado buena impresión, entonces? ¿O lord Arden? —dijo con una sonrisita en los labios—. La he visto conversando con ambos largo y tendido.

—Soy realista —le contestó con remilgo. A Kitty ya le había quedado claro que lord Arden era el mayor baboso de todo Londres—. Además, nunca le echaría el ojo a un noble.

Pareció un poco sorprendido al oírla.

—Un hombre con título tiene mucha menos libertad para escoger su propio camino —explicó ella—. No sería un movimiento sensato.

—Por una vez estamos de acuerdo —dijo él—. Cualquier hombre con un título consideraría su deber averiguarlo todo acerca de su futura esposa, y ni uno solo de mis conocidos consentiría unos antecedentes como los tuyos.

Aunque para entonces estaba acostumbrada a insultos de ese tipo por parte de Radcliffe, aún le dolía. Hablaban de sus antecedentes como si ella no fuese, como muchas de las presentes, la hija de un caballero.

—¿Y qué hay de usted, milord? —preguntó con frialdad cuando volvieron a juntar las manos—. Estoy segura de que su madre tiene grandes ambiciones para su matrimonio.

—Hum —fue lo único que dijo.

—¿No es así? —insistió.

—Que las tenga o no —respondió él muy seco— posee escasa relevancia en mis actos y aún menos en esta conversación.

—¿Me acaba de poner en mi sitio? —preguntó Kitty, intrigada y complacida por el descubrimiento—. Si lo ha hecho, ha sido fantástico.

—A pesar de todo, al menos acierta al evitar a Hanbury —siguió él, al parecer decidido a ignorarla—. Su patrimonio está cargado de deudas, no me sorprendería si se declarara en quiebra antes de que termine el año, y sin duda tiene intención de casarse con una heredera.

—Es muy útil saberlo —contestó Kitty, sorprendida—. ¿Hay más caballeros casi en quiebra de los que debería ser consciente?

—Tiene pensado seguir utilizándome, ¿no? —preguntó—. Me temo que ahí acaba mi consejo.

—Creo que podría intentar ser un poco de ayuda —se quejó, ofendida.

—Señorita Talbot, ahora que he cumplido con creces mi parte de nuestro pequeño acuerdo, no deseo ser de ayuda en absoluto.

El baile estaba a punto de concluir. Al igual que, al parecer, por el tono y la rotundidad de las palabras de Radcliffe, su relación.

—Espero que pueda seguir usted a partir de aquí —dijo él cuando cesó la música al tiempo que se inclinaba hacia su mano.

—Sí, creo que puedo.

Archie deambuló sin rumbo fijo por las habitaciones, probó el buffet en el comedor e ignoró todos los intentos de entablar conversación con él. No estaba seguro de por qué defenderse de un grupo de bandidos no había causado más emoción o respeto por parte del objeto de sus afectos o por qué se la veía tan ansiosa por evitar hablar con él. Pasaba de castaño oscuro. ¿Qué sentido tenía que le ocurrieran cosas emocionantes a uno, si a la gente a la que más deseaba impresionar no parecía importarle? Y su propio hermano lo había tratado como si fuese un niño, ¡delante de ella!

Archie se zampó otro trozo de bizcocho de fruta confitada para aplacar la angustia antes de ponerse a merodear de nuevo. Preocupado todavía por sus pensamientos oscuros, justo cuando estaba a punto de mandar toda la fiesta al infierno chocó con un caballero que salía del salón de cartas.

—¡Santo Dios, lo siento muchísimo! —exclamó, aunque el otro lo agarró con fuerza del brazo para impedir que cayese.

—Mi querido muchacho, no lo sientas —dijo el caballero arrastrando las palabras—. No todos los días se desvanece alguien en mis brazos.

Al darse cuenta de que se trataba de una broma, Archie alzó la vista, sonriente, hasta la cara del divertido lord Selbourne.

—¡Milord! —exclamó encantado al verlo.

—Ah, sí, señor De Lacy —dijo sin dejar de sonreír—. Me alegro de volver a verlo.

Contentísimo porque lo reconociese alguien a quien consideraba un dios, Archie sonrió de oreja a oreja.

—¿Le apetece jugar una partida conmigo? —preguntó Selbourne, aunque le había dado la impresión de que abandonaba la sala.

Archie vaciló. La música estaba empezando y tuvo la sensación de que su madre esperaría que participase en el baile. Se volvió hacia la pista y vio que ya estaban ocupando posiciones. Maldición, si no hubiese pasado tanto rato enfurruñado, habría reunido el valor para pedirle un baile a la señorita Talbot, lo cual podría haberlo resuelto todo. Recorrió la sala con la mirada, preguntándose si aún sería capaz de conseguirlo. Ahí estaba la hermana, a quien acompañaba Montagu —su amigo le había tomado simpatía, ¿no?— y ahí estaba la señorita Talbot... bailando con Radcliffe. Qué extraño. Había tenido la impresión de que James no le tenía demasiado cariño.

—¿Señor De Lacy? —La voz de lord Selbourne lo devolvió al presente—. ¿Una partida?

—Sí, por supuesto —respondió Archie, feliz de verse distraído de ese último enigma. Siguió a Selbourne a la antecámara, de iluminación tenue, donde se sentaron a una mesa de hombres a los que Archie no reconoció, que justo estaban preparándose para una partida nueva de twist.

—Un juego insípido —masculló Selbourne mirando a Archie—, pero es lo mejor que tienen aquí.

Archie asintió con un murmullo, aunque distaba mucho de considerar insípido ese giro de los acontecimientos. No podía esperar a contárselo a Gerry, se moriría de envidia.

—¿No es usted endiabladamente rico, muchacho? —le preguntó Selbourne con tono provocador, observando a Archie por encima de sus cartas.

Archie no estaba acostumbrado a que la gente lo mencionase de forma tan abierta.

—Sí, eso creo —contestó antes de admitir—: O al menos lo seré en unas semanas, cuando cumpla la mayoría de edad. —Su madre le había inculcado la importancia de la sinceridad y, aunque era posible que bajase en la estima del hombre al saber que aún no había cumplido los veintiuno, pensó que era mejor decir la verdad.

—Si yo fuera usted, estaría pasándolo en grande —añadió Selbourne a la ligera—. ¿Esta es su idea de pasarlo bien? —Hizo un gesto hacia la sala que daba a entender su absoluta aversión hacia el baile y todo lo que conllevaba.

—Bueno, supongo que no —respondió Archie—. Por supuesto que no.

—Solo estoy aquí por obligación, claro —aseguró Selbourne con languidez—. Parece ser el único modo de encontrar esposa, y mi madre me incordia con el tema. El apellido familiar y todo eso. Pero cuando no estoy aquí —se inclinó hacia él en confianza, y Archie se inclinó también, muy pendiente de cada palabra—, puede estar seguro de que sé cómo pasarlo bien...

El carnet de baile de Kitty estuvo lleno toda la noche. Una vez que hubo concluido el de Radcliffe, tuvo un montón de peticiones en apenas unos minutos. Girando por la sala entre la élite londinense, se sintió ligera y verdaderamente poderosa: tenía el mundo a su alcance y solo debía mostrar la valentía suficiente para cogerlo. Se quedaron en la fiesta hasta las primeras horas de la mañana, bailando toda la noche con sus zapatos brillantes, hasta que la tía Dorothy indicó, con un simple chasquido de dedos, que era hora de que se marcharan. Recogieron a Cecily de camino —la arrancaron de donde había acorralado de nuevo a lord Montagu para conversar—, dieron las buenas noches a su anfitriona y salieron a la noche.

Kitty se recostó en el asiento del carruaje con un suspiro.

—¿Lo has pasado bien, Cecy? —se le ocurrió preguntar después.

—No —mintió su hermana.

18

Qué diferencia podía marcar una sola noche. Tras el baile de los Montagu, la agenda social de las Talbot no se vio abarrotada, pero sí gratamente ocupada con un reguero de invitaciones y tarjetas de visita que dejaron en su puerta apenas unas horas después de que volvieran a casa al amanecer. Había dos bailes más para los que prepararse esa misma semana, además de incontables invitaciones a cenar —de madres, dedujo Kitty, a petición de sus hijos varones— y pilas de tarjetas de hombres jóvenes que habían fijado su atención en las hermanas. Informó con júbilo a Cecy al respecto a la hora del desayuno, pero la pobre criatura no tenía interés y picoteaba con ñoñería la tostada.

—Debería estar leyendo a Platón —gimió desconsolada en respuesta—. O estudiando la obra de grandes artistas... Mientras tanto, lo único que me obligas a hacer es acompañarte a estúpidas fiestas.

—Mis condolencias, Cecily —se burló Kitty—. Pero, cuéntame, ¿cómo tienes pensado alimentarte tras pasar el día leyendo filosofía? No creo que genere dinero, pero, claro, no puedo hacer como que lo entiendo todo.

Sally no había hecho más que recoger la mesa del desayuno cuando volvió para informarles de que había un joven caballero en la puerta que solicitaba entrar.

—Hazlo pasar —le pidió la señorita Talbot de inmediato, y se sentó con remilgo en el sofá.

Inspiró hondo, prometiéndose permanecer con la mente abierta, la mirada perspicaz y una sonrisa en los labios. Primero llegó el infausto señor Tavistock (tres mil libras al año, como había averiguado la tía Dorothy de una lady Montagu maravillosamente indiscreta), quien comenzó halagando a Kitty por sus ojos azul zafiro. Eso precipitó un momento embarazoso en el que los dos recordaron que los ojos de Kitty eran, en realidad, castaños, incomodidad de la cual no se recuperaron. A continuación llegó el señor Simmons (cuatro mil al año), quien, con la barbilla demasiado cerca del cuello, se empeñó en mostrarse en desacuerdo con todo lo que Kitty decía, incluso su descripción (muy certera) del tiempo. El peor fue el señor Leonard, que pidió ver a Cecily y abrió la conversación con un cumplido tan empalagoso que a Kitty le sorprendió que no le goteara miel de los labios.

—¿No es agotador ser la mujer más bonita de todas las estancias? —le susurró con afectación, lo que produjo en Cecily un evidente estremecimiento de repulsión.

Kitty no tuvo reparos en despachar a ese hombre sin demora. A Cecily no iban a molestarla pretendientes así, y vigilaron de cerca a todos los caballeros que visitaron a su hermana pequeña tras la estela del señor Leonard. Entre todos, el favorito de Kitty era sin lugar a duda el señor Stanfield. Sabía que sería un error gravísimo desarrollar sentimientos románticos reales por cualquier pretendiente, pero enseguida vio lo fácil que sería caer en una trampa así con ese caballero. Tras hablar largo y tendido con el señor Stanfield la noche anterior y quedar impresionada por la destreza con que llevaba una conversación, le gustó verlo entrar en el salón de la tía Dorothy.

Prescindiendo del comportamiento exageradamente elogioso que preferían sus contemporáneos, Stanfield se limitó a inclinar la cabeza en silencio al coger su mano, dedicarle una sonrisa relajada y sostenerle la mirada durante lo que a Kitty le parecieron horas. Tenía todo el aspecto del clásico caballero londinense, incluyendo la camisa blanca almidonada de forma prístina, el pañuelo de nudo elegante y el sombrero de copa en la mano, pero cuando sonreía revelaba un rostro pícaro y atractivo, como un carterista encantador.

—Debe hablarme de Dorsetshire —estaba diciendo en ese momento, sentado elegantemente a su lado y sosteniéndole la mirada, algo que, al parecer, hacía a menudo—, tengo entendido que es muy bonito.

—Lo es —le complació confirmar, y se alegró de describirle su hogar. Él escuchaba y hacía preguntas, y aunque Kitty sabía que aquello no era una prueba irrefutable de su buena naturaleza, no pudo evitar considerarlo así porque ningún otro de sus admiradores lo había hecho.

—Y, en Dorsetshire, ¿aceptan ustedes a gente de ciudad como yo? —preguntó, mirándola fijamente a los ojos de nuevo—. ¿O nos expulsan a todos por ser terriblemente inútiles?

Se dio cuenta de que estaba flirteando con ella. Y era de lo más divertido.

—Creo que dependería de la persona —respondió ella con aire de superioridad—. ¿Tiene alguna habilidad aparte de hacerse el nudo de la corbata y apostar?

Stanfield se rio. Sally anunció al señor Pemberton con el ceño fruncido —ya estaba bastante harta del trabajo extra que ocasionaban esos caballeros—, y el señor Stanfield cedió su puesto a regañadientes.

—¿Nos vemos esta semana en Almack's? —le preguntó.

Almack's era el club más exclusivo de todo Londres. Kitty sabía que incluso su padre había asistido de vez en cuando; él lo llamaba —como todos los miembros de la alta sociedad, al parecer— el mercado del matrimonio. Sus salas sagradas abrían todos los miércoles por la noche y solo se podía asistir con un vale, pero Kitty no había descubierto cómo invitaban a alguien exactamente. Otra cosa que habría cambiado si la familia Talbot no hubiese estimado conveniente desterrar a sus padres por completo.

—Esta semana no —respondió de forma evasiva.

Stanfield asintió, pero hubo una leve vacilación en sus ojos. Kitty maldijo para sus adentros. Era un punto en su contra, lo sabía. Como una desconocida en sociedad, una invitación a Almack's le habría asegurado distinguidos pretendientes; la ausencia de dicho vale no pasaría desapercibida.

—Pero estaré en el baile de los Sinclair —añadió.

Él inclinó la cabeza al aceptar su mano su mano para despedirse.

—Entonces me aseguraré de asistir —prometió, sonriendo.

Kitty se despidió y él se marchó. Por una vez se permitió la indulgencia de tener ganas de volver a verlo.

La señorita Talbot no esperaba ver a lord Radcliffe en lo que quedaba de temporada. De hecho, Kitty dudaba de volver a ver a ese hombre en la vida. Le sorprendió, pues, atisbar su alta figura deambulando al fondo del salón de baile de los Sinclair esa misma semana. Qué oportuno... Fue directa hacia él de inmediato. Después de que dos caballeros más que la habían visitado preguntaran si la encontrarían en Almack's el miércoles siguiente, Kitty supo que debía indagar acerca de cómo conseguir una invitación. Radcliffe seguro que lo sabría.

Lo saludó animada y él le devolvió el gesto sin entusiasmo. Aun así, Kitty perseveró.

—¿Quién reparte los vales de Almack's? —le preguntó sin rodeos.

Él alzó la vista al cielo, como si pidiera paciencia.

—La princesa Esterházy, la condesa de Lieven, el señor

Burrell, lady Castlereagh, lady Jersey, lady Sefton y lady Cowper —fue enumerando con los dedos—. Se reúnen cada semana para decidir a quién incluirán en la lista, aunque no creo que tenga usted muchas posibilidades.

—¿Y eso por qué? —inquirió ella—. ¿Hay algo que debería estar haciendo de forma distinta?

—Creo... —respondió despacio, sacando la cajita de rapé con una lentitud pasmosa—, creo firmemente... que se me ha agotado la paciencia, señorita Talbot. No permitiré que me siga tratando como una biblioteca pública. Ahora, váyase.

Kitty se sintió frustrada.

—¡Solo una última pregunta! —insistió.

—No —replicó él, sirviéndose algo de rapé con tranquilidad—. Váyase antes de que me ponga a extender el rumor de que es usted una maldita cazafortunas.

Kitty frunció el ceño.

—He de decir... —respondió acalorada— que si hubiese una pizca de bondad en usted, se esforzaría un poco más en serme útil. Vaya, no le costaría nada ayudarme, explicarme lo de Almack's y decirme sin más quién es quién y esas cosas. No le encuentro muy caritativo, milord.

Radcliffe había ido alzando las cejas cada vez más y, cuando Kitty hubo concluido su diatriba, cerró la caja de rapé con un chasquido tajante.

—Santo Dios, tiene razón —dijo, con un brillo desquiciado en los ojos—. Qué desconsiderado por mi parte. A partir de ahora me dedicaré en cuerpo y alma a su causa, señorita Talbot.

—Ah, ¿sí? —preguntó, un poco recelosa ante el cambio de actitud.

—Oh, seré su sirviente más leal —le aseguró.

Kitty había hecho bien en mostrarse recelosa, pues enseguida se hizo evidente que el ofrecimiento de Radcliffe había sido inspirado por un malvado arranque de malicia. Durante el resto de la velada se pegó a ella como una sombra irritante, susurrándole comentarios «serviciales» al oído en referencia a todos los caballeros con los que hablaba o a los que miraba.

—Ahora, a su izquierda, verá al señor Thornbury —iba diciendo en ese momento, en voz baja—. Cuatro mil libras al año, nada mal, pero está bastante loco, ya sabe. Es cosa de familia: le pegaría un tiro en menos de una semana pensando que es usted un zorro o algo así. Ese caballero, por otro lado, no está loco en absoluto, así que un punto a su favor. Pero sí carcomido por la sífilis, tengo entendido. ¿Influye eso en algo?

Kitty intentó ignorarlo, pero era como tener una mosca muy ruidosa e irritante zumbando a su alrededor, lo bastante molesta como para que no pudiera evitar escucharlo por mucho que se esforzase. Cuando andaba escaso de inspiración en cuanto a chismorreos acusatorios sobre un joven que pasaba, se limitaba a susurrarle «rico» o «pobre» al oído.

—¿Quiere parar? —siseó cuando se hizo evidente que su política de ignorarlo no estaba funcionando.

—Solo intento serle de utilidad, mi querida señorita Talbot —respondió, todo falsa contrición—, me estoy esforzando por ser caritativo y no creo que eso implique permitirle hablar con un granuja sin advertirla.

—Van a oírle —susurró ella con tono amenazador.

—Pues bien, espero que también se den por advertidos —añadió sin venir a cuento.

Miró alrededor en busca de un salvador y le dirigió una amplia sonrisa a un caballero que se acercaba, quien por desgracia pareció encontrar la expresión alarmante en lugar de sugerente y cambió de dirección. Después de ver esa misma acción repetida varias veces, advirtió horrorizada:

—¡Ahora la gente piensa que me corteja usted! Por el amor de Dios.

Por suerte, aquello pareció impactar a Radcliffe, que dejó de divertirse de golpe. Ella utilizó la distracción para adentrarse en la multitud. En serio, ¿no le bastaba con haber destrozado sus esfuerzos una vez?, ¿iba a ser una maldición constante sobre ella? Kitty se acercó a la mesa de los refrescos y se quedó allí de pie un momento, fingiendo que admiraba el festín, aunque en realidad estaba buscando un compañero de baile. Vio que lord Arden se abría paso hacia ella y se volvió rápidamente. Su gesto llamó la atención de una viuda glamurosa —con el generoso pecho cubierto de joyas— y, dado que la mujer le sonreía en una invitación evidente, Kitty se vio obligada a acercarse a ella, aunque con renuencia.

Kitty había desarrollado una desconfianza cautelosa hacia esa clase de damas durante el tiempo que llevaba en Londres. Sabía perfectamente que eran aquellas mujeres, impulsadas por una gran motivación, las que llevaban a cabo las negociaciones en torno a la construcción —o la destrucción— de potenciales alianzas maritales en nombre de los jóvenes a su cargo. La operación podía ser sutil, como un asedio (entre presentaciones organizadas, conversaciones manipuladas y adversarios eliminados con delicadeza), pero también despiadada y tan cuidadamente planificada como cualquier campaña militar.

—Señora —saludó Kitty con educación mientras se enderezaba de la reverencia, sin saber todavía cómo dirigirse a ella.

—Señorita Talbot, ¿no es cierto? —dijo en tono afectuoso—. Lady Kingsbury. ¿Cómo está? Rápido, finjamos que estamos manteniendo la conversación íntima más seria del mundo o lord Arden vendrá hasta aquí para pedirle un baile.

Sus ojos tenían un brillo travieso y confidencial, y a Kitty empezó a gustarle de inmediato.

—Dígame. —Lady Kingsbury se inclinó hacia ella con una intimidad exagerada. Con el rabillo del ojo, Kitty vio que lord Arden daba media vuelta—. ¿De verdad va a atrapar al mejor partido de la temporada? —Ladeó la cabeza hacia Radcliffe, que estaba hablando con su madre.

Su estrategia fue tan inteligente, con esa cercanía y ese aire de cotilleo trivial, que Kitty se quedó casi sin aliento de admiración. De haber sido una pizca menos perspicaz, o de haber tenido algún interés en Radcliffe, podría haber cedido fácilmente a la tentación de discutir el asunto con la dama.

—No tengo la menor idea de a qué se refiere, milady —respondió—. Si está hablando de lord Radcliffe, solo lo conozco de mi relación con la familia.

Entonces, inspirada quizá por el mismo espíritu malvado que había convertido a Radcliffe en una espina en su costado a lo largo de toda la noche, continuó con aire inocente:

—Aunque sé que ha regresado a Londres para buscar esposa, estoy segura de que tiene ambiciones mucho más altas que yo.

Lady Kingsbury chasqueó la lengua comprensiva, pero estaba claro que su mente se encontraba en otra parte; Kitty casi podía oír los engranajes de su mente ante el delicioso cotilleo, y cuando se despidió, lady Kingsbury fue muy rápida en volver con sus amistades. Sí, la noticia sería de dominio público para cuando acabara la velada y Radcliffe pronto estaría demasiado ocupado para seguir molestándola.

—Señorita Talbot, creo que este baile era mío.

Se volvió para encontrarse con el señor Pemberton, que sudaba de manera visible de pie ante ella. Apartó el eco de la voz de Radcliffe —que había dicho que el caballero era rico, pero terrible— y aceptó con una sonrisa. Tenía sentimientos encontrados hacia Pemberton. Alto, de largo bigote y fuerte aire de superioridad, Kitty habría encontrado al hombre un aburrimiento atroz si hubiese podido permitirse el lujo de opinar de esa manera. Así las cosas, con ocho mil libras al año a su nombre, debía considerarlo muy buen candidato. Giraron en una danza rural enérgica y Kitty agradeció que los pasos no le permitieran mucha conversación, pues al parecer el señor Pemberton tenía la impresión de que ella estaba deseando que la instruyeran en el tema de la expansión oriental de Regent Street.

—Lo que muy pocos saben... —comenzó a explicar antes de que volvieran a separarse por el movimiento del baile— el ladrillo es... sumamente incultos... no creería usted...

No hizo ningún esfuerzo por detener su perorata cuando ella no estaba cerca, de modo que Kitty era incapaz de seguir la diatriba; por los rostros de las mujeres que la rodeaban, estaba claro que todas estaban recibiendo fragmentos del discurso cuando cambiaban de pareja. Por suerte, no necesitaba mucho de ella aparte de su atención, que Kitty se aseguró de ofrecerle con constantes sonrisas. Cuando el baile terminó, el señor Pemberton se acercó, contentísimo con su éxito y decidido a continuar con su conversación.

—Discúlpeme, Pemberton, pero creo que el próximo baile es mío —dijo una voz grave al lado de Kitty. Se volvió y vio al señor Stanfield junto a ella, con una sonrisa pícara en el rostro. Tendió la mano a Kitty y se la llevó a toda prisa al siguiente conjunto, dejando al señor Pemberton contrariado.

—Qué descuidado por mi parte, señor, pero creo que no tengo su nombre en mi carnet de baile —dijo Kitty mientras ocupaban sus posiciones.

Él le sonrió.

—¿Me perdonaría la grosería si reconociese que nace de la caballerosidad? —preguntó travieso—. No podría seguir considerándome un caballero si dejase a una dama en presencia de semejante dragón.

Ella se rio, y entonces se vio arrastrada por la danza. Mantener una conversación era tan difícil en ese baile como lo había sido con el señor Pemberton, pero el señor Stanfield no lo intentó; se limitó a reír con ella mientras ejecutaban la rápida serie de posiciones y cambios. Sus pies eran tan rápidos como su lengua, y juntos no perdieron ni un solo paso. La música terminó demasiado pronto, y se detuvieron entre risas, jadeando y sonriéndose el uno al otro.

—Estaré fuera unos días —le explicó con una reverencia—. Pero volveré ansioso por otro baile como este, señorita Talbot.

—No puedo prometerle que vaya a reservarle uno —le advirtió ella con tono pícaro.

—Y yo no debería pedírselo —añadió él con una sonrisa de oreja a oreja—. Por miedo a que me grite uno de mis mil rivales.

El señor Gray —a quien había prometido originalmente ese baile— había llegado a su lado y parecía muy enfadado. El señor Stanfield le cedió la mano de Kitty entre risas y esta lo vio cruzar la sala para acercarse a otra joven dama. Kitty la miró con ojo crítico. Era rubia, con el pelo y la tez muy claros y ese aire de agradable fragilidad que tanto parecía gustar a los hombres en esa ciudad.

—Señor Gray —dijo, sin apartar la vista de aquel par; él le estaba pidiendo un baile—, ¿quién es esa joven, la que parece un vaso de leche?

El señor Gray tosió, algo incómodo.

—Ah, creo que esa es la señorita Flemming.

—No conozco ese nombre —respondió Kitty frunciendo el ceño. Había averiguado todo lo que había podido acerca de las jóvenes de la competencia, pero de la señorita Flemming no le había hablado nadie.

—La familia es nueva en la ciudad —añadió el señor Gray—. La señorita Fleming ha debutado esta semana en Almack's, donde creo que ella y el señor Stanfield se conocieron.

Kitty frunció el ceño aún más. El apelativo de «mercado del matrimonio» de Almack's no era ninguna exageración, estaba claro, pues el señor Stanfield y la señorita Fleming parecían conocerse bien. Kitty notó una punzada de inquietud. Se había sentido tan pagada de sí misma tras el primer baile, tan segura de que podría cerrar un compromiso con suma facilidad, que incluso había escrito a sus hermanas para contárselo. En ese momento se dio cuenta de que solo eran falsas esperanzas y se arrepintió de su orgullo desmesurado; si no prestaba la suficiente atención, aún tenía muchas posibilidades de fallarles. Sin duda, cualquier ventaja que sacase en los bailes privados se vería anulada todos los miércoles, cuando ella quedaba al margen y jóvenes más distinguidas podían organizar ataques sin oposición a los mejores partidos de la temporada. No podía tolerarlo. Kitty conseguiría los vales de Almack's de una de sus patrocinadoras aunque le fuera la vida en ello.

19

Radcliffe había pasado mucho más tiempo de lo que pretendía en Londres y, aun así, pese a que no se explicaba exactamente por qué, todavía no había puesto fecha a su regreso a Devonshire. Y eso a pesar de que la vida en la ciudad le resultaba cada vez más incómoda. Desde el baile de los Sinclair, Radcliffe se las había arreglado de algún modo para verse envuelto en las intrigas de un sinfín de jóvenes persistentes y sus madres, aún más persistentes.

Se había visto acosado con invitaciones a bailes, reuniones elegantes, partidas de cartas, pícnics y excursiones, tarjeta tras tarjeta... Había sido víctima incluso de visitas indeseadas en su propia casa, cuando una joven dama y su madre buscaron alivio del calor de una mañana templada de primavera, tras, supuestamente, haber estado a punto de desmayarse. De ese destino, al menos, consiguió escapar saliendo a toda prisa por la puerta de atrás. Radcliffe sabía que siempre debía esperar cierta persecución del mercado matrimonial —poseía un título, una riqueza considerable y, a diferencia de muchos de sus pares, todos los dientes—, y aun así sentía que el asedio actual estaba alcanzando niveles de fervor casi sin precedentes. No se le ocurría qué había despertado semejante iniciativa en todas ellas y, si la tendencia continuaba, no tendría más elección que batirse en cobarde retirada.

No fue hasta que cenó en Grosvenor Square con su madre y su hermana cuando empezó a comprender la situación. Nada más entrar en el comedor, lady Radcliffe se había lanzado en los brazos de su hijo con una mezcla de placer y reprobación. Radcliffe miró a su hermana por encima del hombro de su madre, pero Amelia se limitó a sonreír con suficiencia.

—¿Va todo bien, madre? ¿Te encuentras bien? —le preguntó con cautela.

Ella lo liberó.

—No vayas a pensar que no estoy encantada —dijo, de un modo bastante incomprensible—. Pero ¿por qué no me lo has contado a mí primero?

Radcliffe no captó todo el significado de ese discurso sin sentido hasta que sirvieron el primer plato. Entonces comprendió que su madre creía que el motivo de que siguiese en Londres era que buscaba esposa. Se descubrió sudando.

—No es el caso, y punto —afirmó.

—¡Te lo dije! —canturreó Amelia.

—¿Dónde habéis oído semejante disparate? —preguntó él.

—Lady Montagu —contestó su madre de mal humor—. ¡Imagínate el golpe que supuso recibir una noticia así de ella!

—No hay tal noticia —repuso él con los dientes apretados—. ¿Dónde lo oyó ella?

—Oh, ya sabes —su madre hizo un gesto vago con la mano que Radcliffe dedujo que hacía referencia a la rueda en la que se extendían los rumores—, lady Kingsbury se lo oyó decir a alguien.

—Lady Kingsbury siempre ha sido una verdadera víbora —dijo con amargura—. Pero ¿de dónde demonios podría haber sacado semejante dislate? —se interrumpió al recordar de pronto a la señorita Talbot intercambiando secretos con una lady Kingsbury enjoyada mientras las dos mujeres miraban en su dirección—. Ese pequeño demonio —añadió en voz baja.

—¿Perdona? —Su madre se ofendió, y él se deshizo en disculpas—. ¿Puedo preguntarte, entonces, cuál es tu propósito al quedarte con nosotros en Londres, James? —preguntó lady Radcliffe, convencida al fin de que estaba diciendo la verdad. Lo miró con la esperanza y la preocupación debatiéndose en sus ojos—. Creí que no soportabas estar entre nosotros, después de Waterloo. —Le cogió la mano—. ¿Has vuelto?

Él le apretó la palma, consciente de que no se refería a Londres sin más.

—No lo sé —reconoció.

Su madre tenía razón en que se había mantenido alejado de las multitudes, la pompa y el espectáculo de la alta sociedad de Londres desde que había vuelto a pisar suelo británico, más delgado y atormentado por todo lo que había visto. Excepto para el funeral de su padre, había buscado todas las razones posibles para evitar... a todo el mundo, en realidad. Le había parecido más sencillo así, rehuir toda la pesada expectación de la sociedad londinense mientras intentaba comprender quién era. Aun así, en ese momento encontraba todas las razones posibles para demorarse en la ciudad. No podía explicárselo razonablemente ni a sí mismo.

—No lo sé —repitió—. Pero creo que me quedaré un poco más.

La sonrisa de su madre era de júbilo.

—Me alegro —contestó sin más—. ¿Me acompañarás esta noche al baile de los Salisbury? No puedo fiarme de Archie, no sé dónde se mete ese chico últimamente.

Radcliffe estaba convencido de que la culpable de su actual aprieto romántico era la señorita Talbot. Tras su periodo en el ejército de Su Majestad, tenía cierto instinto para las trampas, lo que le llevaba directo a ese fastidio perpetuo.

Así pues, cuando la señorita Talbot llegó al baile de los Salisbury la noche siguiente, se vio abordada casi de inmediato por un Radcliffe de rostro pendenciero que se inclinó antes de informarle, en un tono bastante educado, de que era una arpía.

—Ah, ¿sí? —preguntó ella, como si acabase de decirle que hacía fresco—. Debo confesarle que no estoy segura de a qué se refiere.

—Aunque me duela contradecirla, yo estoy seguro de que en realidad sí lo sabe. ¿No es cosa suya que me hayan invitado a hacer nada menos que tres proposiciones de matrimonio desde la última vez que hablamos?

Kitty no pudo reprimir la sonrisa.

—Milord, solo puedo disculparme —dijo con toda la sinceridad de la que fue capaz—. Cualquier palabra irreflexiva por mi parte se debió únicamente al deseo de proteger su reputación de una asociación conmigo que pudiera mancillar su nombre.

—Ah, así que ¿en realidad estaba protegiendo mi honor al invitar a una batalla campal por mi persona a todas las madres e hijas de la ciudad?

Kitty contuvo una sonrisa más amplia; estaba empezando a disfrutar de aquellos pequeños intercambios con Radcliffe; no era solo que el hecho de que la vieran en su compañía la ayudaría con su posición en la sociedad, sino también el placer de saber que, mientras el resto del mundo tenía que conformarse con la máscara educada de Radcliffe, era solo con ella con quien daba rienda suelta a su vena sarcástica.

—Sí, así es —respondió con solemnidad.

Radcliffe la miró sin inmutarse.

—Vivirá para lamentarlo —le prometió—. Le devolveré el malestar que me ha causado.

—Si vamos a intercambiar amenazas —dijo ella—, sería mejor que lo hiciésemos bailando, para que no nos oigan. —Lo miró con expectación—. ¿No va a pedírmelo?

—Me parece que acaba de pedírmelo usted a mí —replicó—. Si es que se puede llamar pedir.

—No, le he preguntado si iba a pedírmelo —le corrigió con firmeza—. Pero, como está claro que va a ponerse usted imposible, ahora preferiría que no lo hiciera.

—Perfecto, porque mi respuesta iba a ser no. Tengo por norma bailar solo con personas que me gustan... y sin duda no con arpías.

Kitty se crispó, ofendida.

—¿Tiene por costumbre ser tan maleducado con todas las personas con las que se encuentra?

—Al contrario —contestó tan tranquilo—. Toda la alta sociedad me considera bastante encantador.

—Bueno, seguro que no puedo culparlos por esa estupidez —soltó—. Con todos los miembros de la nobleza acostumbrados a casarse con primos hermanos...

Radcliffe inspiró hondo, se atragantó con el trago de champán y dejó escapar un acceso de tos y risas.

—Oh, muy bueno, señorita Talbot —reconoció. Nunca le había costado admitir un buen golpe.

—Bueno, ¿va a bailar conmigo? —preguntó.

—¡Jamás! —declaró, con una teatralidad propia del escenario.

Kitty le dio la espalda con un ademán igual de dramático y ostentoso, conteniendo un escalofrío de algo; despecho, sin duda, porque no bailase con ella esa noche. Por supuesto, no era más que frustración por no obtener el impulso de visibilidad que le otorgaría su acompañante ante los cotizados caballeros presentes. Tan solo eso.

Al fin y al cabo, su misión de esa noche, por una vez, no se limitaría a seducir a los hombres. Las damas que patrocinaban Almack's eran los miembros de mayor categoría y más estimados de la sociedad de la Regencia, y cada una poseía un poder social extraordinario. Un vale de Almack's de parte de una de ellas sería el sello de aprobación definitivo; era mucho más que una tarjeta de invitación y nada menos que la diferencia entre la sociedad y la Sociedad, había dicho el señor Talbot en una ocasión. Kitty sabía que él había encontrado esa parte de la alta sociedad algo aburrida; prefería pasar el tiempo con su madre que entre esas personas. Había un elemento de ironía, pensó, en que ella se viera abocada a maquinar para acceder a los mismos sitios que el señor Talbot había evitado, pero estaba demasiado ocupaba para reflexionar sobre ello.

Así pues, Kitty tenía varias vías de ataque posibles para conseguir un vale de Almack's. Descartó de inmediato a la princesa Esterházy y a la condesa Lieven. Ni siquiera Kitty tenía el valor de dirigirse a unas damas de tanta categoría. Había conocido a la señora Burrell, en la cena de lady Radcliffe, por supuesto, aunque no la veía por ninguna parte. Identificó a lady Cowper a través de lady Kingsbury y se pasó casi una hora merodeando en la periferia de su grupo, intentando que la incluyeran, pero el esfuerzo fue inútil. Frustrada, se rindió y volvió a echar un vistazo. La suerte quiso que viera a la condesa viuda lady Radcliffe y a lady Montagu enfrascadas en una conversación con lady Jersey al otro lado de la sala. Maravilloso. Cruzó hacia ellas.

—¡Señorita Talbot! —exclamó lady Radcliffe—. ¿Cómo está, querida?

Pero entonces, para horror de Kitty, en lugar de introducirla en la conversación, lady Radcliffe comenzó a guiarla hacia otro lado con una mano en su codo.

—Lady Montagu, lady Jersey, discúlpennos, por favor.

Kitty miró con anhelo a su espalda, hacia lady Jersey, mientras lady Radcliffe la llevaba a un rincón tranquilo del salón.

—Llevo tiempo deseando hablar con la señora Kendall, querida —dijo en tono confidencial—. Pero me basta con hablar con usted. ¿Cree sensato dejar que la señorita Cecily eche el lazo a lord Montagu de forma tan evidente?

Kitty pestañeó pasmada.

—¿Echarle el lazo? —repitió, algo incrédula—. Milady, debe ser un error. Cecily no tiene idea de echar el lazo a nadie.

Lady Radcliffe le presionó el brazo con suavidad.

—¿Quizá no haya advertido que ha bailado dos veces esta

noche con lord Montagu, entonces? Y otras dos en el baile de los Sinclair. Parece algo rápido, querida.

Kitty volvió a pestañear. Santo Dios, ¿de verdad dos bailes en una sola noche era un símbolo inequívoco de intenciones maritales para esa gente? Ojalá Radcliffe hubiese sentido la necesidad de compartir ese detalle con ella. Dio las gracias profusamente a lady Radcliffe y, espantada, buscó a Cecily con la mirada. Ah, allí estaba. Hablando con lord Montagu, advirtió con exasperación, lo cual no actuaba en su favor y... y parecía a punto de bailar con él por tercera vez. Kitty no cruzó la habitación corriendo, aunque sin duda apretó el paso.

—¡Cecily! —saludó con tono alegre—. Y lord Montagu, ¿cómo está? Lord Montagu, me temo que su madre lo está buscando, quiere hablar con usted urgentemente. Tal vez debería ir a su encuentro.

Lord Montagu pareció perplejo y un poco enojado por la interrupción, pero se alejó con la cabeza gacha de todos modos.

—Cecily —siseó Kitty—. No tenías por qué saberlo, pero solo debes bailar con un hombre una vez cada noche. Esta gente considera que más es ir terriblemente rápido.

Entonces fue Cecily quien se quedó perpleja.

—Cuánta gazmoñería... —dijo con escaso interés—. Me parece una estupidez... madre mía, en la antigua Grecia...

—¡No estamos en la antigua Grecia! —la interrumpió Kitty, con la voz algo estridente—. Estamos en Londres, y esas son... esas son las reglas.

—Pero a mí me gusta bailar —se quejó Cecily—. Es la única parte de todo esto que me gusta.

Kitty no tenía tiempo para aquello. Volvió a buscar a lady Jersey con la mirada, pero no la veía por ninguna parte. El reloj de pie del rincón dio las once, y el sonido de su tañido, audible incluso a pesar de la algarabía de la velada, la angustió. Se le estaba agotando el tiempo, en general. Tenía que conseguir esos vales.

Justo entonces vio a la señora Burrell al otro lado. Gracias a Dios. No conocía a una sola de las mujeres con las que hablaba, pero no importaría porque ya la conocía a ella y, después de todo, era la de menor jerarquía de todas las patrocinadoras.

—Vamos, Cecy —ordenó a su hermana, y echó a andar hacia su objetivo—. Señora Burrell —saludó a la mujer con una profunda reverencia.

La señora Burrell la miró sin señal aparente de reconocerla.

—Nos conocimos en la velada de lady Radcliffe la semana pasada —le recordó Kitty.

—Ah... sí —dijo la señora Burrell con tono cansino y glacial—. Señorita Tallant, ¿verdad?

—Talbot —la corrigió Kitty, pero, por el leve destello en los ojos de la dama, de pronto estuvo segura de que lo sabía—. Solo quería decirle —perseveró— que creo que ese vestido es magnífico.

Los cumplidos no entrañaban ningún riesgo, ¿no?

—Gracias... —respondió la señora Burrell con la misma lentitud desconcertante. Miró a Kitty de arriba abajo de forma descarada—. A mí también me gusta... el bordado de su abanico.

El halago fue tan específico que sonó tan irrefutable como un insulto y por las sonrisas a su alrededor —y una risita tonta— todas las damas presentes lo advirtieron. Kitty notó que se le acaloraba el rostro. Abrió la boca —no sabía para decir qué—, pero se vio interrumpida de nuevo.

—Creo que esa mujer está intentando llamar su atención —señaló la señora Burrell con frialdad—. Debería ir usted antes de que... se fatigue con el esfuerzo.

Kitty miró y vio a la tía Dorothy haciéndole gestos vigorosos. Le lanzó una mirada desalentadora, pero su tía continuó llamándola con insistencia.

—No deje que la entretengamos —insistió la señora Burrell con dulzura, y se oyeron risitas de nuevo.

Con una reverencia, se retiraron; a Kitty le ardía el rostro.

—Por el amor de Dios, baja la mano —le siseó a la tía Dorothy—. Me estás poniendo en evidencia.

—Tú te estás poniendo en evidencia —siseó su tía en respuesta, al tiempo que la agarraba del brazo para alejarla de la pista de baile—. Una no puede acercarse sin más a gente como la señora Burrell, hasta yo podría haberte dicho eso. Es la mayor maniática imaginable y tiene a todo el mundo aterrorizado, incluso lady Radcliffe la encuentra amedrentadora. Estabas a punto de recibir la mayor humillación.

—Pero ya la conocía —se quejó Kitty—. ¿Cómo si no se supone que voy a conseguir invitaciones para Almack's si no puedo hablar con esas mujeres?

—Olvídate de esa idea, te lo ruego —soltó la tía Dorothy con aspereza—. No va a ocurrir nunca y no puedes lograrlo con esos métodos.

—Dijiste que esto tampoco ocurriría, ¡y mira dónde estamos! —no pudo evitar replicar, acaloradamente, abarcando lo que las rodeaba con un gesto—. ¿Cuándo vas a empezar a creer en mí?

La tía Dorothy parecía estar haciendo un considerable esfuerzo por conservar la calma.

—No es cuestión de creer —dijo con paciencia forzada—. Hay un motivo por el que Almack's se considera exclusivo, incluso entre los miembros de la alta sociedad, y no tiene sentido que malgastes energías persiguiendo lo imposible. Ya tienes a varios caballeros adinerados pendientes de ti, ¿no te basta?

Kitty se tragó otra réplica impetuosa. ¿Cómo explicarlo sin que pareciera que había perdido la cabeza? Estar en esa habitación era en sí mismo todo un logro, la tía Dorothy tenía razón en eso, pero no era el éxito que Kitty había imaginado. Había lugares que aún le estaban vetados, lugares a los que invitaban a personas como la señorita Fleming y a ella no. La ventaja que les daba Almack's no era algo que pudiese superar con facilidad; y mientras las atenciones del señor Stanfield hacia la señorita Fleming eran cada vez más evidentes, Kitty sabía que quizá nunca tuviera otra posibilidad a ese nivel sin ella.

—¿Por qué lo deseas tanto? —preguntó la tía Dorothy con tono implorante ante el silencio de Kitty.

—Yo... yo... —titubeó—. Podría haber sido mío. Si las cosas... si las cosas hubiesen sido de otro modo para mis padres, tendría todo esto sin pensarlo un segundo. No soy tan diferente de esas otras damas, tía. No son mejores que yo. Lo noto tan cerca... No puedo evitar querer alcanzarlo.

Escudriñó el rostro de la tía Dorothy en busca de comprensión y vio que su mirada se suavizaba un poco.

—Entiendo por qué puede parecerte injusto —concedió la tía Dorothy en voz baja—. Pero no puedes intentar arreglar todos los errores del pasado; recuerda por qué estamos aquí. No podemos perder eso de vista. Estás tratando de alcanzar lo inalcanzable, esta vez debes creerme. ¿Puedo confiar en que lo dejarás pasar?

Kitty bajó la vista a sus pies, escarmentada. Sabía que la tía Dorothy tenía razón: solo les quedaban seis semanas. No debía desviarse del camino, debía seguir pensando con la cabeza y no con el corazón.

—Sí, de acuerdo —cedió—. Lo dejaré pasar.

—Bien. —La tía Dorothy asintió con vigor—. Bueno, ahora debo encontrar a aquel caballero encantador con el que hablé la otra noche; creo que va a gustarle mucho mi vestido nuevo.

La tía Dorothy se alejó afanosamente en busca de cumplidos. Kitty miró a Cecily; aún se sentía disconforme y estaba deseando hablar con alguien de lo injusto que era todo.

—Noto el collar algo suelto —le dijo Cecily, con una mano en las joyas que llevaba al cuello. Bisutería, por supuesto.

Kitty le hizo un gesto para que se diera la vuelta y poder examinarlo.

—Ah. —Vio el problema de inmediato—. No te lo has abrochado bien. Estate quieta un momento.

Frunció el ceño ante la delicada tarea, contenta de tener una distracción.

—Tus poetas deberían escribir más acerca de estas cosas —le dijo a Cecily con aire ausente, toqueteando el cierre del collar con cuidado de no pellizcar la delicada piel del cuello de Cecily mientras lo hacía—. Las normas sociales, la política y cosas así... Llenarían libros, seguro.

—Eh... en realidad, lo hacen —le contestó Cecily—. Unos cuantos, de hecho.

—Oh. —Kitty se sintió, por tercera vez esa noche, bastante tonta. Inspiró hondo antes de volver a la acción. No se habían alejado mucho tiempo, y la tía Dorothy tenía razón: Kitty no debía desviarse del camino. No era momento de perder la cabeza por los sentimientos.

20

Estaban a 20 de abril. Kitty solo tenía seis semanas para conseguir una fortuna. Al menos, sin embargo, le quedaba el consuelo de tener un montón de pretendientes entre los que elegir. De ellos, el señor Pemberton era sin duda el más persistente. Con una riqueza tan grande como su bigote, también era el más acaudalado.

Y, aun así, pese a que tuvo que recordarse a sí misma que no importaba, también era el más irritante. Si tuviese que decir algo bueno de Pemberton, se centraría en su bondad. Una bondad tan potente que se manifestaba en forma de condescendencia en todas las conversaciones, ya que Pemberton le explicaba todas las cosas del mundo de las que ella —una mujer frágil e inocente— debía saber un poco. Era lo bastante bueno, incluso, para no requerir ningún pensamiento u opinión por parte de Kitty, y jamás se le ocurriría angustiarla pidiéndole ninguna de las dos cosas. Ciertamente, cada vez que Kitty hacía un intento de unirse a su soliloquio, él se limitaba a alzar la voz lo suficiente para ahogar la suya.

Su pretendiente favorito, si se permitía tener uno, era el señor Stanfield. Kitty se había resignado durante mucho tiempo al hecho de que no debía esperar que su esposo le gustase. Sabía que la cualidad destacada de este tendría que ser su riqueza, y poco más podía esperar. Y aun así... sería agradable si pudiera gustarle. Disfrutar pasando tiempo con él, incluso. Y con el señor Stanfield parecía perfectamente posible. El futuro se presentaba un poco más brillante con él en el papel. Con seis mil al año a su nombre tenía fondos más que suficientes para satisfacerla, pero en efecto no era ese hecho lo que hacía tan agradable su compañía. Su conversación era divertida, Kitty era consciente de su presencia en una habitación aunque no estuvieran hablando y, es más, podía admitir que pensaba en él cuando no estaban juntos. Esto último era más poderoso, por supuesto, cada miércoles por la noche, cuando se hallaban separados; él iba a Almack's, a flirtear con otras mujeres lejos de su vista, y ella, a cualquier entretenimiento alternativo que encontrase.

Pero Kitty debía apartar al señor Stanfield de su mente ese día, porque tenía una cita por la tarde para acompañar al señor Pemberton a Tattersall's, la casa de subastas de caballos de Londres y, sorprendentemente, estaba deseando ir de verdad. Kitty siempre había pensado que si los Talbot hubiesen tenido más dinero, habría sido una amazona consumada. Tal y como estaban las cosas, con su único acceso previo a un establo a través de los Linfield, su apreciación de los buenos caballos había sido hasta entonces teórica. Así pues, cuando el señor Pemberton se ofreció con galantería a comprar y mantener una yegua en su establo para ella, que podría montar siempre que quisiera, supo que debía aprovechar la oportunidad. Normalmente era Tattersall's un espacio de caballeros, pero, intrigada por verlo por sí misma, lo había inducido a invitarla a acompañarlo; tuvo que persuadirlo un poco, pero el deseo de alardear de conocimientos acabó imponiéndose.

El ruidoso recinto estaba hasta arriba de caballos de todo tipo: hermosos corceles hechos para pavonearse delante de un faetón; píos moteados de proporciones impresionantes en los que podía imaginarse cabalgando por Hyde Park; purasangres de una altura pasmosa con los músculos marcados y brillantes. Kitty inhaló el aire, disfrutando de ese aroma característico de la paja mezclada con pelo de caballo y estiércol —un olor que debería resultarle repugnante y, no obstante, encontraba maravilloso—, antes de obligarse a centrarse de nuevo en su acompañante y la tarea que tenían entre manos.

—Cielos, no sé ni por dónde deberíamos empezar —dijo en el tono trémulo de alguien abrumado, llevándose una mano al corazón con fingida consternación.

—No se preocupe, señorita Talbot, estoy aquí para ayudarla —le aseguró Pemberton—. No es tan complicado como parece.

Era evidente que estaba disfrutando del papel de bondadoso benefactor. La señorita Talbot se dio una palmadita en la espalda. Esa tarde iba a ser una especie de punto de inflexión en su conquista de los afectos del señor Pemberton. Nada le gustaba más a ese hombre que alardear de su propia sabiduría, sobre todo en contraposición a la suya. Sin embargo, al cabo de apenas unos minutos advirtió su grave error. Los caballos del señor Pemberton eran tan magníficos que había dado por sentado que podía confiar en su elección, pero tras pasar unos momentos en su compañía mientras él examinaba la oferta con un comentario que no tenía ni pizca de sentido común, Kitty empezó a sospechar que el mozo de cuadra del señor Pemberton no permitía que el hombre se acercase a menos de un kilómetro de ese establecimiento. Por Dios, ¿iba a tener que alabar a la pobre criatura que fuera que escogiera, para evitar ofender el ego del hombre? Comenzó a temer que saldrían de allí con una adquisición de lo más imprudente.

—Santo cielo, sabe usted muchísimo —aplaudió con entusiasmo, y tuvo un mal presentimiento al ver al señor Pemberton manejar la boca de un bonito bayo con rudeza.

—Cuidado —murmuró un mozo de cuadra, separándolos.

El señor Pemberton no parecía haberlo oído.

—Llevo muchos años cultivando mi conocimiento de los caballos —explicó con sonora importancia—. Una vez que sabes qué estás buscando, le aseguro que en realidad es bastante simple.

Sus acciones demostraban más bien lo contrario de manera sistemática, así que la señorita Talbot sintió que se le congelaba la sonrisa cuando el señor Pemberton empezó a ensalzar las virtudes de una yegua que cualquiera con dos ojos vería que no solo era de lomo escaso, sino que además tenía muy mal carácter. Horrorizada, pensó que sin duda el animal la tiraría en menos de una semana. No serviría; no podía arriesgarse a morir antes de casarse, ni siquiera aunque acelerara el matrimonio. Estaba a punto de declarar que estaba se encontraba mareada, convencida de que era la única escapatoria, cuando advirtió con horror que Radcliffe caminaba cerca, inspeccionando los caballos con ojo experto, con un hombre joven a su lado, su mozo de cuadra, a juzgar por su librea.

La señorita Talbot volvió la cabeza y la agachó. Si bien su último encuentro no había terminado con demasiada hostilidad, no había olvidado la promesa de Radcliffe de devolverle el malestar que ella le había causado. Y dudaba de que lo hubiera olvidado él. Rezó por que pasaran sin verla... pero era demasiado tarde. La había localizado y se dirigía hacia ellos con una mirada traviesa, sin duda preparado para provocarle un disgusto. Se acercó un poco más. Desvió la vista de la señorita Talbot al caballo y al señor Pemberton —que seguía perorando para sí y aún no había advertido su llegada—, y de golpe pareció comprender la situación a la perfección. Se le curvaron los labios. La señorita Talbot le lanzó una mirada de advertencia, que ignoró. ¿Un ademán para ahuyentarlo resultaría demasiado maleducado?

—Santo Dios, Pemberton —dijo Radcliffe arrastrando las palabras—, no estará pensando en serio en comprar esta criatura, ¿verdad?

Su mozo de cuadra soltó una risita a su lado, negando con la cabeza.

El señor Pemberton se enojó.

—Es el caballo que desea la señorita Talbot, sí —se defendió, faltando a la verdad—. Voy a comprarlo para ella.

—Aún peor —replicó Radcliffe—. Creí que era usted más sensata, señorita Talbot. Pemberton, será mejor que vaya a ver el bonito pío que hay junto a la verja oeste. Esta coceará el primer mes.

Se marchó, con una reverencia burlona hacia Kitty que le indicó que sabía exactamente la clase de lío que había provocado. Pemberton no quiso quedarse ni un minuto más, sobre todo cuando advirtió indignado la mirada anhelante de Kitty hacia el pío que había señalado Radcliffe. Aquello fue la gota que colmó su rabia, y salió como un huracán hacia su carruaje de dos caballos, con Kitty apresurándose por miedo a que de verdad la dejase allí. A pesar del inicio prometedor, el evento ya no podía considerarse un éxito, pensó sombríamente mientras oía a Pemberton farfullar y rumiar de camino a casa. El hecho de que lo hubieran avergonzado era malo, pero que la humillación hubiese tenido lugar en público y delante del objeto de sus afectos era demasiado para un hombre que invertía tanto en su imagen pública.

El roce del encuentro había salpicado la imagen de Kitty y, aunque estaba dentro de las capacidades de esta recuperarse de ello, la hazaña requeriría no poco esfuerzo. Suspiró, haciendo caso omiso de la diatriba de Pemberton contra lord Radcliffe excepto para asentir a intervalos, aunque por dentro sus propios insultos contra la persona del lord eran mucho más imaginativos. Para cuando Kitty regresó a casa —después de que el señor Pemberton le deseara una buena tarde con frialdad— estaba bastante enfadada con Radcliffe.

Más tarde ese mismo día, llegaron a la mansión en la que se celebraba el baile de esa noche. Kitty iba ataviada con un vestido de noche azul claro de crepé; Cecily, del satén rosa más tenue, y la tía Dorothy, de un elegante violeta. Kitty vio a lord Radcliffe y abandonó a Cecily y a Dorothy a su aire de inmediato para acercarse a él enfurecida.

—Baile conmigo —le exigió cuando llegó delante de él.

Radcliffe la miró con recelo.

—Gracias, pero no —respondió—. Debería haber mencionado que tampoco bailo con personas que parece que quieren matarme.

—Baile conmigo —repitió—. Hay algunas cosas que me gustaría decirle.

—Santo Dios —gruñó—. ¿Qué ocurre ahora?

—Le diré lo que ocurre ahora —le siseó—, ¿qué demonios creía que estaba haciendo hoy en Tattersall's? ¿Qué ha sido eso?

—Creí que estaba ayudando a Pemberton a evitar una compra muy imprudente —dijo—. Seguro que ha visto usted que no era una buena elección, ¿no?

—Pues claro —le espetó—. Pero yo nunca le habría permitido comprar a la criatura, y mi método de asegurarme de eso no habría causado tanta angustia al señor Pemberton. Me ha hecho usted retroceder de un modo terrible en su estima, ¡no vuelva a hacer algo así nunca!

La única respuesta de Radcliffe fue una sonrisita de satisfacción, y la ira de Kitty se desbordó.

—¿Esto es una broma para usted? —inquirió—. Porque es mi familia lo que está en juego, milord. Mi hermana Jane, de diez años, no tendrá donde vivir si no puedo hacer frente a los prestamistas que aporrearán nuestra puerta en menos de seis semanas.

Se le veía desconcertado, pero ella continuó sin piedad:

—Mi hermana Harriet, de catorce, es la criatura más romántica que haya conocido nunca. No sé cómo voy a contarle que nunca podrá casarse por amor porque no he podido garantizarle un futuro. Y Beatrice...

Radcliffe levantó la mano.

—Ya la he entendido —dijo.

Ella lo fulminó con la mirada, con el pecho agitado por la fuerza de la emoción.

—Discúlpeme —añadió Radcliffe sin más—. No volverá a ocurrir.

Kitty pestañeó sorprendida y su mirada feroz se disipó. No esperaba una disculpa.

—Gracias —respondió por fin.

Se miraron el uno al otro unos instantes.

—Creo que es la primera vez que ha hecho usted lo que le he pedido, sin discusión —agregó Kitty con cierta vacilación. No estaba segura de cómo hablarle ahora que el aire no se hallaba cargado de hostilidad.

—¿Soy la única persona que conoce que no obedece de inmediato sus órdenes? —preguntó él con curiosidad.

—Supongo que estoy habituada a salirme con la mía —concedió ella—. Soy la mayor de mi familia, así que imagino que es la fuerza de la costumbre.

—Ah, eso será —asintió de inmediato—. Nada que ver con su capacidad de organización, que es casi militar, o su voluntad de hierro, por descontado.

Kitty lo miró con un dejo de sorpresa, y un rescoldo de simpatía se prendió en su pecho.

—Vaya, casi ha sonado a cumplido, milord.

—Estoy perdiendo mi toque, al parecer —repuso—. Por supuesto, carece usted de cualquier cosa que se asemeje a la integridad moral, lo cual imagino que también contribuye en gran medida.

—Oh, por supuesto —respondió sonriendo. No había acritud en sus palabras y sus ojos solo reflejaban humor, así que se alegró de aceptar la broma. Hacía tiempo que no bromeaban con ella y fue... No fue desagradable.

—¿Puedo procurarle un refresco como prueba de mi disculpa? —le preguntó, ofreciéndole el brazo.

Kitty hizo ademán de cogerlo de manera instintiva, sin vacilación, como si aquello hubiese ocurrido un centenar de veces y no fuese la primera, pero se detuvo. Tenía asuntos que atender y los únicos hombres con los que debería estar pasando su tiempo eran sus pretendientes.

—En realidad no tengo sed. —Rechazó la oferta y el brazo—. En lugar de eso me deberá un favor.

—Ah, ¿sí? —preguntó, y se le crispó el labio ante el tono altanero de ella—. Eso suena peligrosamente impreciso. ¿Seguro que no le basta con una copa de vino?

—Seguro —dijo ella con aire pomposo—. Será un favor de mi elección, en el momento que yo dicte.

La miró con desconfianza.

—¿Debo temer otra visita por la mañana temprano? Se lo advierto: Beaverton tiene instrucciones precisas de disparar antes de las diez en punto.

Kitty sonrió con aire enigmático.

—Supongo que tendrá que esperar para descubrirlo.

21

A sí que le dije... —la tía Dorothy hizo una pausa teatral, con una sonrisa coqueta y enigmática—. «¿Por qué iba a jugar al whist con un lord cuando puedo jugar al faro con un príncipe?».

Al escuchar el final, lady Radcliffe dejó escapar una carcajada a la que se unieron el señor Fletcher, el señor Sinclair y lord Derby. Kitty los observó con una sonrisa indulgente. De haber sido más mezquina, podría haberse regodeado recordándole a su tía que no hacía muchas semanas era ella quien advertía a Kitty sobre la alta sociedad con todo el catastrofismo del que pudo armarse. Pero dadas las circunstancias, Kitty no veía ninguna razón para arruinar la diversión de la tía Dorothy, siempre que no sobrepasara los límites de la propiedad, claro estaba. Decidió mantener vigilada la amistad que estaban entablando su tía y lady Radcliffe. En las últimas veladas, las dos damas habían empezado a coquetear con todos los caballeros con los que se cruzaban con fervor creciente.

A esas alturas, Kitty, Cecily y la tía Dorothy se habían relajado un poco. Los mayores retos de la temporada habían quedado atrás; habían aprendido las normas, estaban dentro y a salvo, sin un solo susurro de sospecha sobre ellas. La tía Dorothy incluso había dejado de preocuparse por que la reconocieran, su principal temor en aquellos primeros bailes, cuando caminaba mirando a todos los hombres con desconfianza. En contraste, justo entonces el señor Fletcher —el último admirador de la camarilla de la señora Kendall, un hombre de cabello canoso con unos distinguidos bigotes— retaba a su tía a un duelo de whist en la sala de cartas que ella aceptó con una sonrisa. Estaba segura de que habría sido todo un espectáculo, sobre todo porque sabía que la tía Dorothy era una tramposa consumada, pero Kitty tenía asuntos que atender.

Ella y el señor Stanfield ya habían bailado esa noche una cuadrilla, pero sus ojos se veían atraídos hacia él una y otra vez. Con frecuencia se volvía y sus miradas se encontraban durante largos instantes continuamente, haciendo que el corazón le latiera más rápido en el pecho. Aquel flirteo no era menos emocionante por el hecho de tener lugar desde los extremos de un salón de baile, y Kitty no quería perderse ni un instante.

Como en ese momento no encontraba al señor Stanfield, Kitty buscó con aire distraído a Cecily. Para alguien que aseguraba que no le interesaban en absoluto los bailes, últimаmente Cecily desaparecía con bastante seguridad entre las multitudes. ¿Era aquella? Kitty frunció el ceño. Había atisbado una figura vestida de rosa parcialmente oculta por la mole del detestable y libidinoso lord Arden y estiró el cuello para ver mejor. Había tanta gente apretujada en la habitación que costaba distinguirlo. Sí, ahí estaba Cecily... retrocediendo para apartarse de lord Arden, que descollaba por encima de ella. Kitty avanzó decidida, abriéndose paso entre la multitud como un cuchillo caliente cortando la mantequilla.

—¡Cecily! —exclamó en cuanto se acercó lo suficiente para que la oyera.

—Ah... señorita Talbot. —Lord Arden dedicó una sonrisa zalamera a Kitty, sin inmutarse por su repentina aparición—. Justo estaba pidiendo la mano de su hermana para el próximo baile.

Recorrió el cuerpo de Cecily con mirada lasciva, y la joven dio un paso involuntario atrás. Kitty dio un paso al frente.

—Me temo que el carnet de baile de mi hermana está lleno —respondió con firmeza.

Las cejas de lord Arden se alzaron con arrogancia.

—Y aun así, ahora no está bailando —dijo en voz baja. Su labio comenzaba a esbozar una mueca de desdén.

—Vamos, toda dama necesita un descanso, milord. —Kitty mostró los dientes en una sonrisa—. Estoy segura de que lo comprende.

Lord Arden no iba a dejarse disuadir.

—Hay muchos bailes esta noche —la engatusó—. Estoy seguro, señorita Cecily, de que estará lo bastante descansada para uno.

—Su carnet de baile está lleno —insistió Kitty. Alguien con un carácter más débil podía considerar las atenciones de ese hombre detestable una carga necesaria, pero Kitty no—. Y le sugeriría, milord, que lo considerase permanentemente lleno.

Se oyó un grito ahogado y Kitty vio que lady Kingsbury, que había estado escuchándolos a escondidas, se llevaba la mano a la boca con estupefacción teatral. Lord Arden se puso lívido de mortificación.

—Nunca —dijo con la voz temblorosa por la ira—, nunca me habían insultado tanto en la vida.

Se alejó airado. Lady Kingsbury seguía mirándolos. Kitty la miró esperando encontrar simpatía en su rostro —al fin y al cabo, todos sabían lo que era Arden—, pero lady Kingsbury se limitó a menear la cabeza con una leve sonrisa, antes de volverle la espalda sin disimulo.

—¿Crees que estaba muy enfadado? —susurró Cecily.

—Creo que no volverá a molestarte —le aseguró Kitty, a quien no le importaba mucho si lo estaba o no—. Venga, vamos a buscar champán.

Antes de que hubiera acabado de pronunciar aquellas palabras, las fisuras del cotilleo sobre su confrontación se extendieron por el baile como grietas en una losa. Todavía estaban abriéndose paso entre la multitud en busca del comedor cuando el ambiente comenzó a enfriarse. Advirtió que había más ojos puestos en ella, y críticas también. Sonrió a la señora Sinclair cuando se cruzaron, pero la dama apartó la vista. Era extraño... ¿qué podía haber hecho para ofenderla? Pero cuando ocurrió por tercera vez un desplante similar, Kitty empezó a darse cuenta de que algo había ido muy mal.

—¿Qué es eso que me han dicho de que ha sido muy maleducada? —El señor Stanfield le habló en voz baja al oído.

Kitty se volvió enseguida.

—¿A qué se refiere? —preguntó ella, con el corazón un poco acelerado.

El señor Stanfield se rio.

—Se rumorea que le ha dado a Arden un rapapolvo de lo más clamoroso y vulgar. Bien hecho, digo yo.

Parecía encontrar divertido todo el asunto, pero Kitty no pudo obligarse a reír con él.

—¿De verdad le importa a la gente? —preguntó—. No me parecía que gustase mucho.

—Oh, ya los conoce —dijo con un gesto despreocupado de la mano—. Es mejor no prestar atención. De cualquier modo, he venido a despedirme: debo acompañar a mi madre a casa.

Se marchó y Kitty se quedó mirando en torno al salón de baile. «Ya los conoce», había dicho. Pero Kitty no los conocía. No esperaba esa reacción en absoluto. Después de todo, había oído quejarse a la mayoría de las mujeres del manoseador de lord Arden al menos en una ocasión. Y aun así parecía que había una regla no escrita que dictaba que solo podían condenarlo a sus espaldas, nunca a la cara. Y mientras gente como lady Jersey podía considerarse maleducada sin que eso tuviera consecuencias en su reputación, quedaba muy claro que Kitty no podía.

Lady Kingsbury —una mujer odiosa— estaba difundiendo el rumor como un veneno que actuaba rápido. Nunca antes una marea había cambiado tan deprisa y, cuando a Kitty y a Cecily les dieron la espalda otras dos damas a las que habían considerado amigas, Kitty empezó a ceder al pánico. Aquello no iba a significar su ruina, ¿verdad?

—Creo que es mejor que busquemos a la tía Dorothy y a lady Radcliffe —le dijo a Cecily, que asintió con los labios apretados.

A salvo en el círculo protector de la aprobación de lady Radcliffe, Kitty estaba convencida de que aquello dejaría de tener importancia. Salvo que no lograban dar con las damas por ninguna parte. Mientras las buscaban en la sala de las cartas y luego en el salón de baile, Kitty sintió que la temperatura figurada de la multitud descendía todavía más. Cambió de táctica y buscó un rostro amigo —cualquier rostro amigo— en el que refugiarse, pues el espacio vacío que las rodeaba era como una cuarentena. Intentó establecer contacto visual con el señor Pemberton cuando se cruzó con ellas, pero este la evitó, fingiendo conversar animadamente con la señorita Fleming.

—¿Deberíamos marcharnos, Kitty? —susurró Cecily. Su naturaleza soñadora y distraída solía protegerla de advertir desaires así, pero incluso ella parecía angustiada en ese momento.

—No —insistió Kitty—. No, no podemos irnos.

Y, sin embargo, ¿qué otras opciones tenían? «Haz lo que hagan ellos», habría dicho su madre, y la alta sociedad estaba a punto de bailar. Pero, después de la retirada del señor Stanfield, que ya se había ido, Kitty no estaba segura de que ningún otro de sus pretendientes fuese a acudir en su rescate. ¿A quién más, entre todo aquel rebaño, le daría igual su repentina caída en desgracia?

Su mirada se posó en Radcliffe, que estaba al otro lado de la pista de baile. Bueno... no era exactamente un rostro amigo. Condujo a Cecy ignorando todas las figuras que retrocedían a su paso.

—Lord Radcliffe, capitán Hinsley, buenas noches —saludó en tono formal.

—Señorita Talbot. —El capitán Hinsley la recibió con una reverencia y una sonrisa, como si fuesen viejos amigos.

—Cuidado, Hinsley, podría ir armada —le advirtió Radcliffe.

—¿Ninguno de ustedes baila? —preguntó Kitty sin rodeos, ignorando el comentario—. Creo que ya están preparándose para la siguiente pieza.

Fue un movimiento descarado, carente de toda sutileza, y los dos hombres enarcaron las cejas de golpe.

El capitán Hinsley se recuperó primero e hizo una reverencia galante.

—¿Es demasiado esperar que su mano no esté prometida ya, señorita Talbot?

—No lo es —contestó, y colocó su mano en la de él. Sostuvo la mirada a Radcliffe con expresión desafiante. Estaba pensando en el favor que le debía y sabía que él también. Radcliffe alzó las cejas aún más. Ella levantó la barbilla, desafiante, y desvió la mirada, cargada de significado, hacia Cecily.

Radcliffe suspiró.

—Señorita Cecily, ¿me haría el honor? —le preguntó.

Cecily había pasado por alto el intercambio silencioso entre su hermana mayor y Radcliffe, aunque el capitán Hinsley lo había observado muy intrigado, pero sonrió agradecida de todos modos. Se dirigieron a la pista.

—¿Sabe de qué baile se trata? —preguntó Cecily.

—La cuadrilla, creo —respondió Radcliffe.

—Los franceses lo llaman *quadrille* —apostilló Cecily con una floritura ostentosa de la palabra.

Radcliffe guardó silencio. Pero ¿qué podía decir?

—Gracias, señorita Talbot.

Radcliffe solo había bailado en dos ocasiones esa temporada, una vez con la mayor de las señoritas Talbot y otra con su madre. Todo el mundo sabía que era terco como una mula al respecto, de modo que la alta sociedad lo observaba con sorpresa e interés mientras guiaba a la señorita Cecily Talbot hasta la pista para su tercer baile del año. Kitty los vio mirar y esperó que aquello les recordara por qué habían aceptado a las Talbot al principio.

Se sentía tan agitada que no se le ocurrió nada en absoluto que decirle al capitán Hinsley mientras ocupaban sus posiciones, pero por suerte él parecía perfectamente capaz de cargar con el peso de la conversación.

—Señorita Talbot, siento que debería darle las gracias —dijo—. Esta ya ha sido la temporada más interesante que he visto en años.

—Ah, ¿sí? —contestó ella, tratando de examinar a la multitud sin que se notara.

—Y conseguir que Radcliffe baile... Se le da muy bien, una vez que logras sacarlo a la pista. Nadie lo diría al verlo, ¿verdad? —Dirigió a Kitty una sonrisa traviesa, como si estuviera invitándola a criticar a Radcliffe.

—¿No? —dijo, aún distraída—. Solo hay que verlo montar a caballo para saber que es grácil.

La música comenzó antes de que Hinsley pudiera responder —aunque tenía las cejas un poco más elevadas— y pronto estuvieron demasiado ocupados con los *chassés* y los *jettés* para hablar. La cuadrilla no duró más de seis minutos, pero para cuando acabó, Kitty supo que su posición en el escalafón social era mucho menos precaria. Radcliffe cedió la mano de Cecily a un deslumbrante lord Montagu, que acababa de llegar, y Kitty aceptó que Hinsley la acompañara a la mesa de los refrescos. Allí la dejó, con una sonrisa cómplice que ella no supo interpretar, después de que lady Derby le hiciera señas desde la pista de baile. Kitty se sintió aliviada al aceptar una limonada de un nuevo caballero y respiró más tranquila.

—Creo que no nos han presentado —le dijo al desconocido con una sonrisa; en ese preciso momento estaba dispuesta a mostrarse amable con cualquier caballero.

—No, aunque hace mucho que deseaba que nos conociéramos, señorita Talbot. Soy Selbourne —dijo arrastrando las palabras—. Debo decir que admiro su trabajo.

—¿Mi trabajo? —repitió ella frunciendo el ceño.

—Vamos —la reprendió—. No hay nada de malo en hablar abiertamente. Soy amigo del señor De Lacy, ¿sabe?, y me ha hablado muchísimo de usted. Aunque él no sabe, por supuesto, cómo le suena la historia a alguien como yo.

—No sé a qué se refiere, milord —respondió ella muy despacio.

—La reconozco como un espíritu afín, ya sabe —continuó con tono suave, demasiado suave—. Los dos, en la periferia de todo esto —abarcó el salón con un gesto—, esforzándonos en ganar, a pesar de todo.

—Ah, ¿sí? —preguntó con educación, aunque aquello empezaba a ponerle los pelos de punta—. Tendré que fiarme de su palabra, milord, porque en mi caso no veo la similitud.

Él sonrió con gesto de aprobación.

—Golpea bien. Señorita Talbot, tengo la sensación de que la conozco desde siempre.

Kitty no respondió, no quería alentar en lo más mínimo una conversación tan inquietante, pero Selbourne perseveró.

—Me gustaría hablar con usted como es debido, ya sabe. Creo que podríamos... sernos de mucha ayuda el uno al otro.

—Ojalá pudiera decir lo mismo —repuso Kitty con frialdad—, pero creo que me ha confundido con otra persona.

Él sonrió, impertérrito.

—Ya veo que está decidida a no hablar conmigo. —Se inclinó con una pequeña floritura cuando la música llevó el baile a su fin—. Pero piense en ello, señorita Talbot. Hay más de una forma de ganar una fortuna en esta ciudad, y no tiene por qué hacerlo sola.

Kitty se liberó de su compañía en cuanto pudo y por fin, aliviada, vio a la tía Dorothy.

—¿Dónde estabas? —inquirió.

—¿Nos vamos, cariño? —dijo la tía Dorothy, que parecía demasiado preocupada por un hilo suelto en el puño de su vestido para contestar.

Kitty asintió y recogió a Cecily; mejor no tantear demasiado el terreno. Mientras esperaban a que les entregaran sus capas, Radcliffe reapareció a su lado.

—¿Ha pensado qué va a hacer una vez que regrese a Devonshire y no pueda sacarme bailes cuando le plazca? —preguntó en voz baja.

—Supongo que tendré que buscar algún otro medio —contestó ella con ironía—. O aprender a morderme la lengua un poco más fuerte.

—Ah, ¿su desaire al vituperable Arden? —dedujo. La miró de reojo—. ¿El rapapolvo ha sido muy bueno?

Kitty contrajo los labios.

—El mejor hasta el momento —admitió—. Pero ha causado tal alboroto que por un momento he temido que estuviésemos perdidas.

Radcliffe se encogió de hombros, un gesto informal que no encajaba con el salón y que nunca le había visto hacer. De pronto, Kitty pudo imaginarse cuál sería su aspecto cabalgando por sus tierras de Devonshire. Se encontraría más cómodo allí, seguro, de lo que lo estaba ahí, aunque no menos imponente.

—Son una panda de caprichosos sin escrúpulos, en lo que a títulos y riqueza se refiere —apuntó él en tono informal pero sin disimular su repulsa. Y añadió—: A mí no me gustaría bailar con él.

Lo dijo como si por sí sola fuese razón más que suficiente. La simplicidad de aquellas palabras ayudó a Kitty a calmar parte de la ansiedad que sentía.

—Sí, exactamente —asintió, algo sorprendida de que estuvieran tan de acuerdo.

La dejó con una sonrisa y Kitty subió al carruaje detrás de su hermana. De camino a casa intentó explicarle la terrible experiencia a la tía Dorothy, pero la ofendió descubrir que su tía no lo entendía en absoluto.

—¿Acaso no han tenido todas las damas que bailar al menos una vez con alguien con quien habrían preferido no hacerlo? —preguntó ella, algo desconcertada por todo aquel alboroto.

—Eso no hace que esté bien —masculló Kitty obstinada.

—Quizá debería haber bailado con él sin más —susurró Cecily desde el rincón—. Tal vez no hubiese sido tan malo.

Kitty alargó el brazo en la oscuridad y cogió a su hermana de la mano.

—No —se limitó a responder, y le apretó la pequeña palma.

22

Lord Radcliffe llegó a Grosvenor Square cuando caía el anochecer. Era el cumpleaños de Archie y la familia se había reunido para cenar y celebrar la ocasión. Cuando entró, oyó el eco de voces que llegaban desde el comedor y sonrió ante el estrépito. Los De Lacy siempre habían celebrado los cumpleaños por todo lo alto —lady Radcliffe sentía que era especialmente importante señalar momentos así como era debido—, pero Radcliffe no había estado en Londres para el de Archie de los dos años anteriores. Así pues, le resultó extraño no encontrar a su padre en el comedor también.

Se quedó plantado en el pasillo un minuto más de lo necesario, impresionado de nuevo por aquella extrañeza. Uno no se acostumbraba, pensó con ironía. Había entrado en esa habitación mil veces —cien mil, quizá— sabiendo que encontraría a su padre y a su madre. ¿Y debía aceptar que ya no era así? Se le hacía imposible. Por supuesto, de haber seguido con vida, su padre ya estaría reprendiendo a Radcliffe por algo: recordándole alguna tarea que debería haber hecho pero no había hecho o alguna fechoría que no debería haber cometido pero había cometido. ¿O no? Radcliffe supuso que no podía estar seguro. Su padre se puso furioso cuando su hijo mayor se negó a regresar a Inglaterra ante el nuevo estallido de la guerra, más furioso incluso que la primera vez que había mandado lejos a su hijo por el indeterminado delito de llevar una vida disipada. Radcliffe esperó que la postura de su padre se suavizara con el tiempo. Lo que para él había sido otro incumplimiento grave con el deber familiar, para Radcliffe había sido la única medida honrosa que podía tomar y deseó que su padre también lo viera así algún día. Sin embargo, no tuvieron la oportunidad de hablar después de Waterloo. Su padre murió antes de que Radcliffe regresara a casa, de modo que nunca sabría si combatir en una guerra lo habría redimido ante sus ojos, demostrando que era digno como hijo.

—¿Milord? —La voz de Pattson interrumpió sus ensoñaciones y lo devolvió al presente con un sobresalto.

El curso que habían tomado sus pensamientos debía saltar a la vista, porque la expresión de fría profesionalidad de Pattson se suavizó de manera infinitesimal. Era un cambio que no mucha gente percibiría, pero Radcliffe conocía al mayordomo desde hacía mucho, y tan bien como a cualquier miembro de la familia.

—El resto de la familia está en el comedor —le indicó Pattson en voz baja con una mirada amable, de complicidad.

—Sí, por supuesto, allá voy.

Al pasar, Pattson le apretó brevemente el hombro, una violación de las normas sociales muy rara que no solía permitirse. Radcliffe apoyó una mano en la suya sin levantar la vista y se quedaron ahí un segundo antes de que se adentrara en la sala sin pronunciar una sola palabra.

—Feliz cumpleaños, Archie. —Radcliffe dio una palmada en el brazo de su hermano con cariño.

Archie le apretó la mano en respuesta con una sonrisa, aunque algo débil. Se le veía bastante pálido.

—¿Estás bien? —no pudo evitar preguntarle en voz baja.

—Sí, sí —respondió Archie con una sonrisa lánguida que

al instante se desvaneció de su rostro. Se produjo una pausa y luego añadió con brusquedad—: ¿Sabes?, tenías razón acerca de la señorita Talbot.

—Ah. —Radcliffe sintió una punzada de culpa. Casi había olvidado que Archie podía sentirse dolido por el asunto de la señorita Talbot. Le alivió que al menos a su hermano no lo molestara nada más serio.

—Sí, ya se ha olvidado de mí —siguió Archie con un encono nada propio de él—. Al parecer, anda intentando cazar a todos menos a mí. Gracias a Dios que está Selbourne, él...

—¿Seguro que no quieres una fiesta, Archie? —lo interrumpió lady Radcliffe, haciendo un gesto impaciente a sus hijos para que se sentaran—. Aún estamos a tiempo, ya lo sabes. Después de todo, alcanzar la mayoría de edad es un momento importante, ¡todos queremos celebrarlo!

—Yo no —repuso lady Amelia con acritud—. ¿Por qué iba a celebrar yo que Archie acceda a su herencia?

—No, mamá —afirmó este, ignorando a su hermana—. Estoy harto de... Quiero decir que estoy cansado. Ya ha sido... una temporada ajetreada.

Radcliffe lo miró con recelo. Aquello no era propio de Archie, a quien históricamente siempre le habían encantado sus cumpleaños, la temporada y cualquier excusa para una celebración. Pero quizá ya no fuera así. Radcliffe se deshizo de aquella sensación y la algarabía habitual de la familia no tardó en dejar aquel tema atrás. Mientras servían la cena, Archie pareció recuperar el color, se le veía y sonaba casi como siempre, y a Radcliffe le complació verlo.

Para el segundo plato, lady Radcliffe y Amelia habían retomado la trillada discusión acerca de cuándo debería permitírsele a esta última asistir a su primer baile de la temporada.

—El año que viene —insistía lady Radcliffe—. Todavía eres muy joven.

—Todas mis amigas van a asistir al menos a uno esta temporada —se quejó Amelia enérgicamente—. No es su presentación, solo asoman la patita. De verdad, se me verá muy verde si soy la única que no asiste. Solo uno, mamá, ¿qué daño va a hacerme? Al fin y al cabo, solo tengo un año menos que Cecily y ella ya ha ido a un montón.

Lady Radcliffe pareció dudar. Comprendía el ruego, pero no podía evitar sentirse intimidada por la perspectiva de tener a todos sus hijos en sociedad —y haciendo de las suyas, sin duda— al mismo tiempo. Vaciló, indecisa. La vida parecía llena de esa clase de decisiones importantes ese año y, desde la muerte de su esposo, no tenía con quién hablar de ellas. Excepto que en ese momento Radcliffe estaba ahí mismo. Se volvió esperanzada hacia su hijo mayor.

—James, ¿tú qué opinas? —preguntó.

Radcliffe detuvo el tenedor con unos espárragos a medio camino de su boca.

—¿Qué opino de...? —preguntó con cautela.

—De si debería dejar que Amelia asista a un baile esta temporada. Quizá no tenga nada de malo, pero, entonces, ¿qué problema hay en esperar? —Lo miró, expectante.

Al otro lado de la mesa, Amelia lo observaba con gesto implorante. Él desvió la vista de una a la otra.

—Me gustaría que me dieras tu opinión, James —insistió lady Radcliffe ante su silencio.

Radcliffe notó que empezaba a sudar. No sabía cuál era su opinión e, incluso de saberlo, no se sentía capacitado en absoluto para compartirla. ¿Tenía algo de malo? Amelia no tenía más que diecisiete años, lo que parecía joven, pero ¿era ese el tipo de opinión adusta que habría tenido su padre? De cualquier modo, ¿era una opinión terriblemente adusta la adecuada? Empezaba a notar que le apretaba muchísimo la corbata.

—Es decisión tuya, mamá —dijo al fin, tirándose del cuello de la camisa—. No me atrevería a decir lo que es mejor.

Lady Radcliffe pareció un poco cariacontecida porque le devolvieran la responsabilidad con tanta facilidad.

—Pensaré en ello, Amelia —le prometió a su hija.

Radcliffe supo que no había pasado la prueba. Pero, en serio, ¿por qué demonios recurría a él para tales asuntos, cuando apenas tenía diez años más que Amelia? Solo porque poseyera el título no significaba que tuviera más experiencia o sabiduría que cuando su padre seguía vivo. El difunto lord Radcliffe habría tenido una opinión al respecto tan fuerte como la campana de la catedral de St Paul, por supuesto, y todos la habrían escuchado, pensó con amargura. A él le habría importado: le habría importado lo que era apropiado y lo que no, lo que otras familias harían y pensarían. Radcliffe, por su parte, no le veía ningún sentido a ese pensamiento o esfuerzo, aunque era evidente que se le iría requiriendo en mayor medida cuanto más tiempo permaneciese en Londres. No era la primera vez que el deseo de irse —de huir— luchaba en su interior con el deseo de quedarse. La vida era más sencilla en Radcliffe Hall; allí se veía liberado de las presiones familiares y, aun así... ese año la temporada londinense lo atraía más que nunca. Tenía que reconocer que parte del motivo era la presencia de la señorita Talbot y la impredecibilidad que aportaba a las cosas, y, ahora que había empezado la temporada, no podía evitar querer ver dónde acababa, y dónde acababa ella.

El resto de la velada transcurrió de forma agradable; se intercambiaron regalos y buenos deseos, y la cena fue deliciosa, como siempre, y concluyó con una tarta altísima sobre la que Archie se abalanzó con gusto. Radcliffe sonrió y rio, pero no podía evitar seguir dándole vueltas a la pregunta de su madre —tanto la que había formulado como la que llevaba implícita en sus palabras—, aunque no estaba más cerca de hallar una respuesta para ninguna cuando llegó el momento de marcharse. Archie y él caminaron juntos hasta la puerta, donde su hermano volvió a darle las gracias por el regalo.

—Acudirás a mí si lo necesitas, ¿verdad, Archie? —le preguntó Radcliffe con brusquedad, justo cuando este estaba a punto de volverse hacia las escaleras. Le pilló desprevenido y Radcliffe, incómodo, dio vueltas a su sombrero entre las manos—. Es posible que no lo necesites, por supuesto, pero... Si lo haces... Sé que en los últimos años no hemos pasado mucho tiempo juntos... Quizá podríamos volver a salir a cabalgar hasta Wimbledon, o más lejos, si quieres.

Archie asintió sin dejar de masticar con furia.

—Me gustaría —dijo por fin—. Me gustaría mucho.

Se quedó mirando a su hermano unos segundos, y Radcliffe le devolvió la mirada, algo desconcertado por el extraño peso sentimental del momento.

—James... —comenzó Archie, dando un paso al frente, pero antes de que pudiera decir nada Amelia irrumpió en el vestíbulo y los interrumpió.

—¿Sigues aquí? —soltó con brusquedad a su hermano mayor.

—Justo me iba, renacuaja desvergonzada —le contestó con tono imperioso.

Pero el momento entre él y Archie había pasado tan rápido que Radcliffe se preguntó si había imaginado la vulnerabilidad que reflejaba el rostro de su hermano, porque en esos instantes parecía bastante despreocupado. Radcliffe se reprendió un poco por forzar un momento tan serio en lo que debería ser un día feliz. Era exactamente el tipo de torpe intromisión, pensó, por la que sería mejor dejar esas cosas en manos de su madre.

23

A una mujer menos fuerte le habría resultado algo estresante el calendario social de Kitty de las siguientes semanas. Pero ella, con el final del plazo siempre muy presente, estaba decidida a llenar sus días con todos los bailes, cenas, obras de teatro, paseos, exposiciones y recitales que pudiera. Además, aunque resultase un poco abrumador, como le sucedió al mirar la agenda de esa mañana, nada podía apagar su buen humor, porque ella y su familia habían sido invitadas a la mansión de la señora Stanfield. Kitty presentía que era muy buena señal.

—Por supuesto —le dijo con aire despreocupado a Cecily mientras caminaban, con Sally dos pasos por detrás de ellas—, aunque quiera casarse conmigo, eso no significa que deba aceptarlo de manera automática. Tendría que ser la mejor oferta, naturalmente.

Cecily se limitó a murmurar en respuesta. Su tía no las acompañaba; les había rogado que la dispensaran debido a un dolor de cabeza. La tía Dorothy sufría muchos últimamente, aunque su origen, teniendo en cuenta la enorme cantidad de champán que consumía por las noches, distaba mucho de ser un misterio.

Cuando llegaron ya había varios visitantes en el salón de techos altos, aunque a Kitty le complació recibir las diligentes atenciones de la señora Stanfield en cuanto entraron. Decidió que eso era buena señal, y contuvo una sonrisa de satisfacción. Desde el otro lado de la habitación, el señor Stanfield le guiñó el ojo. Mientras hablaba con la dama, que la trataba con calidez y amabilidad, Kitty no pudo evitar imaginar una vida en la que podría tener ambas cosas: ser feliz ella misma y conseguir una fortuna para sus hermanas. Sería... maravilloso. Y no podía creerse lo cerca que parecía estar en realidad.

Pero su alegría empezó a decaer cuando la conversación de la señora Stanfield comenzó a adentrarse en un camino que le resultaba muy familiar. Primero le preguntó por su familia —de dónde eran naturales, dónde se encontraba la casa familiar— y, aunque la dama no perdió la sonrisa, la de Kitty se desvaneció un poco.

—¡El aire! —canturreó la señora Stanfield acerca de Dorsetshire—. Las colinas. ¡Precioso!

Kitty imaginó que el comentario sobre el aire y las colinas era una apuesta segura que cabía esperar que encajase con la mayoría de los condados.

—Debe decirme dónde está la casa de su familia, querida, porque es posible que incluso haya estado allí. Sé que está cerca de la hacienda familiar de Radcliffe, ¿no es cierto? —preguntó la señora Stanfield con absoluta, y falsa, despreocupación. Estaba deseando descubrir su situación económica, como si fuera algo importante teniendo ella tanto dinero. Y, aun así, había preguntado.

—Nuestra casita no está muy lejos de Devonshire, no —respondió Kitty muy despacio—. A un día a caballo como mucho.

—¿Casita? —repitió la señora Stanfield, y dio un bocado de tarta sin apartar la vista de la cara de Kitty, con la pregunta muy clara.

Resultaba tentador mentir. Muy tentador.

—Casita —repitió Kitty con firmeza—. Donde vivo con mis cuatro hermanas.

—¡Cuatro! Encantador —soltó la señora Stanfield con un entusiasmo desmesurado—. Simplemente encantador. En una casita, además. Qué bendición. Debo ir a ver al resto de los invitados, querida, pero espero que pruebe la tarta de manzana, está deliciosa.

Se alejó con aire afanoso antes de que Kitty pudiera pronunciar una palabra más. Se quedó mirándola, sin saber qué había ocurrido exactamente. La vio avanzar entre los grupos de invitados y cruzarse con su hijo de forma breve. No hablaron entre ellos, pero la señora Stanfield debió de hacer alguna clase de gesto a su hijo —una mirada cargada de significado, un movimiento levísimo de la mano—, porque el señor Stanfield volvió la vista de inmediato a donde estaba Kitty sentada y le sonrió. Pero no fue el gesto travieso y pícaro que Kitty pensaba que tenía reservado solo para ella. En lugar de eso fue una sonrisa de disculpa. Kitty inspiró hondo —intentando controlar el impacto del golpe que acusó en el fondo del estómago— y volvió a participar de las sutilezas sociales. Para cuando Cecily y ella se marcharon, el señor Stanfield estaba enfrascado en una conversación con la señorita Fleming, con la que daba la impresión de estar pasándolo en grande.

El espléndido tiempo primaveral del que llevaban semanas disfrutando se vio interrumpido esa misma tarde. Nubes bajas cubrían el contorno de Londres, apagando la luz que quedaba y arrojando una bruma gris sobre la ciudad. Kitty se puso los diamantes de bisutería de la tía Dorothy en las orejas y las muñecas, preparándose para volver a salir e ignorando el dolor agudo que se había asentado por debajo de su esternón desde que regresó de la casa de los Stanfield. No podía ceder a un acceso autocomplaciente de ánimo decaído, no cuando, para empezar, solo podía culparse a sí misma por sufrirlo. Después de todo, había sido una estupidez abrigar cualquier tipo de pretensión romántica, y ahí tenía la prueba de lo que siempre había temido. Lo único que le quedaba era seguir adelante. Continuaba habiendo mucho que hacer: Kitty aún no había recibido ninguna petición de mano y no podía contentarse con una situación en la que sus mayores esperanzas se hallaban puestas en el señor Pemberton.

Estaba dándole vueltas al asunto en el baile de esa noche, al borde de la pista, cuando Radcliffe apareció a su lado. Le ofreció una copa de champán, que ella aceptó con un gracias apagado, y dijo con voz inexpresiva:

—Esta noche no estoy de humor para discutir.

Las cejas enarcadas con aire inocente de Radcliffe expresaban su incredulidad, e incluso que le dolía que sospechara de que sus motivos fueran tan viles. Pero, al advertir la falta de diversión en el rostro de Kitty, pareció ablandarse.

—Entendido —respondió, volviéndose de manera que también él quedó de cara al mar de bailarines y siguió con la mirada los giros y movimientos—. ¿Cómo va la caza?

Kitty analizó el tono en busca de cualquier sugerencia de burla pero, al no encontrarla, respondió con sinceridad:

—Supongo que es fácil de imaginar. El señor Pemberton es lo bastante rico para cumplir los requisitos.

—¿Ya no contempla al señor Stanfield entre los mejores? —preguntó—. Imaginé que sería su favorito.

Kitty examinó su abanico en busca de imperfecciones. ¿Se había rasgado el encaje?

—Lo era —contestó en voz baja—. Pero me temo que está decidido a encontrar una esposa rica.

—Ah —exclamó él con seriedad—. Supongo que no es de extrañar. Los Stanfield son unos derrochadores acaudalados: sus gastos son tales que dependen de la entrada de nueva riqueza con cada alianza.

—No importa —respondió Kitty con un deje de amargura—. Pemberton tiene dinero suficiente para mantener a mi familia y permitirnos conservar nuestra casa, aunque necesito otra opción, por seguridad.

Radcliffe lo meditó un momento.

—Reconozco que su empeño por conservar la casa familiar resulta algo sorprendente.

—¿Por qué? —preguntó ella, tras decidir esperar su respuesta antes de ofenderse.

—Bueno, es evidente que aquí, en la ciudad, está como en casa. ¿Por qué no se queda en Londres?

—Vaya, vaya, lord Radcliffe —dijo maliciosamente—, y yo pensando que estaba deseando deshacerse de mí.

Radcliffe hizo caso omiso.

—¿Por qué no deja Netley, vende la casa y se establece en otra parte?

—He disfrutado de Londres mucho más de lo que pensaba, es cierto —concedió—. Sin duda es divertido, pero Netley ha sido un hogar para mí y los míos toda mi vida. No tengo prisa por dejarlo, y la venta tampoco serviría para cubrir todas nuestras necesidades.

—Entonces es algo sentimental —añadió él con una leve sonrisa—. Y yo pensando que estaría usted por encima de cosas así.

Kitty se sonrojó, pero levantó la barbilla.

—¿Y si lo es? Hemos perdido mucho, milord. ¿Vendería usted Radcliffe Hall si su necesidad fuese lo bastante acuciante?

—Tiene usted razón —admitió él de mala gana—. No lo haría, es cierto, por muy tentador que resultase. Pero Radcliffe Hall lleva generaciones en mi familia. Es quien soy.

Kitty se encogió de hombros.

—Entonces no somos tan diferentes.

—Quizá no —agregó él despacio.

—¿Le sorprende? —preguntó con un destello malicioso en la mirada que apuntaba a que estaría encantada de que así fuera.

—Esta conversación me sorprende —dijo él, esquivando la pregunta—. Supongo que no estoy habituado a hablar de propiedades con mujeres.

Ella se mofó.

—¿Está tan acostumbrado a que las mujeres no posean propiedades que imagina que no les gustan?

Radcliffe inclinó la cabeza, reconociéndole el tanto.

—Aunque, cuando se case —insistió él—, es poco probable que pueda vivir en Netley.

—¿Y eso por qué? —le preguntó ella.

—No me imagino al señor Pemberton dispuesto a abandonar su residencia familiar para vivir en la suya.

Ella ladeó la cabeza.

—Tal vez no. Pero una de mis hermanas podría querer formar su hogar allí cuando sea mayor de edad. Una casa es algo caro, lord Radcliffe; me gustaría que mis hermanas no se vieran obligadas a casarse para encontrar una. —Dejó la frase en el aire un momento antes de aligerar el tono para añadir con frivolidad—: Además, ¿quién dice que no sería capaz de hacer que Pemberton quisiera vivir allí, si lo desease?

Radcliffe resopló, y su empatía se vio aplastada por ese nuevo recordatorio de su naturaleza manipuladora.

—Estoy seguro de que se encuentra más que capacitada para ello. Al fin y al cabo, ¿qué importan los deseos de su esposo? Para usted, bien podría ser una cartera andante.

Kitty entrecerró los ojos, molesta con su tono.

—¿Y dónde, milord, imagina que vivirá su futura esposa? ¿En su propia casa... o en Radcliffe Hall?

Radcliffe frunció el ceño.

—No es lo mismo, y usted lo sabe —rebatió—. Si me caso, será sin manipulación.

Kitty murmuró una evasiva.

—No es lo mismo —volvió a insistir él.

—Oh, no es necesario que se ponga a la defensiva, milord

—dijo Kitty con altanería—. Al fin y al cabo, eso no lo convierte en mala persona, solo en un hipócrita.

Kitty dejó la copa en una bandeja que pasaba, se despidió con una reverencia y se marchó. Ya se había entretenido bastante. No miró atrás, aunque, de haberlo hecho, habría visto que lord Radcliffe seguía mirándola con una expresión bastante impenetrable.

Kitty se alejó por el salón en busca, con su buen ojo de halcón, de nuevos caballeros. Sin embargo, no fue un pretendiente en potencia lo que atrajo su mirada, sino una joven dama que estaba sola y parecía algo perdida. Quizá fuera el hecho de haber hablado con Radcliffe de sus hermanas, pero había algo en ella —tal vez su frente, ligeramente brillante— que de pronto le recordó a Beatrice con una punzada y, una vez que hubo advertido el parecido, no pudo evitar acercarse.

—Creo que no nos conocemos —dijo Kitty lentamente cuando estaba lo bastante cerca para que la oyera por encima de la música. La chica alzó la vista, sobresaltada—. Soy la señorita Talbot.

Ambas se inclinaron.

—Señorita Bloom —respondió la chica con voz aguda, de niña—. Encantada de conocerla.

La joven dama no hizo ademán de continuar la conversación, sino que volvió a sumirse en el silencio mirando con anhelo al otro lado de la habitación. Kitty siguió la dirección de sus ojos hasta un caballero joven que observaba a los bailarines con rigidez. Era muy anguloso —los codos, hombros y rodillas sobresalían de algún modo incluso a pesar del chaleco y los pantalones oscuros, a la moda—, y Kitty no sabía quién era.

—¿Conoce usted al joven, señorita Bloom? —preguntó Kitty. La dama se sonrojó. Ah.

—Nos conocíamos bien hace tiempo —contestó la señorita Bloom con vacilación—. Pero me gustaría conocerlo mejor, si fuera posible.

—¿Por qué no iba a ser posible? —preguntó Kitty, confundida—. Están los dos aquí, ¿no?

La chica negó con la cabeza tristemente, como si el problema fuese demasiado complejo para articularlo siquiera.

—Están los dos aquí —repitió Kitty con tono enérgico—. ¿No es lo bastante adinerado para usted?

La joven pareció algo sorprendida.

—N-no. El señor Crawton es, según creo, bastante rico; se dice que cuenta con siete mil libras al año como mínimo.

—Entonces ¿cuál es el problema? —preguntó Kitty con impaciencia.

—Mis padres están decididos a casarme con un hombre con título —explicó en voz baja—. Así que mi madre no nos presentará. Dice que si puedo enamorarme de un hombre sin título, también puedo hacerlo de uno que lo tenga. —Lo miró con aire anhelante—. Éramos amigos de pequeños. Era tan amable... teníamos muchos intereses en común. Los dos somos tímidos también, pero juntos no parecía importar. Solo me gustaría que ahora se fijase en mí.

—Pero al parecer no le gustaría lo suficiente como para hacer que ocurra —repuso Kitty con aspereza—. ¿Cómo va a fijarse en usted si se queda en un rincón hablando conmigo?

—¿Qué se supone que debo hacer si no? —espetó indignada la señorita Bloom—. ¿Acercarme a él y ponerme a hablar sin más?

—¿Tan malo sería?

—¡Sí! No se hace así, ¿y qué iba a decirle? Parecería demasiado atrevida —añadió desconsolada, retorciéndose las manos.

—Bueno, piense en una excusa —contestó Kitty con tono enfadado—. Si sabe dónde están los refrescos. Si ha visto a su madre, porque la ha perdido. Deje caer el abanico y pídale que lo busque por usted. Santo Dios, muchacha, hay mil opciones. ¡Solo elija una!

La señorita Bloom le lanzó una mirada de alarma creciente.

—No puedo —dijo débilmente.

Kitty suspiró. ¿De verdad no podía la señorita Bloom salvar el simple obstáculo de la longitud de la sala? Aun así, siete mil libras al año era una fortuna bastante sustanciosa. Se quedó mirándola un momento más, ¿debía empujarla a coger las riendas de su propio futuro? ¿Esforzarse más para que entrara en razón, para que viera que debía aprovechar la oportunidad? Desde luego resultaba demasiado despiadado, incluso para Kitty, quedarse al señor Crawton para ella después de haberse ganado la confianza de la joven.

Pero ese era un mundo implacable, y cerrar los ojos ante eso no ayudaba a nadie. Kitty se volvió hacia el salón con un frufrú decisivo de faldas, despidiéndose de la señorita Bloom por encima del hombro. Tenía que dejar caer un abanico.

Netley Cottage, miércoles 22 de abril

Queridísima Kitty:

Hemos leído tu última carta al menos tres veces esta semana y nos ha subido mucho el ánimo. Harriet no se encontraba bien y no está para nada satisfecha con mis intentos de aliviarla; al parecer no soy ni de lejos tan buena enfermera como tú.

A todas nos han encantado tus interesantísimos relatos de Londres. Puede que a vosotras ya os parezca normal y corriente, pero para nosotras es como si hubieseis viajado a otro mundo. Da la impresión de que estáis rodeadas de admiradores, y estoy segura de que muy pronto te habrás asegurado una petición. Espero, sin embargo, que entre tus pretendientes seas capaz de encontrar a uno con carácter, además de riqueza.

Puede que esta sea nuestra última carta. Ya han empezado a reparar el tejado, como ordenaste, pero me temo que el dinero que enviaste no cubrirá todos los gastos. Tenemos suficiente para ir tirando, pero ya no podremos pagar el coste del envío. No te preocupes, ¡estaremos perfectamente!

Os mandamos todo nuestro amor. Nos gustó mucho el poema de Cecily que incluiste en tu última carta; aunque por desgracia ninguna de nosotras acabó de comprender el significado.

Hasta que podamos volver a hablar, tu hermana, que te quiere,

BEATRICE

24

El compromiso del señor Stanfield con la señorita Fleming se anunció a la semana siguiente. Eso no supuso ningún problema, ninguno en absoluto, porque, hiciera lo que hiciese el señor Stanfield, para Kitty no cambiaba nada, por supuesto. Aún tenía a Pemberton como pretendiente —para entonces era un elemento fijo a su lado— y había sumado al señor Crawton, a quien había estado rondando de manera persistente desde que se habían conocido. En realidad, lo único relevante del incidente con el señor Stanfield era que había aprendido algo útil: los ingresos anuales de un hombre no eran tan reveladores como siempre había creído. El hecho de que podría haberse prometido con el señor Stanfield sin conocer lo inadecuado de su situación económica, a pesar de las seis mil libras al año, era causa de una inquietud considerable y constituía una lección valiosa. Debía asegurarse de conocer el estado de las cuentas de cada pretendiente más allá de su renta. El problema era que no podía ir y preguntar sin más, pues una conversación así no se prestaba a ser un encuentro íntimo y romántico. Entonces ¿cómo iba a investigar las finanzas del señor Pemberton —y ahora también las del señor Crawton— para asegurarse de si podía apostar sin riesgos a alguno de los dos caballos? La solución que se le ocurrió era innegablemente la única viable. Echó un vistazo al reloj de pie del rincón. Marcaba las nueve menos cuarto de la mañana. Lo cierto era que debería esperar a más tarde... pero se dio cuenta de que no quería. Para cuando llegase, serían como poco las nueve pasadas.

—Como sabe... —comenzó Kitty antes de que la interrumpiera Beaverton, que entró portando una bandeja. Se dirigía a Radcliffe con su tono más tranquilo. Lo había encontrado de muy mal humor a su llegada a St James's Place.

El mayordomo les sirvió café a los dos con una expresión inamovible de callada compasión, como la que se esbozaría en un funeral. Radcliffe aceptó su taza como un muerto de hambre y miró a la señorita Talbot con recelo a través del vapor. Kitty empezó de nuevo:

—Como sabe, ha llegado el momento de que escoja entre mis pretendientes.

—Oh, la felicito —respondió Radcliffe con sarcasmo.

—Pero se me ha ocurrido que es una insensatez que me comprometa cuando lo único que tengo para demostrar su riqueza son las afirmaciones de otros miembros de la alta sociedad.

Él la miró.

—¿Y no le basta con eso? —preguntó.

—En absoluto. ¿Y si resulta que, a pesar de sus ingresos, el elegido tiene considerables deudas?

Advirtió que el carraspeo de Radcliffe pretendía llamar la atención sobre la ironía de aquella objeción.

—Sí, soy consciente de que tengo muchas deudas —continuó ella, enojada—. Pero no tiene sentido que ninguno de los dos sea rico. Necesito pruebas antes de llegar más lejos con alguno de mis pretendientes. Sencillamente hay demasiado en juego.

—¿Pruebas? —Radcliffe, desesperado, miró una vez más el reloj—. ¿En qué me incumbe a mí exactamente?

—Esperaba que pudiera averiguarlo por mí —contestó—.

Comprenderá que a mí me sería imposible hacer indagaciones —añadió cuando vio que él seguía consternado.

—Eso lo entiendo —asintió—. Sin embargo, lo que no comprendo es por qué iba a hacerlo o por qué cree que a mí me resultaría más fácil.

—¡Está usted mucho mejor relacionado que yo! —respondió Kitty de inmediato—. Después de todo, descubrió mi secreto con bastante facilidad. ¿Sería pedir demasiado que hiciera algunas preguntas a las personas indicadas? ¿Cómo lo conseguiría si fuese Amelia quien se lo pidiese?

—Amelia sabe que no debe molestarme un sábado antes de las doce —masculló.

—En serio.

—Oh, créame, señorita Talbot, hablo muy en serio.

—¿No hay nada que pueda ofrecerle a cambio para que merezca la pena que me ayude? —lo engatusó—. Si no lo hace por caridad, entonces ¿qué quiere? Sabe que tengo poco dinero, pero no carezco de valía por completo.

Radcliffe cerró los ojos e inspiró hondo de forma audible. Durante un momento, aquella aflicción teatral le recordó a Kitty a su madre y se esforzó por mantener el rostro impasible.

—Quizá podría curar la próxima enfermedad de su madre —se le ocurrió.

Radcliffe frunció el ceño.

—Sabe tan bien como yo que mi madre estará perfectamente sana hasta el último baile de la temporada —le espetó.

Kitty abrió la boca para hacerle otra sugerencia.

—Muy bien —dijo él, antes de que pudiera continuar—. ¡Muy bien! Preguntaré por ahí, y a cambio me deberá un favor.

—Un favor. —Ella lo miró con desconfianza—. ¿De qué tipo?

—«Será un favor de mi elección, en el momento que yo dicte» —recitó él, empezando a pasarlo bien.

Kitty abrió la boca para protestar.

—Por favor —Radcliffe alzó una mano implorante para anticiparse—, dejémoslo aquí. Pensaré en algo cuando no esté tan cansado, se lo prometo.

—De acuerdo —accedió ella a regañadientes—. Pero no puede pedirme que abandone la ciudad antes de que tenga un matrimonio organizado.

—No lo haré —le prometió él.

—Y no puede ser nada que afecte de ningún modo mi posición en sociedad.

—De acuerdo.

Se produjo otra pausa.

—Quizá deberíamos decidir el favor ahora, para quedarnos más tranquilos.

—No.

—Entonces tenemos un trato —accedió Kitty—. ¿Cuándo puedo esperar que tenga la información para mí?

—Márchese, por favor —se quejó él—. Es usted agotadora. Cuanto antes se vaya, antes la tendré.

—Estupendo. —Kitty esbozó una sonrisa angelical. Se levantó para marcharse, luego vaciló al recordar su otro recado. Se sacó un sobre del bolsillo—. Me pregunto... —dudó—. Si pudiera pedirle una cosa más... Me gustaría escribir a mis hermanas, pero el coste de recibir correo es tan alto que ellas... Bueno, cada penique está asignado ya. ¿Podría pedirle que franquee mi carta?

Kitty tenía el rostro acalorado; esa petición, aunque menos atrevida que la anterior, le resultaba mucho más difícil. Los miembros de la nobleza tenían derecho a que entregaran su correo gratis con solo firmar el sobre; aunque Kitty imaginaba que solo la familia y los amigos íntimos de Radcliffe se atreverían a pedírselo. Se preparó para una negativa, pero no tenía de qué preocuparse. Sin pronunciar palabra, Radcliffe extendió la mano —no llevaba guantes— y Kitty depositó la carta en ella, muy agradecida. Cuando los dedos de él se curvaron por los bordes, Kitty sintió el leve roce en su mano enguantada.

—La enviaré hoy mismo —prometió Radcliffe, y ella le creyó.

Archie vaciló delante de St James's Place. No estaba seguro —ni siquiera entonces— de que aquello fuera absolutamente necesario. Al fin y al cabo, Selbourne tampoco es que se hubiera portado mal con él, ¡al contrario! Al inicio de su amistad, Archie había tenido presente la advertencia de Gerry, por supuesto. Este había calificado a Selbourne —Selby, como había empezado a llamarle Archie— de granuja de la peor calaña. Y, aun así, cuando Selby le había asegurado en confianza que, decididamente, no era un sinvergüenza de la peor calaña, Archie se inclinó a creerlo. Y hasta entonces no podía haberse mostrado más amable con Archie: le había invitado a fiestas particulares, a casinos, lo había guiado en las noches más excitantes y decadentes que Archie había vivido nunca.

Era solo que... Era solo que, en ese momento, Archie se preguntaba si la vida mundana era para él. Estaba tan cansado... Siempre a disgusto, tanto física como mentalmente. Y hasta su cumpleaños, hacía poco, no había tenido ni un penique, pues se había gastado la paga de todo el primer trimestre en compañía de Selby. Daba gracias por tener acceso total a su herencia.

En medio de toda aquella incertidumbre, Archie estaba seguro de que su hermano sabría qué hacer. Decidido de nuevo, dio un paso al frente sin apartar la vista de la puerta del número siete. Esta se abrió y Archie se dio prisa. Era impropio de Radcliffe estar despierto tan temprano, pero no podía escapársele. Tenía que hablar con su hermano ese día. Pero no... La figura que salía era inconfundiblemente femenina. Archie redujo el paso una vez más, enarcando las cejas. «Qué indecoroso», no pudo evitar pensar. Un segundo después, emergió otra persona de la casa. Le pareció una doncella, por la cofia. Entonces se había tratado de una visita oficial y no de un encuentro clandestino. La primera dama volvió la cabeza en dirección a Archie, que se dio cuenta con una sacudida nauseabunda en el estómago de que se trataba de la señorita Talbot, que salía de la residencia de su hermano. La misma señorita Talbot con la que había pensado, no hacía tantas semanas, que él mismo se casaría. Archie se quedó inmóvil viendo cómo se alejaba. Así estaban las cosas entre ellos, entonces.

No era de extrañar, pensó con una lúgubre diversión que experimentó como ajena. No era de extrañar que Radcliffe no hubiese querido que se casase con ella. Cómo se habrían reído de él su hermano y la señorita Talbot. Del niño tonto y desesperadamente enamorado que no tenía ni idea de lo ingenuo que era. Archie dio media vuelta y se alejó despacio de St James's Place. La vida en el grupo de Selbourne podía ser extraña y hacerlo sentir menos él mismo a cada momento que pasaba, pero al menos nunca le había hecho sentir así.

25

Ya en el mes de mayo, el principio del verano resultaba palpable. Aunque el cambio no era tan brusco como lo habría sido en Netley Cottage, donde los campos y los bosques a su alrededor cobrarían vida de golpe, como una cerilla prendida en una habitación a oscuras, la estación que se aproximaba también se notaba en la ciudad. Las flores habían hecho su magnífica entrada y aún se percibía el aroma inconfundible de la tierra caliente secándose tras la lluvia nocturna.

El ambiente era el mismo que en Biddington en mayo. Al parecer, los británicos —ya fuera en Dorsetshire, en Londres, al norte, al sur, al este o al oeste— siempre se animaban con el sol y el calor, aunque solo fuera por la novedad de quejarse de algo. Y, aun así, si bien la similitud debería haber sido del agrado de Kitty, en lugar de eso empezaba a añorar muchísimo su casa. A unos ciento sesenta kilómetros, Beatrice, Harriet y Jane quizá estuvieran ajetreadas en el jardín o de camino al mercado. No saber cómo estaban hasta que recibiese otra carta le producía un pesar constante.

Había aprovechado el buen tiempo para organizar paseos íntimos tanto con Pemberton como con Crawton, uno detrás del otro, con la esperanza de que la ilusión de privacidad —aunque la tía Dorothy y Cecily caminasen a apenas unos pasos de ellos— diera pie a una declaración de amor por parte de alguno de ellos, pero se había llevado una decepción. Pemberton se había pasado una hora reproduciendo punto por punto no solo el último sermón de su pastor, un discurso sin ningún interés acerca de los temas aburridos de la paciencia y la humildad, sino también toda la conversación que había mantenido con su madre a continuación. Le había contado a Kitty que su madre era una mujer retraída que prefería no mezclarse en sociedad a menos que fuera para asistir a la iglesia. Kitty estaba segura de que la señora Pemberton también debía ser muy aburrida.

Dejó que el caballero prosiguiera con su perorata mientras ella planeaba mentalmente el pícnic al que llevaría a sus hermanas en cuanto Cecy y ella regresaran a casa.

—No obstante, el orgullo también es importante, como coincidimos mi madre y yo —iba diciendo Pemberton en ese momento—. El orgullo de la familia y del apellido, ya sabe. Por eso está tan empeñada en que me case con una mujer cristiana como es debido, con el adiestramiento apropiado para ayudarme a lanzar mi carrera política.

En opinión de Kitty, el uso del término «adiestramiento» debería restringirse a la doma de caballos.

—Comprendo —dijo con dulzura—. Me encantaría conocerla.

Era cierto, de hecho, porque ¿cómo si no iba Kitty a demostrar a esa mujer que era lo bastante diestra para complacerla? Saltaba a la vista que sus expectativas eran altas, y habría que cumplirlas, aunque solo fuese en la superficie. Si esa era la razón de su retraso en la petición, seguro que Kitty podría deslumbrar a la señora Pemberton con... oh, citas bíblicas o algo así.

—Quizá podríamos ir juntos a la iglesia —dijo Kitty virtuosa y serena.

Pemberton esbozó una sonrisa radiante.

—Eso le gustaría mucho, estoy seguro. ¿Cuál es su iglesia?

Oh, vaya.

—Ah, está cerca de la casa de mi tía —respondió de forma imprecisa—. Es muy pequeña, ya sabe, pero bastante bonita.

Lo distrajo pidiéndole que identificase una flor para ella, y la conferencia resultante sobre la etimología latina de toda la flora y la fauna con la que se toparon abarcó el resto del paseo. Kitty no tenía más que unos momentos de respiro antes de que llegara el señor Crawton. Pese a que hacía menos que la cortejaba que Pemberton, Kitty estaba segura de que podría darle un empujoncito para que se declarase; siempre parecía muy sorprendido de que hablasen, muy halagado cada vez que ella accedía a bailar con él.

—¿Otro? —dijo Cecily un poco fatigada—. ¿Ahora?

—Chitón, querida; Kitty está negociando —la reprendió su tía con dulzura—. ¿Por qué no vuelves a contarme esa maravillosa historia sobre Shakespeare? Me gustaría escucharla de nuevo.

Si el mayor reto que suponía Pemberton era su locuacidad, el de Crawton era su timidez. Caminaba junto a Kitty en silencio —con los ojos muy abiertos todo el tiempo, lo que hacía que siempre pareciera que acababa de probar algo muy ácido— y dejaba con mucho gusto que Kitty cargara con el peso de la conversación. Sin duda, era una mejora respecto al señor Pemberton, pero tampoco hacía probable que Crawton reuniera el valor para declarar sus intenciones. Kitty suspiró.

—Debe usted hablarme de su hogar —le ordenó Kitty con amabilidad; deseaba que saliera un poco de su ostracismo—. ¿Me dijo que estaba en Bedfordshire? Confieso que no he estado nunca.

Crawton no respondió. Kitty lo miró y descubrió que su atención se encontraba en otro lugar. Estaban a punto de cruzarse con un grupo de jóvenes damas que conversaban mientras paseaban, y el señor Crawton no les quitaba ojo. A Kitty le sorprendió un acto de descortesía así de él... hasta que vio que la señorita Bloom se encontraba entre ellas. Miraba directamente al frente, esforzándose en ignorar tanto a Kitty como a Crawton, pero con un color en las mejillas que indicaba que, en realidad, se había fijado en ellos. Crawton no podía apartar la vista de ella, incluso volvió la cabeza para seguir mirándola de espaldas cuando se alejaba. Kitty carraspeó y él se sobresaltó.

—Mis disculpas, señorita Talbot —dijo de forma apresurada—. Le pido mil perdones, ¿de qué estábamos hablando?

—Bedfordshire —le recordó ella con delicadeza.

Un nudo de culpa empezó a formarse en su pecho; se trataba de una emoción completamente inútil, por supuesto, pero saberlo no hizo que desapareciera. Kitty se recordó a sí misma que la señorita Bloom era rica y de buena cuna, y —que ella supiera— habría mil hombres más que se alegrarían tanto de casarse con ella como ella con el señor Crawton. El hecho de que este pareciera compartir ese afecto era absolutamente irrelevante, y no tenía la menor relación con Kitty.

Y, aun así, ahí seguía la culpa.

—Sin novedad —les dijo a su tía y a su hermana con un suspiro cuando volvían caminando a casa—. Ninguno de los dos me dice que me quiere todavía.

—No puedes demorarte mucho más, querida —le indicó la tía Dorothy—. Se nos escapa el tiempo.

—Lo sé —contestó Kitty en tensión—. No soy yo quien se demora.

La tía Dorothy emitió un murmullo escéptico desde el fondo de la garganta, pero antes de que Kitty pudiera decir algo al respecto, intervino Cecily.

—¿Y tú quieres a alguno de los dos? —preguntó.

—Otra vez no —dijo Kitty con tono irritado—. Creo que los dos son caballeros magníficos, con un patrimonio magnífico. Es suficiente.

Cecily hizo una mueca de desagrado.

—Eso no es amor en absoluto —respondió algo afligida—. Al menos eso creo yo, ¿qué piensas tú, tía Dorothy? ¿Has estado enamorada alguna vez?

Su tía pareció sorprendida por el giro que había dado la conversación.

—Ah, solo una vez —dijo—. Aunque fue hace mucho.

—¿Qué ocurrió? —preguntó Cecily de un modo conmovedor.

—Fuimos felices durante un tiempo —respondió la tía Dorothy muy despacio—. Pero luego se casó con una joven dama de su misma clase, y ella, por supuesto, se opuso a nuestra amistad, así que ahí acabó todo.

A Cecily empezaron a brillarle los ojos de forma inquietante.

—Verás —le explicó Kitty como si hablara con una niña—, el amor no siempre equivale a felicidad.

—Si ellos te quisieran y tú a ellos no, Kitty, estarías negándoles algo hermoso —protestó Cecily en voz alta—. Solo lo encuentro un poco triste.

Esa declaración alimentó el sentimiento de culpa que Kitty albergaba en su pecho, haciéndolo aún más incómodo, y la irritó todavía más.

—No lo es... No tenemos tiempo de entristecernos por ellos —soltó—. Si necesitas sentirlo por alguien, hazlo por nosotras. Son hombres, y ricos además. Pueden tener el futuro que quieran y al menos se les permite elegirlo... A nosotras no. ¡Nosotras no podemos decidir quién, o qué, queremos!

Cecily parecía sorprendida por su vehemencia, e incluso Kitty se quedó algo desconcertada.

—Solo era un comentario —se excusó Cecily.

—Vayamos a casa —las interrumpió la tía Dorothy—. No tiene sentido discutir.

No hablaron más en el camino de regreso, pero aun así Kitty

seguía alicaída. Se entretuvo ensayando argumentos y defensas de sí misma en la privacidad de su mente; se imaginaba exponiéndoselos unas veces a Cecily y otras —por alguna razón— a Radcliffe. Ellos no lo comprendían, ninguno de los dos. No tenían que preocuparse por lo que les ocurriría a Jane, a Harriet y a Beatrice, por lo aciaga que podía volverse fácilmente la vida de una mujer joven sin dinero, por la miríada de miedos y futuros que podían aguardar a cualquiera de ellas si Kitty perdía el control un solo momento. Pero ella se preocupaba... Siempre estaba preocupándose por ello. Y ya tenía demasiado que hacer como para perder el tiempo sintiéndose culpable.

Esa tarde se vistió con movimientos secos y bruscos. No podían permitirse comprar más vestidos de noche, de manera que creaban la ilusión de que eran nuevos mediante alteraciones ingeniosas, el uso generoso de las plumas y cambiándoselos entre las dos hermanas cuando la ocasión lo exigía. Ese era un ahorro que Kitty respaldaba, pero no podía evitar sentirse como un pavo con las plumas erizadas con el vestido vaporoso rosa que la tía Dorothy había comprado pensando en Cecily (de faldas caídas y con un bordado de capullos de rosa de seda) mientras su hermana llevaba su azul de crepé favorito (con las faldas elevadas y en ese momento resplandeciente con los adornos de encaje añadidos al dobladillo y las mangas).

Para cuando Kitty acabó de arreglarse el pelo, sin embargo, su agitación se había tornado en melancolía, y se dirigió a la alcoba de su tía. Se había convertido en una especie de ritual durante las últimas semanas; Kitty encontraba algo indescifrablemente tranquilizador en sentarse de rodillas en la cama de su tía y verla aplicarse carmín con mano experta.

—¿Crees que soy buena persona? —le preguntó entonces a su tía.

Ella emitió un murmullo.

—¿Quieres que te diga que eres buena persona?

—Solo si lo crees.

La tía Dorothy adoptó una expresión evasiva en el espejo.

—Qué reconfortante —dijo Kitty.

—La bondad es subjetiva, cariño. —La tía Dorothy sacó el carmín—. A mí mucha gente me consideraría mala persona solo por mi anterior profesión. ¿A ti te influye eso?

—Claro que no —respondió Kitty, indignada—. No hacías daño a nadie.

—Sin duda, nunca a propósito. —La tía Dorothy asintió con una leve sonrisa que Kitty no comprendió—. Pero creo que para ti es más importante lo que piensas de ti misma que lo que piensa el mundo.

Se produjo una pausa.

—Pero ¿tú crees...? Es decir... ¿Qué crees que pensaría mi madre de mí? —preguntó Kitty en voz baja.

La tía Dorothy la miró a través del espejo.

—¿Te refieres a sobre lo que estás haciendo aquí, en Londres?

Kitty asintió.

—Bueno, ya conoces su historia. Era una mujer muy práctica —señaló la tía Dorothy—. Estoy segura de que lo entendería perfectamente.

Kitty se quedó pensando en sus palabras, deseando con todas sus fuerzas que la tranquilizaran... Pero no le parecieron del todo ciertas. La señora Talbot había sido práctica, sí, y sumamente ingeniosa también; a Kitty siempre le había gustado pensar que compartían esa cualidad. La implacabilidad del comportamiento reciente de Kitty, sin embargo... en eso no se parecía a su madre. Kitty no se la imaginaba actuando nunca en detrimento de la felicidad de otra persona. Más bien lo contrario, en realidad; su madre era capaz de ver lo bueno de la gente en todo momento, y siempre se implicaba en tramas para ayudar a un vecino o a otro, como cuando lo organizó todo para que el señor Swift, tan atormentado después de la guerra, conociera a la señorita Glover por la mera corazonada de que encajarían. Se habían casado el verano anterior, aunque la señora Talbot no había vivido para verlo.

—Creo... —dijo Kitty lentamente—, creo que quizá la decepcionara un poco que no haya sido más amable.

Dorothy dejó aquellas palabras en el aire durante un rato, sin asentir ni discrepar, sino considerándolas —al igual que a Kitty— con franqueza.

—Te has dejado el pelo hecho un desastre, Kitty —dijo por fin; una respuesta que la joven no esperaba.

—¿Sí? —La agitación tal vez no se prestara a los peinados elegantes.

—Ven aquí. —La tía Dorothy chasqueó la lengua. Se levantó, sentó a Kitty ante ella en la silla y comenzó a desenmarañarle los rizos con suavidad. Fue dejando caer las horquillas una a una en una bandejita de plata con un ruido metálico. Kitty cerró los ojos, dejando que la tranquilizaran la calidez de las manos de su tía y el olor de su perfume de vainilla.

—Quizá deberíamos intentar ser todos un poco más amables —dijo la tía Dorothy en voz baja, pasándole un peine despacio por los enredones—. Quizá sea eso lo que significa ser bueno: intentar demostrar amabilidad, incluso cuando no nos viene bien. Estoy segura de que podrías empezar ahora, si quisieras.

Kitty asimiló aquello en silencio, algo más tranquila al fin.

—Ya está.

Las manos de la tía Dorothy se habían detenido y Kitty abrió los ojos para ver un moño elaborado en lo alto sujeto con una peineta enjoyada y unos tirabuzones —creados con papel la noche anterior— que le caían con elegancia a ambos lados de la cabeza. La tía Dorothy tenía un don para esas cosas que rayaba en la alquimia. Kitty levantó el brazo y agarró la mano que le había apoyado en el hombro.

—Gracias —se limitó a decir, refiriéndose a todo.

Su tía le apretó la mano.

—¿Estás lista, cariño? —preguntó.

26

Esa noche había una sensación de urgencia palpable entre la alta sociedad, como si todos —igual que Kitty— tuvieran muy presente que se agotaba el tiempo. Tal vez no fuera la única consciente del gasto creciente y de que las oportunidades menguaban en lo que quedaba de la temporada londinense. Los bailes eran más acelerados, el champán se bebía más rápido, las risas eran más sonoras... Todo el salón se hallaba imbuido de una especie de energía frenética.

Kitty deambuló por las habitaciones, fingiendo que estaba buscando a Pemberton, aunque eran las figuras femeninas lo que inspeccionaba con la mirada. Encontró a la señorita Bloom, como antes, de pie y sola, con aire melancólico. Kitty suspiró con fuerza por la nariz, se recogió las faldas y se acercó a la chica con paso enérgico.

—¡Señorita Bloom! —la saludó, quizá un poco demasiado alto, a juzgar por el sobresalto de esta. Santo Dios, la sensibilidad de esas londinenses era demasiado.

—Señorita Talbot —respondió la señorita Bloom, mirando a Kitty con frialdad—. ¿Ha venido a regodearse?

Ah. Kitty supuso que, tras haberla consolado por su amor condenado y haber pasado enseguida a perseguir el objeto de sus afectos con tenacidad, la señorita Bloom tenía motivos para ser un poco antipática con ella.

—¿Qué le parece la temporada? —preguntó Kitty, ignorando las palabras de la señorita Bloom—. La he visto bailar con el señor Gray, es un hombre bien parecido.

—Oh, muy bien —repuso la señorita Bloom con sarcasmo—. Aunque, desde que se ha posicionado usted tan firmemente en los afectos del señor Crawton, no tengo motivos para oponerme a los planes de mis padres para mi matrimonio con lord Arden.

La sorpresa traicionó a Kitty, que cometió una falta de decoro.

—¿Lord Arden? —exclamó horrorizada—. Pero ese hombre es horrible... ¡y le dobla la edad!

—Sí, todos sabemos que ha dejado usted muy clara su opinión sobre lord Arden —soltó la señorita Bloom. Suspiró, y su rostro y su voz se suavizaron con una melancolía desesperada—. Pero no sirve de nada protestar. Tampoco tengo a nadie más a quien recurrir.

Cuando sus ojos se desviaron de Kitty al salón de baile, ella supo a quién miraba. No era problema suyo el destino de esa chica, que había disfrutado del mejor comienzo en la vida y aun así, a pesar de todo, estaba perdiendo aquel combate que no parecía diseñado, en absoluto, para que ganasen muchas mujeres.

Kitty suspiró de nuevo. No podía ser. Cogió a la chica del codo y se la llevó.

—¿Qué está haciendo? —inquirió alarmada la señorita Bloom.

—Se encuentra usted mal —le dijo Kitty con firmeza.

—¡No es verdad! —protestó ella, intentando afianzar los tacones sin atraer más atención hacia ellas.

—Sí, se encuentra usted mal —la corrigió Kitty—. Está mareada y necesita aire fresco. Por favor, no se quede atrás.

—No lo entiendo, ¿adónde me lleva? —gimió la señorita Bloom.

244

—¡Señor Crawton! —llamó Kitty imperiosamente.

El aludido separó la vista de la obra de arte que estaba examinando en la pared. Su expresión fue de sorpresa —bastante normal en él—, pero al ver a Kitty y a la señorita Bloom juntas abrió los ojos más de lo habitual.

—¿Señorita Talbot? —dijo vacilante. Desvió la vista a toda velocidad hacia la señorita Bloom de nuevo, como si no fuera capaz de creer que la tenía justo delante.

—Señor Crawton, necesitamos su ayuda —declaró Kitty con tono urgente—. Mi querida amiga la señorita Bloom está bastante mareada. ¿Podría acompañarla a tomar algo de aire fresco mientras voy a buscar las sales aromáticas y a su madre? Rápido, ¿puede tomarla del brazo?

El señor Crawton se acercó de un salto. A Kitty le complació ver que bajo el exterior tímido era evidente que había un fuerte sentido de la caballerosidad.

—¡Por supuesto! —respondió, mirando a la joven con preocupación—. Señorita Bloom, ¿se encuentra usted bien?

—S-sí —dijo la dama débilmente.

A Kitty la alegró advertir que su tez translúcida se prestaba bien a aquella ficción.

—Volveré en cuanto pueda —prometió, antes de inclinarse hacia la señorita Bloom y decir, en un tono de confianza aunque bastante audible—: No se preocupe, señorita Bloom. Sé que no desea casarse con lord Arden, pero tendrá escapatoria, ¡estoy segura!

Retrocedió un paso, contenta de ver que el señor Crawton se había erguido indignado al oír sus palabras. Valía la pena recordar cuánto disfrutaban los hombres haciéndose los héroes, sobre todo con mujeres tan bonitas como la señorita Bloom. Kitty vio cómo el señor Crawton acompañaba con cuidado a la dama hasta la terraza, manteniéndose al alcance de la vista, por supuesto, como dictaban las normas del decoro, pero lo bastante lejos para que no pudieran oírlos. La situación perfecta, del todo apropiada y, aun así, maravillosamente íntima. Satisfecha con su acción, Kitty volvió deslizándose a la mesa de los refrescos sin preocuparse por su promesa de llevar sales aromáticas. Estaba segura de que el señor Crawton podía hacerse cargo a partir de ahí. Y pese a que aquello le había hecho perder al mejor pretendiente que le quedaba... no se veía capaz de arrepentirse. Quizá siguiera siendo tan implacable como un armiño, pero esperaba haberse vuelto un poco más amable también.

Justo estaba decidiendo si dar un bocado a un dulce para reunir la fuerza que tanto necesitaba antes de buscar al señor Pemberton, cuando le hablaron en voz baja al oído.

—Habría dicho que estaba usted demasiado ocupada tramando su propio compromiso como para hacer de casamentera con otros —murmuró Radcliffe.

—No tengo la menor idea de a qué se refiere —dijo Kitty con tono inocente. Escogió un pastel delicioso y se acercó a un retrato del rey Jorge II.

Radcliffe la siguió, observándola con curiosidad.

—No tenía por qué hacer eso —añadió con una voz rara—. Porque el señor Crawton... Creí que se trataba de uno de sus pretendientes.

Kitty asintió.

—El señor Crawton tenía el corazón en otra parte. No me parecía bien aprovecharme de la timidez de dos personas, no cuando podía hacer algo al respecto.

—Me sorprende usted, señorita Talbot —contestó Radcliffe con sinceridad—. Creí que era demasiado desalmada para tal acto de bondad.

Era tanto un cumplido como un insulto, pero Kitty no se ofendió. Sus palabras se acercaban tanto a lo que ella misma había pensado la noche anterior que tuvo la seguridad de que Radcliffe había comprendido lo que las acciones de esa noche le habían costado, lo mucho que se había desviado de su instinto natural. De pronto sentía que alguien la veía de verdad, y la sensación no le resultaba desagradable.

—Yo también —añadió sin más.

Los interrumpieron antes de que pudieran continuar. Una mujer joven y alta, con una torre de cabello trenzado de manera intrincada en lo alto de la cabeza, empujó a la señorita Talbot con brusquedad al pasar. Kitty esperó que se apartara rápido, pero, por desgracia, reconoció a Radcliffe y, cuando el recuerdo de su patrimonio y su título se reflejó en su rostro de un modo completamente transparente, se apresuró a dedicarle una reverencia insegura. Era hermosa, pero cuando se enderezó con un ligero tambaleo, le pareció también algo taimada. Kitty miró a Radcliffe con el rabillo del ojo. ¿Era el tipo de mujer a la que estaba destinado? Saltaba a la vista que era acaudalada, e iba muy a la moda, con un peinado y un vestido que solo podían permitirse las mujeres de alta cuna. Sin embargo si a Radcliffe le gustó ver a la dama, ocultó el hecho notablemente bien.

—¡Cuánto tiempo, milord! —exclamó ella, le tendió una mano enjoyada e ignoró a la señorita Talbot.

Radcliffe se inclinó levemente hacia ella, sosteniendo sus dedos, y murmuró un saludo cortés, pero su mirada era fría. La señorita Talbot recordó su primer encuentro con Radcliffe con un estremecimiento y, pese a que habían tenido unas cuantas riñas, se alegró de no haberse visto expuesta a semejante mirada desde hacía ya algún tiempo. La mujer trató en vano de entablar conversación, pero Radcliffe se obstinó en rechazar sus intentos, respondiendo a sus preguntas con tal brevedad que estaba a tan solo una sílaba de ser desmesuradamente maleducado.

—Ha pasado una eternidad desde la última vez que nos vimos —estaba diciendo la dama—. Tengo entendido que actuó de un modo admirable en el continente. Debe hablarme de Waterloo. —Radcliffe, al parecer, no se sentía obligado hacerlo, así que no respondió y, en cambio, se limitó a dedicarle una sonrisa viperina. Pero la dama no estaba dispuesta a desalentarse y continuó con el mismo torrente adulador—: Mi hermana estuvo allí, ¿sabe? En el baile de la duquesa de Richmond. Dijo que la imagen de todos cabalgando hacia la batalla fue magnífica.

—Nuestra imagen al regresar no tanto, estoy seguro —replicó, fríamente—. Murieron muchos ese día.

Esto al fin pareció convencer a la desconocida de que no era bienvenida y se marchó con una reverencia apresurada, lanzando una mirada desagradable a Kitty, como si ella tuviese la culpa de que no supiese escuchar. La vieron marcharse en silencio y, como la expresión gélida no había abandonado el rostro de Radcliffe, Kitty se volvió de nuevo para examinar el retrato por encima de ellos.

—Debe resultar extraño —dijo en voz baja— volver aquí después de haber estado allí.

Ninguno de ellos miró al otro, sino que mantuvieron la vista clavada en la pintura. No volvió la cabeza para expresar ese pensamiento. Tenía la sensación de que el momento era demasiado frágil, como si se hallaran bajo un hechizo que, durante apenas unos instantes, les permitiera estar tranquilos y mostrarse veraces el uno con el otro, en lugar de gruñirse como gatos callejeros.

—Mucho —asintió Radcliffe, también en voz baja—. Me ha llevado un tiempo recuperar la paz, después... después de todo.

—¿Tenía pesadillas? —le preguntó Kitty.

Al oírlo, Radcliffe se volvió con brusquedad y escrutó su rostro como si buscase señales de burla.

—Sí —respondió por fin—. ¿Cómo lo sabe?

—El señor Swift, en Biddington, sirvió en la marina —le explicó ella—. Después de aquello estaba desolado.

Radcliffe asintió y reinó el silencio de nuevo, pero no era tenso, y Kitty no sintió inquietud al romperlo.

—¿Londres ha cambiado desde que se marchó usted?

—Sí y no. —Pareció reflexionar al respecto—. En muchos sentidos, Londres parece incólume a todo lo que ocurrió. Como si nunca hubiera sucedido. Y hay momentos aquí en los que casi lo creo yo también.

Lo dijo sin subir la guardia, su voz no reflejaba más que sinceridad. Era como si, en los últimos minutos, hubiesen cruzado una especie de frontera el uno con el otro; una que, en ese momento, les permitía desnudar esas vulnerabilidades mientras el baile y sus intrascendentes invitados se difuminaban en la periferia.

—¿Es eso... un consuelo? —preguntó Kitty. Siguió una pausa tan larga que parecía que Radcliffe no iba a contestar.

—Durante mucho tiempo lo he odiado —reconoció—. Por eso me he mantenido alejado. Solía encantarme toda esta frivolidad: jugar, beber y flirtear. Pero después me harté de tanta tontería, de todas las normas ridículas que rigen nuestras vidas. Como si eso importara después... después de todo lo que ocurrió allí. De la gente a la que perdimos. —Hizo un gesto hacia el otro lado del salón, donde el capitán Hinsley daba vueltas con el resto de los bailarines—. Hinsley es el hombre más valiente que conozco; yo solo combatí durante los Cien Días, mientras que él pasó años en el continente, y aun así es él quien me ha mantenido cuerdo desde que volvimos a Inglaterra. Y, sin embargo, en un salón de baile nada de eso parece importar; su vida se ve dictada solo por su riqueza o la falta de ella, no por sus méritos.

—Es injusto —asintió Kitty, y aunque podría haber señalado la hipocresía de Radcliffe de nuevo, esta vez por compadecerse ante la situación de Hinsley cuando no lo había hecho ante la suya, no lo hizo. Descubrió que ya no le importaba apuntarse tantos frente a Radcliffe—. Ha dicho que lo odiaba... ¿lo odia ahora? —preguntó en cambio.

—Menos de lo que creía —reconoció él—. No me había

dado cuenta de cuánto añoraba a mi familia, de cuánto los desatendía al permanecer lejos. Y ha sido... divertido, puedo reconocerlo, verla dejar huella en todos ellos. Es usted un lobo disfrazado de cordero.

Mientras hablaba, los dos habían apartado la vista de los retratos para volverse el uno hacia el otro y, cuando la boca de él se curvó en una leve sonrisa, Kitty se dio cuenta de que su expresión era la misma. La impresionó, igual que la primera vez que se habían visto, cómo le cambiaba la cara cuando sonreía.

—Ah, entonces por eso accedió a ayudarme, ¿no? —dijo—. Por el entretenimiento.

—No sé si puede decirse que «accediera» a ayudarla —replicó Radcliffe de inmediato, con una sonrisa abierta ya—. Me vi coaccionado, chantajeado. No tuve elección al respecto.

Kitty soltó una suave risa. El recuerdo pasó a reescribirse de golpe como una parte graciosa de la historia que compartían, como si nunca hubiese sido tenso ni vergonzoso, como si nunca hubiesen estado en desacuerdo, ni siquiera un momento.

—Tuvo elección —replicó ella, dándole un golpecito en el brazo con el abanico cerrado.

—Oh, yo no estoy tan seguro de eso.

Aquellas palabras —aunque Kitty no dudaba de que las había pronunciado a la ligera— sonaron bastante serias en voz alta, y por la sorpresa que reflejaron los ojos de Radcliffe también a él lo cogieron desprevenido. Se midieron el uno al otro durante largos instantes de reflexión —ojos grises fijos en los castaños, que devolvían la mirada— antes de que él carraspease y rompiese la tensión. Kitty dio un sorbo de limonada a toda prisa.

—Le gustará saber que el señor Pemberton es tan rico como cuentan —dijo él enseguida.

—Ah, ¿sí? —Kitty se obligó a adoptar un tono animado—. ¿Puedo preguntarle por sus fuentes?

—Su administrador, su ayuda de cámara y su sastre. Siempre paga sus deudas a tiempo, sus sirvientes no tienen problemas con el sueldo y su administrador, una vez que le ha dado a la cerveza, alardea del rendimiento favorable de sus inversiones. Su Pemberton está todo lo limpio que se puede estar: ocho mil al año, muy sencillo. Mi mozo de cuadra, Lawrence, lo ha averiguado todo, es un espía bien dotado.

—Son buenas noticias —reconoció Kitty despacio. Y lo eran, aunque no se alegró tanto como cabría esperar.

—¿Eso le despeja el camino? —preguntó él.

—Casi. Todavía tengo que disipar las dudas de la señora Pemberton acerca de mis cualidades. Pero espero que pronto solo haya que considerar el dónde y el cómo de la petición de matrimonio.

—Ah, ¿solo eso? —contestó Radcliffe—. Supongo que concederá a Pemberton el privilegio de decidir por sí mismo qué va a decirle.

Kitty lo miró con el ceño fruncido.

—Sí, por supuesto.

Le dio la espalda con desdén, pero a esas alturas Radcliffe ya era inmune a tales desaires.

—Me pregunto qué clase de petición le gustaría más a usted, de poder elegir —fantaseó él—. «Mi querida señorita Talbot —imitó de forma pasable el tono monótono y pagado de sí mismo del señor Pemberton—, como hombre formal aunque de personalidad irritante, le prometo que soy asquerosamente rico y saldaré todas las deudas de su familia». ¿Se lo imagina, señorita Talbot? ¡Qué romántico! ¡Qué apasionado!

—Si ya se ha divertido bastante —dijo ella, incapaz de contener la risa—, me marcho. Aún tengo mucho que hacer, ya sabe.

Radcliffe le ofreció una mano enguantada.

—¿Puedo acompañarla, entonces, junto a su tía? —sugirió con galantería.

En esta ocasión Kitty aceptó, con un levísimo rubor en las mejillas.

27

Es de lo más preocupante, James, digas lo que digas —insistió lady Radcliffe—. Y, por más que lo intento, ¡no consigo que me hable de ello!

—No me imagino por qué —murmuró Radcliffe.

Lady Radcliffe le lanzó una mirada gélida. Su hijo la esquivó volviendo la cabeza hacia el exterior de la calesa para observar la Strand con la esperanza de disuadirla de proseguir con la conversación. De haber sabido, cuando su madre le había pedido que la acompañara a la exposición anual de arte de la Royal Academy, que aprovecharía la oportunidad para sermonearle acerca del comportamiento de Archie, habría evitado todo aquello. Aunque quizá debería haber sospechado que había una segunda intención. ¿Cuándo había expresado su madre algún interés por el arte?

—Está muy bien que seas tan despreocupado —siguió la condesa viuda enfadada, haciendo caso omiso de todos los intentos de Radcliffe por poner fin a la conversación—, pero creo que Archie le está cogiendo demasiado gusto a las cartas.

—Igual que el año pasado le cogió demasiado gusto al boxeo —repuso Radcliffe— y el anterior a las carreras de caballos.

—No es lo mismo en absoluto —desechó ella—. Cada vez se habla más de muchachos arruinados por el juego. Ya sabes que el hermano pequeño de lady Cowper huyó a París por ese preciso motivo; lo encubrieron, por supuesto, pero es de dominio público. ¡Y hasta este año era el joven menos interesado en las cartas que he conocido!

—Ni siquiera Archie puede ser así de malo a las cartas —le aseguró Radcliffe. Se preguntó si ese era el tipo de conversación que habían mantenido sus padres acerca de él, tiempo atrás, antes de que su padre decidiera mandarlo al continente.

—He pensado que podrías tener una charla como es debido con él —continuó lady Radcliffe, ignorando sus palabras—. Para poner los puntos sobre las íes, ya sabes, meterle un poco de miedo.

El carruaje giró para adentrarse en el patio de Somerset House en el momento perfecto para Radcliffe.

—No pienso hacer eso, madre —contestó de un modo cortante, sin mirarla—. Archie está perfectamente.

Bajaron del carruaje y franquearon las puertas sin dirigirse la palabra. Radcliffe cogió una copia del catálogo de la exposición y su ánimo se hundió un poco más cuando se dio cuenta de que las salas ya estaban llenas de miembros de la alta sociedad, todos más interesados en que los vieran admirando los cuadros en la inauguración que en los cuadros en sí. Menudos tontos insípidos... Esas últimas semanas Radcliffe casi había corrido el riesgo de olvidarlo. La señorita Talbot —con sus intrigas, sus favores y sus visitas a primera hora de la mañana— lo había mantenido lo bastante ocupado como para no pensar en mucho más. Al darse cuenta de que buscaba distraídamente la figura de Kitty entre la multitud, apartó la vista de golpe para ojear el catálogo.

—¿Qué te gustaría ver primero, mamá? —preguntó—. El *Retrato de la señora Gulliver a los 104 años*, del señor Ward? ¿O crees que *Interior de una iglesia*, del señor Hodgson, quizá resulte más alegre?

Por el frío silencio que siguió a su pregunta, quedaba claro que lady Radcliffe estaba disgustada con él y, muy probablemente, molesta por partida doble por tener que aguantar una tarde tan aburrida cuando no había logrado su objetivo principal y por el cual le había pedido a Radcliffe que la acompañase. Así pues, fue un alivio que alguien los llamara por sus nombres desde la segunda sala. Se volvieron y vieron que la señora Kendall los saludaba con el brazo para que se acercaran a donde se hallaba reunida con la señorita Talbot, lady Montagu y el señor Fletcher. Radcliffe dedujo que, excepto la señorita Cecily, todos habían dejado de prestar atención a las obras.

—¡No me puedo creer que haga tanto calor en mayo! —Lady Montagu los recibió abanicándose enérgicamente—. De haber sabido que el ambiente sería tan sofocante, no habría venido. Aunque, por supuesto —se apresuró a añadir—, hay que ver el *Dordrecht* de Turner.

Justo entonces apareció Pemberton aferrando unos vasos que ofreció a la señorita Talbot y a su tía con orgullo. No obstante, cuando vio que Radcliffe se había unido al grupo, su placer menguó. Radcliffe recordó que era casi seguro que aún lo tuviese en su lista negra después de la conversación que habían mantenido en Tattersall's. A él le daba la impresión de que había pasado mucho tiempo pero, por la expresión soliviantada de Pemberton, era evidente que no para él. Dios, ¿de verdad iba a casarse la señorita Talbot con semejante bufón?

—He oído que el duque de Wellington ha vuelto a Londres —proclamó Pemberton, tras superar el enfado con Radcliffe—. ¿Cree que lo veremos en Almack's esta semana?

—A Wellington siempre le ha gustado bailar —respondió Radcliffe sin pensar, y como castigo inmediato todas las miradas del grupo se volvieron hacia él.

Pemberton frunció el ceño, molesto porque ensombrecieran su momento.

—¿Lo conoce usted bien? —le preguntó enfurruñado.

—Un poco —se limitó a responder, con la esperanza de que todo quedase ahí.

Pemberton lo miró detenidamente. En su interior luchaban la aversión que sentía hacia Radcliffe y su afición a hablar de las guerras napoleónicas, un tema en el que se consideraba un verdadero experto. Como era de prever, ganó la segunda.

—Yo, por mi parte —declaró con modestia—, he estudiado las campañas de Wellington largo y tendido. De hecho, Waterloo es mi especialización.

—Ah, ¿sí? —La sonrisa de Radcliffe se volvió un tanto burlona... ¿Y acababa de ver una mueca levísima en el rostro de la señorita Talbot?

—La batalla tuvo sus fallos, ¿saben? —les dijo Pemberton a todos en confianza—. Estoy seguro de que Wellington sería el primero en reconocer que se cometieron errores. Si solo hay que ver el uso de la caballería...

Daba la impresión —una fuerte impresión— de que Pemberton de verdad tenía intención de aleccionar a Radcliffe acerca de Waterloo. Aquello resultaba tan ridículo que casi hacía gracia. Casi. Pero cuando Pemberton se dispuso a enumerar todas las formas en las que creía que podrían haber luchado mejor en la batalla, Radcliffe sintió que su buen humor se disipaba y, en cambio, comenzaba a ponerse furioso.

—Por supuesto, de haber estado en el lugar de Wellington, yo habría...

—Me pregunto si... —intentó interrumpir la señorita Talbot, pero no sirvió de nada.

Pemberton se limitó a alzar la voz para imponerse a la suya, en pleno apogeo.

—Pero, en serio, eso es lo que ocurre cuando uno recluta sus tropas entre las clases más bajas, que no tienen ni un ápice de disciplina...

La arrogancia, la ignorancia, la pura pomposidad de ese hombre eran pasmosas. Cómo se atrevía a hablar de disciplina, cómo se atrevía a menospreciar a aquellos junto a los que había luchado Radcliffe... Como si la clase social tuviera algún papel en un campo de batalla tan sangriento como había sido el de Waterloo. Radcliffe notó que empezaban a temblarle los dedos de la mano izquierda.

—Vaya, qué pena que un hombre tan sabio como usted no pudiera estar allí para salvarnos —repuso con frialdad cuando Pemberton hizo una pausa para coger aire.

Al parecer, el desdén de su voz resultó audible para todos menos para Pemberton que se dio bombo mientras los demás se estremecían levemente.

—No sé si lo habría podido hacer —respondió con timidez—, aunque creo que me habría gustado ver la batalla con mis propios ojos.

—Le aseguro que la imagen no mejoraba con la proximidad —añadió Radcliffe.

Pemberton no dio muestras de oírle.

—Uno no puede evitar pensar que podría haber sido muy distinto —aseguró a los reunidos, negando un poco con la cabeza, con tristeza—. Mi tutor en el internado siempre me decía que era una lástima que no siguiera mi vocación de general.

—Oh, no cabe ninguna duda —respondió Radcliffe.

—Radcliffe, quizá... —Su madre apoyó una mano en su brazo, que él apartó.

La fachada educada que Radcliffe había conseguido mantener desde que empezó la temporada —precaria siempre que salía la guerra a colación— comenzaba a resquebrajarse.

—Aunque, claro, es mucho más fácil desarrollar una afición por la guerra una vez que el conflicto ha concluido, ¿no? —escupió.

Pemberton pareció captar por fin el tono beligerante. Se sonrojó, enfadado, recordando de golpe su aversión hacia Radcliffe.

—¿Qué insinúa, milord? —inquirió Pemberton.

A su alrededor, atraída por el consabido olfato de la clase alta para el drama y el espectáculo, la gente empezaba a mirarlos. Lady Kingsbury —de pie delante del retrato *Los cotillas*, del señor Carse— se había llevado una mano a la boca con tribulación fingida, aunque no hacía ningún esfuerzo por ocultar su mirada ávida. Radcliffe los odió a todos, pero a ninguno tanto como a ese pavo creído.

—Mis disculpas, señor Pemberton, por limitarme a insinuar lo que pretendía dejar muy claro —siguió.

En la periferia, Radcliffe vio el rostro de su madre, pálido de angustia, y el de la señorita Talbot —que apretaba los labios con fuerza y recorría la sala con la mirada—, pero la imagen resultaba distante frente a su ira.

—Señor —continuó con una sonrisa salvaje—, no es usted más que un...

—Oh, madre mía —dijo la señorita Talbot en voz alta—. Voy a desmayarme del calor.

Tras la advertencia, se lanzó con elegancia en brazos de un impresionado señor Fletcher, lo que provocó los gritos ahogados de todos los espectadores.

—Vaya... ¿Señorita Talbot? —El señor Fletcher la atrapó sin problemas, pero estaba claramente sorprendido y le temblaron los bigotes plateados de preocupación—. Señorita Talbot, ¿está usted bien? Pemberton, ¡vaya a por algo de beber de inmediato! Necesita un poco de aire.

La conversación quedó relegada al olvido cuando todos se apresuraron a ayudar. Pemberton se dirigió a la mesa de los refrescos, el señor Fletcher animó solícito a la señorita Talbot a apoyarse en su brazo mientras la señora Kendall la abanicaba con suavidad y lady Montagu los condujo hacia las puertas. Radcliffe quedó al margen y fue desinflándose poco a poco mientras observaba los distintos procederes con los ojos entrecerrados. Su experiencia sobre el carácter y la conducta de la señorita Talbot hasta el momento no le había dado motivos para creer que fuese de las que se desmayaban y, si bien aceptaba todas las atenciones con una sonrisa lánguida y débiles expresiones de agradecimiento, tenía el mismo color saludable de siempre.

Mientras se la llevaban, Kitty echó un vistazo atrás hacia Radcliffe. Este la vio y enarcó una sola ceja, a lo que ella respondió con el más leve de los guiños.

Para cuando volvieron a entablar conversación había transcurrido un rato y Radcliffe había recuperado la calma. Su madre se había ido con lady Montagu en busca de la última obra maestra de Turner y a Pemberton no se le veía por ninguna parte, de modo que Radcliffe se acercó tranquilamente al sofá rojo afelpado en el que «descansaba» la señorita Talbot para sentarse junto a ella.

—¿Supongo que debo deducir por su guiño que esa pequeña actuación ha sido en mi propio beneficio? —preguntó en voz baja.

—En el suyo y en el de su madre —asintió ella.

—No estoy seguro de que fuese necesaria.

—Yo estoy completamente segura —discrepó—. Parecía usted a punto de abochornar a Pemberton, lo cual habría empañado la tarde a todos menos a los cotillas. Además, le debía un favor.

—Perdóneme —repuso con tono de disculpa—. Creí que el favor sería de mi elección, no de la suya, aunque ¿quizá fue una suposición audaz?

—Creo que lo correcto en estos casos es decir gracias —replicó Kitty con altanería.

—Reconoceré que la intervención ha sido providencial —admitió él, con una leve sonrisa—. Mi madre ya se sentía decepcionada conmigo cuando hemos llegado, así que me habría crucificado si hubiese iniciado una pelea. Aunque —añadió, mirándola de reojo— yo quizá me habría decantado por algo menos dramático.

—Ah, eso es porque usted carece de visión —explicó ella con el rostro impasible, aunque sus ojos, oscuros y de una expresividad excepcional, reflejaban su buen humor—. ¿Por qué está decepcionada su madre? —preguntó.

Irascible todavía a causa del altercado con Pemberton, Radcliffe se vio tentado a responder con una réplica cortante, pero al advertir por su cara que no lo juzgaría en absoluto, en lugar de eso dejó escapar una bocanada de aire.

—Cree que no me preocupo lo suficiente por Archie o, más bien, supongo que le gustaría que adoptase un papel más activo en el cuidado y administración de toda la familia.

—¿Y usted no quiere? —preguntó la señorita Talbot, inclinando la cabeza con interés.

Radcliffe negó con gesto vago.

—Supongo... —dijo lentamente—. Supongo que es más que no sé cómo hacerlo. Mi padre era... Él habría adoptado una actitud muy dura con Archie. Lo sé porque lo hizo conmigo. Y si ser el cabeza de familia es parecido a eso, no estoy seguro de poder hacerlo.

La señorita Talbot asimiló aquello durante unos instantes.

—¿Era un padre estricto? —le preguntó con cautela.

Radcliffe se rio con un resoplido.

—Podría decirse así. No era aficionado a... demasiada diversión, a los excesos. Pensaba que el deber de uno era defender la reputación de la familia cada minuto del día, y él protegía la nuestra con ferocidad.

—Así que, cuando lo envió a Viena con Wellington —dijo la señorita Talbot—, fue porque...

—¿Porque consideraba que perjudicaba a la familia? Sí. Cuando era más joven quería disfrutar de todo lo que el mundo tenía que ofrecer: el juego, la bebida, los excesos de todo ello. Mi padre opinaba que aquello era peligroso. Pensó que tener un trabajo me obligaría a aprender algo de humildad, y como Wellington le debía un favor... me convertí en su agregado.

La señorita Talbot inspiró lentamente a través de los dientes.

—Por supuesto, no esperaba que se reanudara la guerra —dijo Radcliffe con gran pesar—. Nadie lo esperaba. Cuando lo hizo, me exigió que regresara, pero yo no podía volver entonces. Habría sido el colmo de la cobardía. Creí que llegaría a entenderlo algún día. Que quizá estuviese... orgulloso, al final. Pero para cuando regresé a casa, cuando la guerra hubo terminado, ya estaba muerto.

Nunca había hablado tanto de su padre ni de su relación con nadie, y supuso en alivio soltarlo todo en voz alta, y aún más por el hecho de que la señorita Talbot no sintiera la necesidad de llenar el aire con lugares comunes y falsos consuelos, en lugar de permitir que su confesión permaneciese intacta entre ellos. Quizá debería chocarle más haber elegido a la señorita Talbot en lugar de a Hinsley o a su madre para desahogarse, pero Radcliffe descubrió que el giro que había tomado la conversación no le sorprendía en absoluto. Durante las últimas semanas parecía que en todas las reuniones a las que asistían, la señorita Talbot y él acababan así, al margen, compartiendo extrañas intimidades. Pensó que ella podría preguntarle casi cualquier cosa y él le respondería.

Radcliffe dio un sorbo de limonada, hizo una mueca al encontrarla de lo más insípida y bajó el vaso.

—Este tipo de conversación se mantiene mucho mejor con brandy de por medio —aseguró, aligerando el tono.

—Me fiaré de su palabra —respondió la señorita Talbot con más dulzura de la que la habría creído capaz—. Sin duda era la bebida favorita de mi padre.

—¿Bebía?

—Su mayor vicio era el juego —corrigió—. No fue un problema mientras estuvo soltero, pues parece ser una parte aceptada de la vida de un caballero, pero cuando lo repudiaron no fue capaz de adaptarse del todo al cambio de circunstancias. Las deudas crecieron muy rápido a partir de entonces.

—¿Y empezó a beber? —preguntó Radcliffe.

—No —dijo la señorita Talbot—. Ya bebía, pero después de que muriera mi madre no podía parar. Estoy segura de que lo habría matado si no se lo hubiese llevado la fiebre tifoidea.

Radcliffe asintió.

—Y desde entonces todo depende de usted.

—Supongo que puede decirse que sí —contestó la señorita Talbot con aire pensativo—. Pero cuento con Beatrice, que es solo algo menor que yo, así que no es tan malo. Y, pese a que nos dejaron un verdadero desastre, me siento agradecida a mis padres por una infancia tan feliz como la que tuvimos. En nuestra casa abundaban las risas, la música y el amor.

—Debe de pensar que soy muy débil —añadió Radcliffe en tono familiar—. Por intentar rehuir una responsabilidad con la que usted lleva años cargando.

—Lo cierto es que no —repuso ella—. Aunque sí que creo que le iría bien pensar en ello de un modo más simple.

—¿A qué se refiere? —preguntó él frunciendo el ceño.

—Tiene usted el título, la riqueza, la influencia. Tiene una familia que lo adora y, aunque esto en el pasado me ha hecho sufrir, es muy inteligente a la hora de protegerlos cuando se lo propone. Creo que es usted más que capaz de elegir qué clase de lord le gustaría ser.

—Pero ¿cómo lo elige uno? —no pudo evitar preguntar.

Kitty se encogió de hombros.

—Lo hace sin más.

Radcliffe la miró y ella le devolvió la mirada. Durante unos instantes fue como si fueran las únicas personas reales del mundo entero, ahí sentadas, mirándose mientras el resto de Londres seguía como si nada. Y después el momento pasó.

—Debería irme —dijo la señorita Talbot; su voz sonó un poco entrecortada de pronto—. Veo que Pemberton me está buscando.

—Ah, sí, el mismísimo general —respondió Radcliffe torciendo los labios con ironía—. Manténgalo alejado de mí a toda costa.

—Compórtese —replicó ella con picardía—. Recuerde que, si todo va bien, está hablando de mi futuro marido.

—Como si pudiera olvidarlo.

Netley Cottage, martes 5 de mayo

Queridísima Kitty:

Menuda sorpresa recibir tu carta con el franqueo de lord Radcliffe en el sobre. El chico que nos trae el correo estaba emocionadísimo al entregárnosla, así que, por desgracia, hacia el final de la mañana ya se había enterado todo el pueblo. Por supuesto, esta tarde han pasado por casa muchas personas. Tranquila, no hemos dicho ni palabra, aunque eso se debe más a la confusión que a la discreción. Sabía que os llevabais bien con Radcliffe, pero ¿tanto lo conoces como para pedirle que te franquease la carta?

Estate tranquila, nosotras estamos bien. Harriet se ha recuperado por completo (y no hay nada que pueda preocupar a Jane, claro). El tiempo, aunque no muy bueno ahora mismo, no es lo bastante inclemente como para que nos quedemos dentro, lo cual es de agradecer, ¡porque el número de juegos de cartas para tres jugadoras es limitado!

El dinero es algo escaso, pero estoy segura de que nos las arreglaremos hasta que volváis. También adjunto una carta que recibimos del señor Anstey y el señor Ainsley. Confío en que me perdones por haberla leído. Escriben para confirmar su intención de visitarnos el 1 de junio. Repiten que si no tenemos los fondos asegurados para entonces... Bueno, es igual que su última correspondencia.

Tu hermana, que te quiere,

BEATRICE

28

Estaban a 11 de mayo. Kitty tenía tres semanas y le quedaban dos libras. Había empezado a cortejar al señor Pemberton de forma aún más decidida, pero todavía no le había sacado una petición de matrimonio, una carga que sentía como una presencia física que le presionaba de manera persistente en la zona sensible situada entre el cuello y el hombro. Habría dado cualquier cosa por desprenderse de ella durante un bendito momento, pero no podía, no hasta que estuviese hecho.

La madre del señor Pemberton —una matriarca estricta que parecía ser la única persona a la que escuchaba su hijo— aún no estaba convencida de la distinción de las Talbot. Después de que Kitty se mostrara sincera, como siempre, acerca del estado de sus finanzas con su pretendiente, la austera madre de Pemberton comenzó a abrigar dudas en torno a la mujer a la que cortejaba su hijo, y el anticipado encuentro aún no había tenido lugar. Kitty todavía no estaba segura de cuál era el paso que debía dar a continuación. La habían aceptado en la alta sociedad, aunque al principio pareciera inviable, y había miembros de la nobleza que prácticamente le hablaban como si fuese una de ellos, ¿qué más podía hacer?

Esa mañana, durante el desayuno, estaba escuchando el parloteo de Dorothy mientras ojeaba el correo de la mañana y rumiaba acerca del asunto del señor Pemberton, cuando una palabra en la tarjeta que tenía delante le arrancó un grito ahogado de la sorpresa: Almack's.

—¿Qué ocurre, Kitty? —preguntó la tía Dorothy con curiosidad.

—Nos han enviado unos vales de Almack's para mañana por la noche —respondió Kitty, sujetando la tarjeta con manos temblorosas—. ¡Almack's! Los manda la señora Burrell. No me lo puedo creer.

—Ah —intervino Cecily con aire distraído, sin levantar la vista de su libro—. Sí, dijo que nos los enviaría.

—¿Qué? —chilló Kitty—. ¿Quién dijo...? ¿De qué estás hablando?

Cecily alzó la vista de mala gana.

—La señora Bussell o Biddell... No recuerdo el nombre. Estuve hablando con ella de Safo en el baile de anoche; resultó que compartimos interés por la literatura. Dijo que nos enviaría unos vales porque le gustaría volver a hablar conmigo. —Concluida la explicación, retomó la lectura.

—Cecily... —dijo Kitty en voz baja—. ¡Eres una criatura magnífica! —Se levantó y le plantó un beso en la frente.

—¡Kitty! —Cecily se retorció para liberarse.

—Vaya, mira eso —dijo la tía Dorothy, que rodeó la mesa para contemplar los vales—. Esto sí que es una suerte.

—¿De verdad es tan importante? —preguntó Cecily con recelo.

—Cecy, sería más fácil que nos presentasen en la Corte —respondió Kitty exultante—. Esto arrasará con todas las dudas de la señora Pemberton acerca de nuestro origen; si tenemos el sello de aprobación de Almack's, se disiparán sus preocupaciones. Lo has hecho muy bien, Cecy, muy bien de verdad.

La noche siguiente se vistieron con más esmero aún de lo habitual. A Kitty le temblaban los dedos al abrocharse los botones. Para la ocasión se pusieron sus mejores vestidos, de noche, de manga larga y confeccionados en gasa blanca; el de Cecily estaba decorado con rosas bordadas de satén rosa; el de Kitty dejaba ver una combinación de satén a rayas que era la mezcla perfecta de recato y elegancia. Dado que ya estaba sonrojada, Kitty no necesitó pellizcarse las mejillas, sino que, en cambio, se llevó las manos frías a la piel para tratar de refrescarse.

Salieron hacia King Street con tiempo de sobra, pero Kitty no quería dejar nada al azar esa noche. Almack's era conocido por sus normas estrictas en cuanto a indumentaria, comportamiento... y puntualidad. Las puertas se cerraban al dar las once en punto, y había oído que en una ocasión se le había negado la entrada al mismísimo Wellington por llegar tarde. Aunque en coche de caballos el trayecto no llevaría más de treinta minutos, incluso durante la noche más ajetreada, Kitty no soportaba la idea de que las puertas se cerrasen antes de que hubiesen entrado siquiera. Sin embargo, las tres mujeres accedieron a las salas de reuniones sin problemas; sus nombres aparecían en la lista y aceptaron sus vales. Las recibió la condesa de Lieven, que fue de lo más gentil, y se unieron a la multitud con la misma soltura que si lo hiciesen cada semana.

Muchos de los rostros ya les resultaban familiares, pero aun así la sensación que le producía estar entre ellos era maravillosa. Se encontraban en el lugar del que Kitty había oído hablar a menudo como el corazón palpitante de la sociedad. Había tres salas espaciosas, la primera decorada de forma elegante con candelabros en lo alto y sillas alineadas junto a la pared para aquellos que no bailaban, aunque tras el esplendor de las fiestas privadas a esas alturas de la temporada las estancias no parecían tan maravillosas. Pero no era la apariencia de Almack's lo que caracterizaba su poder, y le agradó advertir sus efectos de inmediato. Cuando el señor Pemberton la vio al otro lado de la estancia, se quedó boquiabierto de la sorpresa. Se dirigió afanosamente hacia ellas.

—Señorita Talbot —la saludó encantado—, no pensaba verla aquí esta noche.

Kitty sonrió con aire enigmático.

—La señora Burrell ha tenido la amabilidad de enviarnos unos vales —dijo como si tal cosa, y vio que a él se le abrían mucho los ojos; como había averiguado Kitty, de todas las formidables patrocinadoras, esa mujer era muy conocida por su esnobismo y su altivez.

—¡No me diga! Debo contárselo a madre; es una gran amiga de la señora Burrell, le encantará saber que tienen esa amistad en común. De hecho, madre estaba diciendo que le gustaría conocerla. ¿Asistirá al baile de los Jersey mañana por la noche?

Qué casualidad, pensó Kitty pagada de sí misma.

—Sí —contestó.

—Muy bien —aprobó él—. Espero que me guarde el primer baile esta noche, señorita Talbot. Me gustaría mucho que fuera el vals, si las damas patrocinadoras lo permiten.

La miró con un ardor inconfundible en los ojos.

—A mí también —respondió débilmente Kitty.

Una joven solo podía bailar el vals en Almack's cuando una de las patrocinadoras la invitaba de forma expresa a hacerlo, una invitación que no estaba garantizada, pero, si bien Kitty sabía que debería estar ansiosa por el honor, no podía evitar estremecerse al pensarlo. Por más que intentó coaccionarse a sí misma para superar su debilidad, Kitty todavía se sentía bastante reacia a la idea de que Pemberton la sostuviera tan cerca. Entendía el atractivo del baile, por supuesto. Sin embargo no podía ignorar el hecho de que, cuando se imaginaba bailándolo, no era Pemberton quien la acompañaba.

Cuando entraron en el comedor, el señor Pemberton comenzó a enumerar todas las conexiones —aunque no muy sólidas— de su familia con el resto de las patrocinadoras de Almack's, un discurso que duró toda la cena. A Kitty le decepcionó un poco descubrir que, en lugar de los suntuosos festines de los bailes privados a los que para entonces se había acostumbrado a asistir, los refrigerios en Almack's consistían en tan solo unas rebanadas finas de pan y bizcocho. Pero, dada la falta de sorpresa en los rostros que la rodeaban, supuso que debía de ser bastante normal —los hábitos de la gente rica seguían siendo un misterio para ella— y sonrió al pensar que se estaba volviendo una mimada.

Concluida la cena, Kitty logró escapar del señor Pemberton endosándoselo a la señorita Bloom. La chica le debía alguna recompensa por su compromiso, anunciado hacía poco. Kitty rodeó la pista de baile con la tía Dorothy hasta que lady Radcliffe les hizo señas. A su lado estaba lord Radcliffe.

—¡Señora Kendall! —gorjeó emocionada la condesa viuda, ignorando a Kitty, que no se ofendió por el desaire involuntario cuando la mujer se llevó a la tía Dorothy para mantener una conversación íntima en voz baja.

—Señorita Talbot. —Radcliffe se inclinó para saludarla—. Expresaría mi sorpresa por verla aquí, pero la verdad es que no me sorprende en absoluto. ¿Hay algo que no sea usted capaz de hacer?

Kitty aceptó el cumplido con una sonrisa.

—¿Se creería que ha sido cosa de Cecily? —le contó la historia.

Lord Radcliffe alzó las cejas.

—¿La poesía ha resultado útil, después de tanto tiempo? Santo Dios, quién lo habría dicho.

—Y pensar que me dolía su educación —añadió Kitty con tono arrepentido—. Qué corta de miras he sido. No tenía ni idea de que la señora Burrell fuera una intelectual.

—¿Y qué piensa de estas grandes salas, entonces? —Él abarcó la estancia con los brazos—. ¿Están a la altura de sus expectativas?

—Lo están —respondió ella—. No me puedo creer que esté aquí.

—La comida es algo decepcionante, lo sé —añadió en tono de disculpa.

—¿Verdad? —dijo ella con gran sentimiento, y los dos se rieron.

—¿Qué tiene planeado para esta noche, entonces? —preguntó Radcliffe—. ¿Algún otro desmayo fingido?

—Mientras no pierda usted los estribos, no debería ser necesario.

—No se preocupe, ya le he prometido a mi madre que solo hablaré del tiempo y de mi salud —la tranquilizó—. Aunque si se acerca Pemberton, imagino que me veré puesto a prueba.

—Podría disculparse con él —le sugirió Kitty—. Fue usted muy grosero.

—Sería incapaz de disculparme con alguien con un bigote tan horrible —la informó Radcliffe con remilgo—. Sería totalmente inaceptable. Además fue él quien se comportó como un imbécil, no yo.

Kitty suspiró.

—Espero mejorar sus habilidades conversacionales si nos casamos —confesó—. Sería mucho más agradable si fuese menos...

—¿Narcisista? —sugirió Radcliffe con socarronería—. ¿Peligrosamente iluso?

—Si escuchase más —lo corrigió.

—Ah, me temo que sueña usted con alcanzar las estrellas —dijo, compadeciéndose de ella.

—Oh, entonces ¿no me considera a la altura de la tarea? —repuso ella—. ¿Se da cuenta de que habría estado preparada para un matrimonio mucho, mucho peor que con Pemberton?

La sonrisa de Radcliffe se desvaneció un poco.

—Lo creo —dijo él al fin—. Y no la considero incapaz. Aunque confieso que he deseado que todo el esfuerzo fuera... innecesario.

Kitty vaciló, algo perturbada por que le hubiera aguado la diversión con una declaración tan seria.

—Habría sido un mundo muy distinto, en efecto —contestó por fin, carraspeó un poco y bajó la vista por miedo a que el momento se hiciera insoportablemente íntimo.

—¿Espera que la inviten al vals esta noche? —preguntó él tras una pausa, y Kitty agradeció el cambio de tema.

—Supongo que tendremos que esperar a ver, aunque esta noche lo creo improbable —dijo, intentando mostrar ligereza—. ¿Le da miedo que una de las damas patrocinadoras lo sugiera a usted como mi pareja de baile? No he olvidado la fuerza de su negación la última vez que se lo pedí yo; lady Jersey sin duda se quedaría pasmada si de repente abandona usted la sala a toda prisa...

Su tono era juguetón, pero la mirada de Radcliffe cuando se encontró con la suya era intensa.

—En realidad —respondió con lentitud—, creo que mi respuesta sería muy distinta si me pidiese un baile ahora, señorita Talbot.

Kitty guardó silencio. Se quedó mirándolo, por una vez incapaz de pensar en nada que decir. En lugar de eso se permitió imaginar durante un momento robado cómo sería bailar el vals con Radcliffe y no con Pemberton. Sería muy distinto, lo sabía. Muy distinto, de verdad.

No estaba segura de cuánto tiempo se habían quedado ahí plantados tras aquellas palabras, pero no llegó a averiguarlo. Los interrumpió el sonido de un carraspeo. Pemberton se hallaba de pie ante ellos, mirando a Radcliffe con el ceño fruncido.

—Señorita Talbot, creo que me ha prometido este baile —dijo con tono imperioso—. Es el cotillón.

Kitty tragó saliva. Se obligó a no mirar a Radcliffe.

—Sí... Gracias —respondió Kitty aturdida.

El señor Pemberton la cogió del brazo y se alejó con ella para formar el conjunto.

Radcliffe también se volvió con brusquedad. No pensaba quedarse a mirar. Cuando se alejaba de la pista de baile, se topó cara a cara con Hinsley.

—Harry —agarró a su amigo por el brazo—, me alegro de verte. ¿Estás bien?

—Lo cierto es que no. —La expresión de Hinsley era avinagrada—. Me parece terrible que solo sirvan té y limonada. ¿Cómo se supone que voy a sobrevivir a una conversación con Pemberton a base de eso? He escapado con vida por los pelos.

—Bueno, estará bastante absorto con la señorita Talbot durante un rato, creo —dijo Radcliffe—, así que ahora estás a salvo.

Radcliffe estaba convencido de que su tono había sido tranquilo, su expresión serena, que no había transmitido nada fuera de lo corriente con ninguna parte de su cuerpo y, sin embargo, Hinsley lo miró, empezando a comprender.

—Ah, entonces así están las cosas —dijo con el esbozo de una sonrisa.

—¿Así están qué cosas? —preguntó Radcliffe con cierto enojo.

Hinsley levantó las manos, riendo.

—¡No me arranques la cabeza! ¿Qué te detiene, entonces? ¿Te preocupa cómo se lo tomaría Archie?

—Harry, no tengo la menor idea de qué estás hablando —mintió Radcliffe—. Si vas a seguir soltando insensateces, te ruego que te vayas a otra parte.

Fingió que alguien lo buscaba a lo lejos.

—Disculpa, creo que lady Jersey me necesita.

—¡Espero verte mañana en Hyde Park! —le dijo Hinsley a su espalda, sonriendo—. ¡No lo olvides!

Al ver que lady Sefton se le acercaba con los pequeños ojos brillantes, el capitán Hinsley se retiró y huyó de las salas de reuniones de inmediato. Decidió volver a casa caminando.

La luna iluminaba la noche. Giró a la derecha hacia Mayfair...
y se topó con Archie, que avanzaba a toda velocidad en la dirección contraria.

—Baja el ritmo, muchacho —dijo con tono jovial—. ¿A qué viene tanta prisa?

—Le había prometido a madre que la acompañaría —respondió Archie con la voz entrecortada—. He perdido la noción del tiempo.

Hinsley le hizo una mueca.

—Son más de las once, Archie, no van a dejarte entrar.

Archie se desanimó.

—Maldita sea.

Hinsley lo observó con más atención. ¿Siempre había estado tan pálido? Se le veía sudado y pegajoso, aunque eso podía deberse a la caminata apresurada.

—¿Te encuentras bien? —le preguntó.

Archie lo despachó con un gesto de la mano.

—Sí, sí, estoy perfectamente. Una temporada ajetreada, ya sabes cómo es.

Hinsley lo sabía, pero se paró a pensarlo y hacía semanas que no veía a Archie en ningún baile.

—Quizá deberías ir a acostarte —le sugirió—. Te acompaño de vuelta, el aire fresco te sentará bien.

Archie pareció tentado durante un momento, pero luego negó con la cabeza.

—He quedado con alguien después —dijo, y giró a la izquierda, en dirección a la ciudad—. Buenas noches.

Hinsley se quedó mirándolo un momento, preguntándose si debía seguir al chico para ver adónde iba, pero tras meditarlo unos instantes, se encogió de hombros y se volvió de nuevo hacia su casa. Se estaba comportando como un viejo paranoico.

De haber sabido, por supuesto, a qué clase de establecimiento se dirigía Archie, lo habría arrastrado de vuelta a

Grosvenor Square por la oreja. Pero no era el caso, de modo que Archie se encaminó sin oposición hacia el Soho y el antro de juego en el que sabía que encontraría a Selbourne.

29

Si la señora Pemberton iba a asistir al baile de los Jersey, Kitty debía prepararse. Al fin y al cabo era el último escollo y llegaba en el momento adecuado. Junio se acercaba peligrosamente; y el plazo ya era demasiado justo para el gusto de Kitty.

Los De Lacy habían invitado a la señora Kendall y a las Talbot a su palco en el Teatro Real para ver una función de tarde de *El libertino* antes del baile de la noche, pero cuando el carruaje de los De Lacy llegó a Wimpole Street, Kitty solo salió para presentar sus disculpas a lady Radcliffe.

—Estoy agotada, milady, y mi tía me ha ordenado que descanse —le indicó.

Radcliffe se había bajado del vehículo para ayudar a subir a la tía Dorothy y a Cecily —el teatro era de los pocos eventos sociales a los que su hermana le gustaba asistir—, y miró preocupado a Kitty al oír sus disculpas. Aupó a la tía Dorothy con un solo movimiento ágil y, mientras esta se acomodaba en el carruaje, Kitty se inclinó hacia él para explicárselo en voz baja.

—La señora Pemberton asistirá esta noche al baile de los Jersey. Es una mujer muy cristiana, según me cuentan, así que tengo intención de pasarme la tarde estudiando las escrituras para la ocasión.

—Ah —exclamó Radcliffe—. Le deseo mucha suerte. Infórmeme si encuentra algún pasaje en la Biblia acerca de casarse por dinero. ¿Me pregunto si Cristo Nuestro Señor estaba a favor o en contra?

Kitty le lanzó una mirada elocuente, con la que pretendía expresar lo sumamente aburrido que lo encontraba, e hizo una mueca.

—¿Me dejará solo protegiendo la virtud del señor Kemble de las miradas lascivas de mi madre y de su tía?

Kitty se rio. La noche anterior los dos habían oído la áspera discusión entre lady Radcliffe y la señora Kendall acerca de la fama de «fornido» del actor protagonista.

—Seguro que estará a la altura de la tarea —le dijo con una sonrisa.

—Me halaga usted. —Ayudó a subir a Cecily a continuación, luego se detuvo un momento—. ¿Está segura de que no puedo tentarla? —preguntó, ladeando la cabeza para engatusarla.

—Lo estoy —respondió Kitty con cierta vacilación.

Radcliffe le deseó un buen día y el carruaje se alejó y dobló la esquina. Kitty lo miró hasta perderlo de vista y; durante un momento deseó haber ido. No era que le entusiasmase ver la obra, pero la compañía... La compañía sin duda la habría disfrutado. No, se dijo severamente, volviendo a someter sus pensamientos. De ninguna manera.

Regresó a su habitación y se dedicó —por primera vez en su vida— al estudio de la Biblia. Era, como de inmediato descubrió, muy larga. Y, como tampoco tardó en averiguar, bastante aburrida. Se preguntó desalentada si el Antiguo Testamento importaba siquiera... ¿No podía uno pasar al Nuevo y seguir a partir de ahí? Seguro que para la señora Pemberton, tan puritana, lo más importante era Nuestro Señor Jesucristo, ¿no? Hojeó las páginas y deseó con todas sus fuerzas que hubiera un índice que poder consultar para ahorrarse algo de tiempo; podría buscar directamente los pasajes sobre mujeres virtuosas y matrimonio y acabar con todo ese asunto.

Kitty se concedió el lujo de una cabezada —leer las Escrituras resultó ser sumamente beneficioso para el sueño— y esa tarde se puso su vestido de noche más casto, el de color marfil. En esa ocasión no llevaba más joyas que los pendientes y arrancó las plumas (el accesorio más diabólico, sin duda) de su tocado. El primer desafío de la noche lo supuso el hecho de que los Pemberton llegaran tarde, lo que hizo que los nervios de Kitty fueran en aumento cuanto más tiempo pasaba esperando. El segundo se le presentó a las nueve en punto, cuando lady Radcliffe apareció de la nada para darle la noticia más inoportuna.

—¿Qué te dije acerca de bailar dos veces con el mismo hombre? —le susurró a Kitty al oído.

Kitty estaba confundida, hasta que vio a Cecily y a Montagu unidos en lo que solo podía ser su segundo baile de la velada. Ay, Dios... ¿por qué esta noche? ¿Cecily estaba intentando acabar con ella?

Kitty le dio las gracias a lady Radcliffe y se precipitó hacia ellos en cuanto hubo terminado el baile.

—Lord Montagu, ¿cómo está? —saludó con tono enérgico—. Me temo que su madre vuelve a andar buscándolo. ¿La ve? Dios mío, estamos tan apretados aquí dentro que no hay manera de encontrar a nadie.

—Permitidme, amable cielo, que busque un lugar más feliz... —comenzó lord Montagu pomposamente.

—Sí, sí —lo interrumpió Kitty antes de que pudiera proseguir—. Shakespeare, ¿verdad? Qué ocurrente. Yo de usted buscaría a lady Montagu.

El joven se escabulló obediente y Kitty se volvió hacia su hermana.

—Cecily, recuerdas lo que te dije sobre bailar demasiado con el mismo hombre, ¿verdad? —le preguntó implorante.

El aire distraído del rostro de Cecily le dejó claro que había olvidado aquella conversación.

—Corres el riesgo de parecer muy atrevida. Sé que no es tu intención, pero la gente va a empezar a decir que estás intentando echarle el lazo a lord Montagu, y no quieres parecer una loca, ¿verdad?

—¿Por qué no iba a parecer una loca, cuando está claro que es lo que piensas de mí? —le espetó Cecily en un arranque poco habitual de mal genio—. ¿Crees que no sé que es así como me ves?

Se marchó enojada, y Kitty se quedó mirándola. Bueno, eso no se lo esperaba. Pero no tuvo tiempo de pensar mucho en ello, porque ya tenía a la tía Dorothy al lado.

—Están aquí —le susurró esta.

Kitty inspiró hondo y se acercó a conocer a su futura suegra. Lo primero que pensó fue que la tía Dorothy debía de haberse equivocado, porque la había acompañado hasta la mujer más enjoyada que Kitty había visto en la vida. Daba la impresión de haberse caído en un pozo de oro, pues cada centímetro de su cuerpo goteaba piedras preciosas, desde las puntas de los dedos a lo alto de los pechos, alzados de un modo impresionante. Y, aun así, ahí estaba Pemberton, a su lado, así que debía ser ella.

—¡Señorita Talbot! —exclamó alegre el señor Pemberton—. ¿Puedo presentarle a mi madre?

Kitty se convirtió en el objeto de una mirada muy penetrante.

—Es un honor conocerla por fin —saludó con una reverencia.

—Hum. —La señora Pemberton la miró de arriba abajo sin tapujos—. Sí, es bastante guapa, Colin. Aunque un poco adusta.

Su hijo asintió. Lady Radcliffe, que se encontraba junto a la tía Dorothy, tosió educadamente para disimular lo incómodo del momento.

—Colin me ha dicho que le gustaría acompañarme a la iglesia —dijo la señora Pemberton a continuación, con la misma abierta indiferencia.

—Nada me gustaría más —mintió Kitty.

—Hum. Bueno, bien. La piedad es la mayor cualidad que puede poseer una mujer. Una debe amar a Dios por encima de todas las cosas, ya sabe.

Kitty asintió, aunque sin duda esa dama amaba a su joyero por encima de al Señor.

—¿Han oído que el duque de Leicester está aquí esta noche? —intervino Pemberton, estirando el cuello para echar un vistazo a la multitud.

—¿Ha dicho Leicester? —preguntó la tía Dorothy con brusquedad.

—Ah, ¿Leicester está aquí? —añadió lady Radcliffe alegremente—. Hace años que lo conozco... Oh, sí, ahí está. ¡Leicester, aquí!

Gesticuló con la mano hacia un caballero alto y canoso que se acercó a zancadas y le plantó un beso en la mano con entusiasmo.

—Señorita Linwood, está usted maravillosa —dijo alborozado.

—Excelencia, por favor, han pasado treinta años, ¡debe empezar a llamarme lady Radcliffe! —protestó ella bromeando.

—Para mí siempre será la señorita Linwood. Aunque he oído que ese hijo suyo está de vuelta en Londres, ¿es cierto? Nos iría bien que ocupara su asiento en la Cámara de los Lores, ya sabe.

—Esta noche no debe hablar de política, milord, ¡o todo el mundo pensará que es usted un aburrimiento! Venga, deje que le presente a mis queridas amigas, la señora Kendall y la señorita Talbot. Y estos son el señor y la señora Pemberton, por supuesto.

—¿Qué tal están?

Los Pemberton parecían muy impresionados. Kitty dedicó una reverencia al duque.

—Perdóneme, ¿nos conocemos? —preguntó con curiosidad.

—No lo creo, excelencia —respondió ella esbozando una sonrisa educada.

A su lado, la tía Dorothy se abanicaba con bastante vigor y Kitty deseó que parase. Corriente aparte, sujetaba el abanico demasiado cerca de su cara, ocultando la mitad de esta, lo que resultaba de lo más extraño.

—Estoy casi seguro de que nos hemos visto antes —insistió Leicester sin apartar los ojos del rostro de la señorita Talbot—. Me resulta conocida. ¿Su familia es de Londres? Quizá conozca a algún pariente suyo.

Kitty se volvió hacia la tía Dorothy, esperando que pudiera intervenir, pero encontró el rostro de su tía oculto por completo por el abanico. Se le ocurrió una idea absolutamente terrible. Tenía la horrible sensación de que quizá supiera a qué parientes había conocido ese hombre y en qué circunstancias.

—A menudo me dicen que tengo una de esas caras familiares —respondió Kitty, y maldijo para sus adentros que la sangre de su padre no fuera lo bastante fuerte para evitar el parecido sorprendente con su madre.

Trató de encontrar otro tema de conversación, pero, para su horror, las palabras del duque habían despertado no poca curiosidad entre los reunidos. Incluso lady Radcliffe la miraba con interés.

—¿Quizá le recuerda a la pequeña de los Clavering? —sugirió esta.

—No, maldita sea, estoy seguro de que no es eso —persistió Leicester. Oh, Dios mío—. ¿Me recuerda su nombre, señorita?

La mente de Kitty era un torbellino de ansiedad. No podía, por supuesto, negarle su nombre al duque, resultaría demasiado extraño. Pero, si lo revelaba, ¿se exponía a que ese caballero cayera en la cuenta? ¿Era posible que, de haber conocido a su madre mucho tiempo atrás, también recordara por qué había concluido su relación?

—Señorita Talbot, excelencia —respondió, incapaz de negarse.

—Talbot... —meditó unos instantes—. Y, perdóneme, ¿es usted la señora Talbot?

Empezó a volver la cabeza hacia el rostro oculto por el abanico de la señora Kendall. La tía Dorothy tendría que responder, bajar el abanico; sería demasiado extraño, imperdonablemente grosero, que hiciera otra cosa. ¿La reconocería, como era tan evidente que temía que pudiera hacer? A Kitty no se le ocurría nada para salvarse. No imaginaba ninguna argucia, ninguna forma de eludir ese desastre. No podía sino contemplar con fascinación malsana cómo su mundo estaba a punto de venirse abajo, justo delante de los Pemberton. Kitty abrió la boca para decir algo —cualquier cosa que pudiera ayudarla—, pero no hizo falta.

—Seguro que conoció a los Harrogate Talbot durante el tiempo que pasó en Yorkshire, milord —intervino la voz de Radcliffe, como surgido de la nada—. El parecido es asombroso, yo también lo he notado.

—¿Los Harrogate Talbot? —La sospecha abandonó el rostro de Leicester, que chasqueó los dedos—. Será eso, no cabe duda. Maldita sea, no puedo evitar ofuscarme con esa clase de cosas. Gracias, Radcliffe, ¡y bienvenido a casa, señor! ¡Justo le estaba diciendo a su madre que espero que podamos contar con su presencia en la Cámara un día de estos!

Radcliffe tomó un pellizco de rapé.

—Me alegro de complacerlo, excelencia, pero no creo que le gustara mi voto.

Leicester dejó escapar una sonora carcajada. En el alboroto que siguió, Kitty y la tía Dorothy se excusaron en voz baja.

Kitty lanzó una mirada de agradecimiento en dirección a Radcliffe, que él le devolvió con un guiño apenas perceptible.

—Ha estado demasiado cerca —gimió la tía Dorothy cuando se escabullían a un rincón seguro.

—Imagino que el duque de Leicester os conoció a mamá y a ti cuando erais jóvenes, ¿no es así? —le preguntó Kitty.

—Sí, de la manera más íntima. —La tía Dorothy suspiró de forma entrecortada—. Gracias a Dios que ha intervenido tu Radcliffe. Leicester es uno de los peores demonios, terriblemente inmoral en su vida privada, pero un absoluto maniático en público. Si me hubiese reconocido, habríamos estado en un lío terrible.

Kitty sintió una punzada de culpa por haber dudado de su tía cuando le habló de ese riesgo. Se llevó una mano al corazón para ralentizar su pulso.

—De todas las personas... —siguió con voz débil—. De todos los momentos... Aunque supongo que hemos tenido suerte de que haya sido la única vez que te han reconocido.

La tía Dorothy no respondió, parecía bastante distraída.

—Porque lo ha sido, ¿no? —preguntó Kitty, frunciendo el ceño.

—Necesito una copa para calmar los nervios —pidió la tía Dorothy con vehemencia—. Esconderé mi cara el resto de la noche. Ven a buscarme cuando podamos marcharnos.

Luego desapareció. Kitty se vio muy tentada de hacer lo mismo, pero sabía que debía volver junto a los Pemberton en cuanto fuera seguro. No les quitó ojo, a la espera de que se alejaran de Leicester, aunque parecía estar llevándoles mucho tiempo. Supuso que Pemberton estaría demasiado emocionado por poder trasladar al hombre sus opiniones políticas para marcharse en breve. Suspiró.

—¿Qué sonido más melancólico... ¿Las cosas con Pemberton no van según lo planeado?

Kitty se volvió rápidamente sin reconocer la voz.

—Ah. Lord Selbourne, buenas noches. —Hizo la reverencia más superficial que pudo.

Selbourne reconoció el desprecio con un movimiento rápido de los dedos.

—¿Ha pensado en mi oferta? —preguntó.

—No —contestó ella sinceramente—. Pero, bueno, no estoy segura de que llegase a hacerme una.

—Qué descuido por mi parte —dijo él con aquella sonrisa de tiburón—. Muy bien, señorita Talbot. Creo que podríamos sernos de gran utilidad el uno al otro. Sería una pena que desperdiciara su talento con Pemberton, cuando hay tantos partidos mejores. Yo podría ayudarla, ¿sabe?

—¿A cambio de qué? —preguntó Kitty, alzando las cejas; pese a que no era capaz de entender qué quería ese caballero exactamente; sin duda se trataba de una comadreja sin escrúpulos.

Selbourne levantó las manos con inocencia fingida.

—¿Le daría de mala gana una porción del pastel a un amigo?

—Pero nosotros no somos amigos —replicó Kitty con frialdad, y se dispuso a darle la espalda con desdén.

Antes de que pudiera alejarse, sin embargo, él la agarró ligeramente por el brazo.

—Tal vez se sentiría más cómoda si lo hablásemos en privado. Este fin de semana estaré en Wimbledon, tengo invitados el sábado, pero por lo demás estoy libre. Ahondemos en el asunto. Tengo alquilado Hill Place, junto a Worple Road. No tiene pérdida.

Kitty ya estaba bastante harta de ese tipo, y los Pemberton por fin se habían apartado de Leicester. Le dedicó otra reverencia insignificante.

—Muy bien, debo irme.

—Feliz caza —dijo, sonriendo con todos los dientes.

Kitty hizo gala de todo su encanto y agudeza mental y, durante lo que quedaba de velada, se esforzó por impresionar a la señora Pemberton con cada fibra de su ser. La dama era inescrutable: una extraña mezcla de virtuosa, presumida y vanidosa que implicaba que seducirla fuera como intentar atrapar a un gato enfadado. No obstante, cuando se despidió esa noche, Pemberton le apretó la mano de forma significativa.

—Mañana tengo asuntos que atender, pero ¿la veré el sábado en el baile de los Hastings? Tengo algo importante que pedirle.

30

La última vez que había estado tan segura de que le pedirían en matrimonio, Kitty se había sentido exultante, pero por más que lo intentaba, en ese momento no era capaz de experimentar esa sensación de júbilo. Esa noche se quedó despierta con la tía Dorothy, compartiendo una tetera a pesar de lo tarde que era. Kitty intentó plancar lo que le escribiría a Beatrice para darle la buena noticia por la mañana, pero no imaginaba qué le diría. Cómo lo plantearía de manera que sonase alegre, cuando en realidad estaba sufriendo un terrible acceso de melancolía.

—Entonces ¿esta noche ha sido un éxito? —le instó Dorothy, después de que pasaran largos minutos en silencio.

Kitty asintió.

—Muy bien hecho. Aunque debo preguntar: ¿seguro que estás preparada para lo que sigue al compromiso?

—¿En qué sentido? —preguntó Kitty.

—Bueno, sé que te has resignado a prometerte a un hombre al que no amas... Pero ¿estás lista para estar casada con él? ¿Con todo lo que eso conlleva?

Kitty se sintió algo perdida por todas las connotaciones de la pregunta.

—Supongo que tendré que estarlo —respondió por fin.

La tía Dorothy asintió de nuevo, aunque un poco triste.

Kitty intentó durante un momento imaginarse el día de su boda. Su madre había hablado del suyo a menudo, declarándolo —a pesar del secretismo, a pesar de todo lo desagradable que siguió con la familia del señor Talbot— uno de los mejores días de su vida. «Éramos tan felices», decía a menudo, nostálgica y con los ojos vidriosos. Kitty siempre había sabido que la suya sería distinta, pero la perspectiva le parecía mucho peor que nunca. Desde que... Bueno, desde que había comprendido lo que se perdería.

—¿Cómo era mi madre cuando la conociste? —preguntó Kitty de pronto, rompiendo el silencio.

—¿Antes de que conociera a tu padre, quieres decir? —preguntó la tía Dorothy.

—Sí.

La tía Dorothy se paró a pensarlo.

—Era valiente —aseguró al cabo de un momento—. Habría hecho absolutamente cualquier cosa por aquellos que le importaban.

Kitty no estaba segura de su expresión, pero algo en ella hizo que su tía enarcara las cejas.

—¿No estás de acuerdo? —preguntó la tía Dorothy.

—Estoy de acuerdo —se apresuró a contestar Kitty—. Sin duda es cierto, pero supongo que he estado... un poco enfadada, porque papá y ella siempre fueron capaces de hacer lo que querían, mientras que yo... —se interrumpió.

—No puedes —acabó la tía Dorothy por ella.

—Mamá no tenía hermanas —señaló Kitty—. Quizá hubiese sido distinto si las hubiese tenido.

—Quizá —asintió la tía Dorothy—. No todos podemos seguir lo que nos dicta el corazón.

Kitty dio un buen sorbo al té. Eso sin duda era cierto.

—Aunque sus vidas no carecieron de sacrificio —le recordó la tía Dorothy con suavidad—. Nosotras, claro, podríamos desear que hubiesen sido un poco más prudentes en el plano económico —Kitty soltó una risita seca—, pero para casarse tuvieron que dejarlo todo atrás. Seguir lo que les dictaba el corazón tuvo su coste.

—Eso es cierto —reconoció Kitty con amargura, encogiendo ligeramente los hombros.

—Hoy he hablado con la señora Ebdon —continuó Dorothy, esperando animar a Kitty con el cambio de tema—. Rita dirige el casino de Morwell Street. Tenía intención de contártelo.

—Ah, ¿sí? —Kitty fingió interés.

—Ha dejado caer que el joven señor De Lacy ha estado juntándose con una gente muy mala. Solo estaba cotilleando, ya sabes, pero al parecer lo han visto por el Soho en compañía de ese tal Selbourne. Por supuesto, yo no he mencionado la conexión entre nuestras familias. Ese hombre es terrible, del tipo al que Rita no deja entrar en su establecimiento. Un tramposo a la mesa de cartas y con debilidad por el opio, por lo que me ha contado.

—¿El señor De Lacy, jugando? —A Kitty la cogió por sorpresa, no lo había considerado un rasgo del carácter del joven. Y si bien Selbourne había dicho que eran amigos, ella en principio había dado por sentado que solo formaba parte de sus manipulaciones.

—¿Y no has visto necesario contarle esto a tu querida amiga lady Radcliffe? —preguntó Kitty sin rodeos.

Su tía la miró como si fuese la criatura más tonta que hubiese existido nunca.

—¿Y cómo iba a explicarle mi relación con la señora Ebdon a lady Radcliffe, eh? Solo he pensado que, dada tu... amistad con Radcliffe, te gustaría advertirlos.

—Sí, gracias —zanjó Kitty con aire ausente.

¿Cuándo era la última vez que había hablado como era debido con el señor De Lacy? Hacía al menos varias semanas. Cuando se paró a pensarlo, se dio cuenta de que solo aparecía de manera fugaz en los eventos sociales, si es que asistía. Aunque Kitty ya no quisiera casarse con el chico, tampoco quería que cayera presa de una adicción al juego o que se viera atrapado con gente de mala fama. Resultaba evidente que tenía buen corazón, y ella mejor que nadie sabía cuánto facilitaba eso manipularlo.

Kitty se prometió que advertiría a Radcliffe del peligro en cuanto tuviera oportunidad, lo cual —casualmente— resultó ser esa misma noche. Kitty no lo buscó —nunca parecía necesario—, pero acababan de dar las once cuando apareció a su lado.

—Para usted —anunció él ofreciéndole una copa que brilló incluso a la luz apagada.

—¿Está envenenado? —preguntó, con falso recelo.

—No, no. Si quisiera matarla, se me ocurren formas mucho mejores que esa —dijo lord Radcliffe, ladeando la cabeza mientras lo consideraba.

—Sí, supongo que podría asestarme un porrazo sin más —sugirió Kitty—. Menos elegante, pero posiblemente más sencillo, y no escasean los lugares bien situados para deshacerse de un cadáver no deseado por todo Londres.

Radcliffe la miró de soslayo.

—Me inquieta ver que ha dedicado tanto tiempo a pensar en el asunto. ¿Quizá sea yo quien debería preocuparse?

Kitty negó con la cabeza, sonriendo, y dio un sorbo de champán para armarse de valor.

—En realidad, hay algo de lo que quería hablarle.

—Ah, ¿sí? ¿Cómo ha ido el choque de titanes? —preguntó Radcliffe. Al ver su mirada inquisitiva, aclaró—: ¿Consiguió subyugar a la señora Pemberton con sus encantos?

—Oh, fue bastante bien —contestó Kitty con el tono más alegre que pudo—. Es una mujer muy rara, sin duda, pero para cuando nos despedimos casi había dado su aprobación. Pemberton dice que en el fondo es una romántica y que está contenta de que vaya a casarse por amor.

Radcliffe se atragantó.

—¿Por amor? —repitió con incredulidad—. Señorita Talbot, lo está dorando demasiado.

—¡Será por amor! Al menos por su parte, lo cual viene a ser casi lo mismo —insistió Kitty con un ligero rubor en las mejillas.

Radcliffe disfrutó unos instantes de su turbación, pues pocas veces conseguía provocársela y debía, por consiguiente, saborearla como una rara exquisitez.

—Mañana me pedirá en matrimonio —aseguró Kitty con la barbilla levantada. Radcliffe sintió que parte de su buen humor se desvanecía.

—¿De verdad? —murmuró, intentando aparentar desinterés. Cosa que, por supuesto, sentía.

—Sí, en el baile de los Hastings.

Radcliffe asimiló aquello durante un momento.

—Entonces, quizá debería felicitarla —dijo por fin.

Kitty negó con la cabeza, mirándolo con aire de superioridad por debajo de las cejas.

—Un pelín prematuro. Nunca se sabe, en el último momento podría aparecer el hermano del señor Pemberton y chantajearme. Preferiría no celebrarlo todavía, solo por si acaso.

—Por supuesto. —Radcliffe asintió con tacto—. Muy sensato. Aunque yo no esperaría que haya muchos hombres en el mundo lo bastante valientes como para enfrentarse a usted.

Kitty se rio.

—De hecho, solo uno. —Kitty hizo una pausa—. Aún no le he dado las gracias por ayudarnos ayer con lord Leicester. Fue muy amable de su parte; si no hubiese intervenido, no me imagino a Pemberton queriendo casarse conmigo.

Kitty se lo había agradecido con sinceridad, pero Radcliffe no pareció complacido en absoluto y soltó una breve risa amarga. Ella frunció el ceño; no estaba segura de en qué le había ofendido.

—¿De verdad tiene intención de casarse con alguien a quien no ama? —le preguntó él de forma bastante brusca.

La mano de Kitty vaciló cuando se llevaba la copa a los labios.

—La gente se casa sin amor todo el tiempo —le recordó, endureciendo el tono—. No es tan raro. Cree que mis orígenes humildes me hacen más codiciosa, pero los matrimonios de conveniencia son propios de su clase, no de la mía.

—Nunca han sido sus orígenes lo que más me ha preocupado, señorita Talbot —replicó Radcliffe ofendido—. Solo que estuviera dispuesta a sacrificar la felicidad de Archie por sus propios fines.

Kitty lo miró mientras valoraba sus palabras.

—Y si de verdad hubiese estado enamorada de él, entonces ¿qué?

—No la sigo.

—¿Habría aceptado usted nuestra relación, nuestro compromiso, si mis orígenes hubiesen sido los mismos pero mis sentimientos por De Lacy, sinceros?

—De haber estado seguro de que su afecto era real, y el de él también, no veo por qué no —contestó Radcliffe muy despacio, sintiendo que había una trampa pero sin detectar dónde.

—Mentiroso —repuso ella, casi con cariño—. Nunca habría dado su consentimiento. Protesta diciendo que el problema era mi engaño, pero la brecha en nuestra posición social siempre habría evitado su aprobación. Nunca nos la habría dado, aunque creyera que mis sentimientos eran sinceros.

—¿Y cómo habría podido creer que lo eran cuando es evidente que está usted dispuesta a casarse con cualquiera lo bastante rico, y al diablo con los sentimientos? —soltó él con aspereza.

—Dígame una cosa, entonces —contestó Kitty—: ¿habría logrado pasar por alto mi nacimiento? ¿Mis circunstancias? ¿De verdad podrían no haberle importado alguna vez?

Su voz reflejaba más emoción de lo que justificaba la conversación, pero le dio igual. Tenía que saberlo. Radcliffe no respondió, sino que se limitó a mirarla con los ojos llenos de una emoción sin nombre.

—Yo... —comenzó, pero no fue capaz de acabar.

—No podría —concluyó por él. Ya no estaban hablando únicamente de Archie, y ambos lo sabían.

—Su amor por Archie nunca habría superado su necesidad de su dinero —dijo con aspereza.

—¿Y eso importa tanto? —inquirió ella—. ¿Es mucho más importante el amor que la necesidad?

—Lo es todo —respondió él con crudeza.

—Entiendo —dijo ella.

Y lo entendía.

Bajó la vista, luego carraspeó de forma audible, dos veces.

—En realidad tenía algo muy distinto que contarle. —Se esforzó por dejar a un lado la emoción de aquel intercambio.

Se produjo una larga pausa mientras Radcliffe parecía dominarse.

—¿Sí? —preguntó por fin.

—Pensé que era mejor que le advirtiera de que, al parecer, Archie anda metido en problemas. Lo han visto en compañía de lord Selbourne, frecuentando los peores antros de Londres.

Radcliffe pestañeó, atónito. No se esperaba eso.

—Gracias por su preocupación —contestó con desdén—, pero Archie está muy bien. Es el deber de cualquier caballero joven echar alguna cana al aire en algún momento de su vida.

Entonces le tocó a Kitty mostrarse desconcertada, porque tampoco se esperaba eso.

—¿Cree que es su deber desarrollar una adicción al juego? Porque de eso es de lo que me ha advertido mi tía: pasa las noches en compañía de hombres a los que ni siquiera dejan entrar en los casinos.

Radcliffe frunció el labio.

—Perdóneme si me fío más de mi comprensión de la situación que de la señora Kendall.

—¿Porque la suya es tan superior? —replicó enseguida ella—. Me temo que se le notan los prejuicios, milord.

—Tranquilícese, señorita Talbot —le pidió—. Considere su advertencia escuchada, pero le aseguro que Archie no está en peligro. ¿No cree que, quizá, la experiencia con su padre esté tiñendo su juicio?

Kitty retrocedió como si la hubieran golpeado. Le había hablado de su padre en supuesta confianza, en una de sus conversaciones tranquilas juntos, esas en las que sentía que podía decir cualquier cosa y se guardaría a salvo. Al parecer no era así.

—Quizá la experiencia con su padre le ciegue a usted —replicó ella—. Quizá no le faltaran motivos para enviarlo a usted lejos, si iba por el mismo camino que Archie.

—Como si le importase mi hermano —le espetó Radcliffe—. Le pediría que lo llamase señor De Lacy, hace mucho que renunció al derecho a llamarlo por su nombre de pila. Y, ya que estamos intercambiado consejos, quizá debería centrar usted su atención en su familia en lugar de en la mía.

—¿Y qué se supone que significa eso? —inquirió ella.

—¿No cree que es poco sensato dejar que la señorita Cecily y Montagu lleven adelante su romance de manera tan descarada?

—¿Cecily y lord Montagu? —Por un momento, Kitty se sorprendió tanto que olvidó el enfado y se volvió en busca de su hermana. Los dos estaban junto a la mesa de los refrescos con la cabeza inclinada. Solos una vez más, lo cual no era, había que reconocerlo, muy sensato. Tendría que volver a decirle algo, la pobre chica no tenía ni idea de la impresión que daba aquello. Se giró hacia Radcliffe de nuevo—. Son amigos, nada más, comparten intereses intelectuales.

Se mofó.

—Está ciega a la verdad: se consideran enamorados, cualquier tonto lo vería.

—Está usted enfadado conmigo y solo intenta incordiarme —rechazó—. ¿Cree que no me daría cuenta si mi hermana estuviera enamorada?

—¿Cree usted que yo no me daría cuenta si mi hermano estuviera en peligro? —respondió, directamente.

Se fulminaron el uno al otro con la mirada, la más fría que nunca habían reflejado en presencia del otro.

—¿Sabe? —dijo Kitty; las palabras le ardían en la lengua—, cuando nos conocimos, pensé que era usted orgulloso, terco, grosero y con un sentido de superioridad del tamaño de Inglaterra. Casi había empezado a creer que le había juzgado mal, pero ahora veo que debería haberme fiado de mi primer instinto.

—El sentimiento —repuso él con frialdad— es mutuo.

Se volvieron a un tiempo y se alejaron el uno del otro. Ninguno volvió la vista atrás.

31

Lord Radcliffe se marchó del baile furioso, sin preocuparse de dar las buenas noches a la anfitriona ni a su madre. En la puerta se lanzó escalones abajo tan rápido que se topó con el capitán Hinsley, que justo llegaba.

—James, no corras tanto... ¿Qué demonios pasa? —preguntó Hinsley con aspecto preocupado.

—Nada —espetó Radcliffe. Intentó pasar de largo, pero Hinsley lo agarró del brazo.

—¿Nada? Estás temblando de ira, deja que te acompañe a casa —ordenó, al tiempo que se volvía para acompañar a su amigo por el camino.

Radcliffe trató de librarse de él, pero Hinsley lo retuvo rápidamente.

—Soy bastante capaz de llegar a casa sin carabina, Harry —dijo Radcliffe con tono amenazador.

—Pues claro que sí —respondió Hinsley tranquilizador y, evidentemente, sin ninguna intención de escucharlo. Se apresuró a subir detrás de Radcliffe en el carruaje y se sentó enfrente de su amigo con mirada atenta—. ¿Qué te ha puesto tan nervioso? —preguntó de nuevo.

—He discutido con la señorita Talbot —reconoció Radcliffe al fin—. Ha empezado con... una cosa, pero luego nos ha llevado a discutir sobre Archie. Ha hecho una acusación ridícula de que mi hermano se mezcla con mala gente, de que estoy tan cegado por cómo trató mi padre mis devaneos cuando era un muchacho que no puedo ver lo que tengo justo delante. Se equivoca.

Hinsley, sin embargo, tenía el ceño fruncido.

—¿De quién se ha hecho amigo el chico para preocuparle tanto?

—Lord Selbourne y compañía —contestó Radcliffe con impaciencia—. Pero no me estás entendiendo, Harry, el caso es que...

—¿Selbourne? Eso no me gusta nada, James. Hace tiempo que no estás en Londres, muchacho, el viejo Selby ahora tiene toda una reputación.

—Selbourne es inofensivo. Vaya, lo conozco bastante... Sin duda le gusta jugar y beber, pero no es peligroso.

Hinsley no parecía muy convencido.

—Por lo que he oído, es algo más que eso. Indagaré, a ver si averiguo algo.

—Te lo ruego... No —le espetó Radcliffe—. No hay nada que averiguar. Archie no está metido en problemas, y agradecería que todo el mundo dejara de darme consejos que no he pedido.

—Pero ¿y si lo está? —preguntó Hinsley, que no se mostró ofendido por el tono de su amigo—. Tanto ella como yo pensamos que algo huele mal; yo digo que merece la pena investigarlo.

—Mi padre actuaba con los «y si...» —dijo Radcliffe—. No interferiré con Archie como él hizo conmigo. No te convierte en mala persona querer pasarlo un poco bien, por el amor de Dios. Archie debería poder vivir, cometer errores y madurar libre sin preocuparse por deberes y cotilleos.

Hinsley alzó las manos en señal de rendición.

—Vale, vale. —Observó detenidamente a su amigo—. ¿Sobre qué más has discutido con la señorita Talbot? —preguntó con perspicacia.

—No importa —respondió Radcliffe secamente—. Ya me

he quedado mucho tiempo en Londres. Demasiado. Mañana me marcho a Radcliffe Hall. —Llegaron a St James's Place y Radcliffe abrió la portezuela del carruaje de inmediato sin esperar a un lacayo—. Aquí nos despedimos, Hinsley. Te escribiré.

Acto seguido entró en casa y dio un portazo a su espalda.

Kitty contuvo sus emociones durante todo el baile, mientras bailaba una cuadrilla, tres danzas rurales y un cotillón; mientras se bebía dos copas de champán, durante el trayecto a casa y cuando se fue a dormir. Solo cuando Cecily empezó a roncar levemente a su lado dejó que el sollozo que llevaba varias horas alojado en su garganta surcara la noche en voz baja, como un secreto.

Era tan injusto, tan sumamente injusto... Qué hombre más espantoso. Qué hombre más prejuicioso, privilegiado y horrible. Le odiaba; deseaba no volver a verlo, ni a él ni a ningún otro De Lacy, en la vida.

Se pasó la noche dando vueltas en la cama, incapaz de templar el enfado lo suficiente para dormir, pero por la mañana, el amanecer le había aportado cierta calma. Se levantó antes que Cecily y se afanó por la habitación, abriendo el baúl, que no habían usado desde que llegaron, y doblando algunas de sus pertenencias dentro. Oyó un gruñido y un susurro a su espalda cuando Cecily comenzó a despertarse.

—¿Qué estás haciendo? —preguntó adormilada mientras Kitty guardaba el vestido de noche que menos le gustaba; estaba claro que ese día no iban a necesitarlo.

—Solo voy haciendo un poco el equipaje —murmuró distraída—. Odio dejar las cosas para el último momento.

—¿El equipaje? —Cecily se incorporó de golpe—. ¿Adónde vamos?

—A casa, por supuesto —respondió Kitty—. Después de esta noche no deberíamos tardar más de una semana en poder irnos. Tengo intención de convencer al señor Pemberton de que nos casemos rápido, no tendría que costarme; cuenta con muy poca familia y es posible que lo considere romántico. Podemos irnos de luna de miel a Biddington.

—¿Nos vamos ya la semana que viene? —repitió Cecily débilmente.

—Me sorprende que te asombre, Cecily —dijo Kitty exasperada—. Ya lo sabías. No paro de decirte que prestes más atención cuando hablan otras personas, no te sorprenderías tanto cada dos por tres.

Cecily parecía angustiada.

—No lo sabía —repuso—. Ojalá me lo hubieses dicho antes. ¿No podemos quedarnos más?

—¿Por qué ibas a querer quedarte? Creí que odiabas Londres, has pasado mucho tiempo quejándote de la ciudad.

A su espalda, el silencio se prolongó unos segundos y se rompió de golpe:

—¡Estoy enamorada! —exclamó Cecily, tan alto que Kitty dio un brinco.

—Por Dios, Cecy, no hace falta que chilles. ¿Qué quieres decir con que estás enamorada? No es posible.

—¡Lo estoy! —insistió Cecily—. De lord Montagu, y él está enamorado de mí.

Kitty se llevó una mano a la frente.

—Ay, Dios —gimió—. Cecy... Lo siento... pero no tenemos tiempo para esto.

—Que no tenemos tiempo... ¡Kitty, te he dicho que estoy enamorada!

—Y te he oído. —Kitty se esforzó muchísimo por no perder la paciencia—. Pero el caso es que simplemente no podemos permitirnos seguir aquí más tiempo, nos hemos quedado sin dinero.

—¡Hay cosas más importantes que el dinero! —dijo Cecily apasionadamente—. Mira a mamá y a papá.

—¿Y dónde nos ha dejado eso a nosotras? —preguntó Kitty—. Papá escogió el amor por encima del dinero, ¡y eso tuvo consecuencias! Me dejó... Nos dejó en una posición muy difícil.

—Pero... —Cecily trató de intervenir, aunque Kitty la ignoró con un arranque de mal humor.

—¡No podemos tener lo que queremos, Cecy! ¿Cómo puedo hacer que lo entiendas? —gritó. Inspiró hondo, tratando de calmarse—. Sé que es duro, pero de verdad que tenemos que pensar en el panorama general. Tienes que escucharme en esto.

—¡Tú nunca escuchas! —le chilló Cecy—. Dices que yo no escucho, pero tú nunca me escuchas a mí y ya estoy harta. Siempre estás ignorándome y rechazándome, y nunca me escuchas. Pero Rupert sí. Él me escucha y le interesa lo que tengo que decir y... y valora mi opinión. ¡Tú no! ¡A ti te da igual lo que yo piense!

Kitty estaba desconcertada. Cecily nunca había hablado tanto sin mencionar Wordsworth, en años.

—Bueno... ¿qué piensas tú? —preguntó Kitty.

Cecy se quedó mirándola boquiabierta un segundo.

—¡No se trata de eso! —protestó—. Ahora mismo no se me ocurre nada.

—En ese caso —soltó Kitty en un nuevo arranque de mal humor—, no tengo tiempo para estos berrinches. Madura, Cecy; si no quieres ayudar, lo menos que podrías hacer es dejar que salve a nuestra familia de la ruina económica en lugar de meter palos en las ruedas a última hora.

Cecy salió como un huracán de la habitación y cerró de un portazo a su espalda.

Las hermanas no hablaron hasta mucho más tarde ese día. Cecily se fue de casa poco después del desayuno para dar un paseo con lady Amelia; se lo dijo a la tía Dorothy, pese a que Kitty se encontraba presente. La tía Dorothy, que estaba a punto de salir de fin de semana para visitar a una amiga suya en Kent, chasqueó la lengua ante las chiquilladas de sus sobrinas.

—Tarde o temprano tendréis que hacer las paces —le indicó a Kitty una vez que Cecily se hubo marchado—. Y no deberíais estar enfadadas delante de la señora Sinclair esta noche.

En ausencia de la tía Dorothy, la señora Sinclair actuaría como su carabina.

—Supongo que crees que he sido demasiado dura —se quejó Kitty, no del todo lista para ver el lado de Cecily todavía.

—Creo que has sido una insensata —la corrigió la tía Dorothy—. Es una joven que acaba de enamorarse. Y es tu hermana. Habla con ella como es debido.

Dio un beso de despedida a Kitty en la mejilla.

—Buena suerte esta noche —añadió en voz baja, apretándole la mano—. Pensaré en ti. Y... deséame suerte. Para el viaje —añadió a toda prisa, al ver que Kitty fruncía el ceño—. Es lo más lejos que he viajado en una temporada.

—Por supuesto —murmuró Kitty, acariciándole la mejilla con la suya—. Pásalo muy bien con tu amiga.

La tía Dorothy asintió, cogió su maleta y se fue. Kitty se acurrucó en el sillón de su tía, enfurruñada. Supuso que había sido muy poco comprensiva, pero la había pillado completamente desprevenida. Cecily nunca había expresado ningún interés por los sentimientos románticos, y como Kitty la había considerado demasiado joven para contemplar el matrimonio, prácticamente había descartado esa posibilidad. Y, por Dios, ¿podría haber escogido a alguien más inapropiado para hacerlo? Echarle el lazo a cualquier noble era peligroso —con todas las preguntas que, por su honor, la familia se vería obligada a formular sobre los orígenes de Cecily—, pero los Montagu eran muy conocidos por mostrarse protectores con su linaje.

Aunque eso no debería importar. Si Cecily le había ocultado un secreto tan importante, sin duda Kitty la había estado desatendiendo; demasiado enfrascada en sus propios dramas para prestarle más de un segundo de atención. Para cuando Cecily regresó a casa del paseo, Kitty estaba casi convencida de que era, quizá, la peor hermana, y la menos amable, que había existido nunca. De tal modo que, cuando Cecily afirmó que estaba demasiado cansada para asistir al baile de los Hastings esa noche, capituló con facilidad. Después de todo, el trayecto en carruaje hasta la mansión de los Hastings en Kensington era más largo de lo habitual y, pese a que Kitty habría preferido que Cecily la acompañase en una noche tan importante, los Sinclair serían suficiente compañía. Además era lo menos que podía hacer después de mostrarse tan cruel por la mañana. Debía permitir que Cecily descansase.

Por supuesto, de haber sabido qué había estado haciendo esa tarde su hermana en realidad, no habría sido tan amable.

32

«El problema de estos vestidos elegantes», pensó Kitty algo indignada mientras traqueteaba hacia Kensington en el carruaje de los Sinclair, «es que te dejan completamente a expensas del tiempo». En Biddington se enfrentaba a la vida con sus habituales vestidos de algodón, ya cayera granizo, fuego o azufre. Pero allí tenía que ser más cuidadosa, sobre todo cuando se avecinaba una tormenta, como sin duda era el caso de esa noche.

A pesar de que no estaba de humor para celebraciones, Kitty sabía que era importante que se vistiera con cuidado para su petición de mano y llevaba su mejor vestido de noche de crepé y sus guantes favoritos. Eran ridículamente poco prácticos: de color crema, hechos de un tejido muy suave, con una hilera de botones del codo a la muñeca, y le encantaban aún más por su decadencia propia de la alta sociedad.

Sacó valor de ellos y se apeó del carruaje tras el señor Sinclair, llevándose una mano a la cabeza para evitar que el viento le revolviera los rizos y sujetándose la capa con la otra. Esa noche iba a ser una verdadera prueba.

Pemberton la encontró casi de inmediato.

—Señorita Talbot —la llamó. Luego, algo crítico, añadió—: ¿Por qué parece tan desaliñada?

—Fuera hace mucho viento —señaló, sin estar segura de

cómo se suponía que iba a evitar parecer desaliñada tras caminar en medio de un huracán.

Él frunció el ceño con desaprobación, incredulidad o ambas cosas.

—Bueno —dijo a regañadientes—, supongo que es inevitable. ¿Puedo acompañarla a los jardines? Son preciosos.

Iba a hacerlo ya, entonces.

—Sí —se oyó decir Kitty, como a lo lejos.

Pemberton la tomó del brazo y se dirigieron juntos a los jardines, que estaban radiantemente iluminados y concurridos todavía, a pesar de que hacía casi tanto viento como unos momentos antes. Haciendo caso omiso al vendaval —como si pudiera evitarlo al no reconocerlo—, Pemberton condujo a Kitty hasta un banco en un rincón apartado, donde se sentaron el uno junto al otro. Pemberton le cogió la mano. Kitty resistió el impulso de apartarla. No quería que la tocara, pensó histérica. ¿Cómo iba a casarse con alguien que no quería que la tocase?

—Señorita Talbot —dijo él con suma seriedad.

Ahí estaba.

—Señorita Talbot —repitió. Curiosamente, a pesar del viento, pareció producirse un eco en el jardín, porque, si bien los labios de Pemberton no se movían, Kitty oyó que sus «señorita Talbot» se repetían tenuemente.

—¡Señorita Talbot!

Esa vez no había sido un eco. Kitty alzó la vista y vio al capitán Hinsley que caminaba a toda prisa hacia ellos. ¿Qué...? Al acercarse, Hinsley se quedó mirando a Kitty, luego a Pemberton y de nuevo a ella.

—Oh, demonios —dijo desesperado—. Siento muchísimo la interrupción... ¿Puedo hablar un momento con usted, señorita Talbot?

—¿Ahora? —soltó Pemberton, pero Kitty ya estaba levantándose.

—Es una emergencia, ¿verdad? —preguntó con impaciencia mientras él se la llevaba a unos pasos del banco.

—¿Ha visto usted a lady Radcliffe? —le preguntó él en cuanto Pemberton no pudo oírlos.

—¿Lady Radcliffe? —dijo, confundida—. No, no desde anoche.

—Maldita sea. Pattson me ha dicho que estaría aquí, pero aún no habrá llegado... —Su voz fue apagándose y soltó un juramento; parecía de lo más agitado.

—¿Qué está pasando, capitán?

—Es Archie. Es como usted dijo, o peor; ha acabado mezclándose con mala gente. He estado preguntando y creo que Selbourne lo ha engañado para que participe en una partida de alto riesgo. Ese demonio hizo lo mismo con el muchacho de los Egerton y con el joven señor Cowper. Dicen que embriaga a jóvenes adinerados con alcohol y luego los despluma por completo en una partida amañada. Así es como tiene pensado recuperar su fortuna; ese hombre está hasta el cuello de deudas, ¿sabe?

—Dios santo —exclamó Kitty con la voz entrecortada y la tez bastante pálida—. ¡Hay que contárselo a Radcliffe de inmediato!

—¡Se ha marchado hoy a Devonshire! —contestó Hinsley desconsolado—. Anoche me dijo que esa era su intención, y Pattson me ha confirmado que se ha despedido de la familia esta mañana. No sé qué se puede hacer. Ni siquiera sé adónde ha ido Archie. No sé por dónde empezar.

Kitty intentó aferrarse a un retazo de recuerdo que danzaba en su mente.

—Pero yo sí... —dijo despacio, intentando atrapar ese pensamiento—. Creo que sé dónde está, porque ese sapo intentó invitarme.

—¿Sí? Menuda sabandija. ¿Qué le dijo? —preguntó Hinsley con tono urgente.

—No lo recuerdo bien... No le estaba prestando mucha

atención —gimió Kitty, devanándose los sesos—. En Wimbledon, seguro...

Se volvió hacia Pemberton, que le hacía gestos impacientes con la mano. Debía volver a su lado. Dejar que la pidiera en matrimonio. Aceptar. Era lo que debía hacer, lo sabía. Era uno de esos momentos terribles en los que lo correcto también era egoísta. Y aunque le dolía dejar al señor De Lacy a su suerte, no podía poner en peligro a su familia por él, sencillamente era incapaz.

No obstante, de forma espontánea, su mente se desvió hacia Radcliffe: a esas alturas ya estaría a medio camino de Devonshire, probablemente maldiciéndola, y del todo inconsciente del peligro en el que se encontraba su hermano. Nunca se perdonaría a sí mismo si algo le ocurría al señor De Lacy, de eso no cabía duda. Kitty se mordió el labio.

—Lo siento —dijo, con la voz apenas audible a causa del viento—. Tengo que ir.

Pemberton la miró boquiabierto, pero Kitty se volvió decidida hacia Hinsley. El corazón le latía rápido, muy rápido, y estaba casi segura de que aquello era un error, pero debía hacerlo.

—Lo recordaré por el camino —añadió—. Estoy convencida, vámonos.

Atravesaron el vestíbulo a toda velocidad y Kitty recogió su capa del guardarropa. Luego se apresuraron escalones abajo y hacia los carruajes, donde un mozo de cuadra vigilaba el coche de dos caballos abandonado a toda prisa. Dedicó un momento a echar un vistazo alrededor para asegurarse de que ninguno de sus conocidos miraba, pero el camino de entrada, por suerte, estaba vacío, y subió de un salto tras él.

—¿Está usted segura? —le preguntó Hinsley a Kitty, mientras guiaba a sus bayos hacia el camino—. No creo que Radcliffe aprobase esto...

—Oh, a quién le importa lo que piense él —soltó Kitty—. Usted conduzca... estoy intentando recordar.

Ráfagas de viento le azotaban el pelo sin piedad, soltándole los rizos de las horquillas. Imaginó que tenían suerte de que no lloviera, porque para entonces ya habrían estado empapados, pero el viento por sí solo ya hacía bastante difícil el manejo de los caballos.

—Deles un poco de libertad —le dijo al capitán Hinsley mientras traqueteaban por Worple Road, mirándole las manos con ojo crítico.

—No me diga lo que debo hacer —repuso él con los dientes apretados, aunque aflojó un poco las riendas.

—No lo haría si no pareciese usted tan necesitado de indicaciones —replicó ella. Hacía mucho que los dos habían abandonado toda pretensión de guardar las formas.

—¿Está segura de que este es el camino correcto? —le preguntó.

—Sí —respondió Kitty, con más certeza de la que sentía—. Seguro que dijo Hill algo, junto a Worple Road.

—Pues no podemos estar lejos. —Hinsley miró la oscuridad con los ojos entrecerrados.

—¿Qué clase de males debemos esperar allí? —preguntó Kitty, y lo repitió, más alto, cuando él no alcanzó a oírla a causa del viento.

—No lo sé —reconoció con aire sombrío—. He oído historias: mesas fraudulentas, opio, mujeres, combates de boxeo privados... Solo tenemos que sacar a Archie antes de que se comprometa demasiado. Selbourne siempre actúa de la misma manera, según me cuentan: tienta a chicos jóvenes, les deja ganar las primeras diez partidas con él, para que se enganchen a la sensación, y entonces gira las tornas. Archie ya está en plena posesión de su fortuna, y Selbourne tendrá la vista puesta en ella, recuerde mis palabras.

—Santo cielo —exclamó Kitty.

Como convocados por la descripción de Hinsley, de pronto se alzaron ante ellos unos barrotes de hierro: altos, acerados e imponentes. La verja principal se hallaba cerrada, pero a su izquierda permanecía abierta una puerta pequeña.

—De acuerdo —dijo Hinsley al tiempo que frenaba en seco. Luego le tendió las riendas—. Quédese aquí —le ordenó—. Haga caminar a los caballos. Volveré en quince minutos.

—Entro con usted —contestó ella indignada.

—No —repuso con firmeza—. Se lo prohíbo; es demasiado peligroso.

—Podría ser peligroso estar aquí fuera —protestó ella—. ¿Y si hay salteadores de caminos o bandidos?

—Serían bandidos muy valientes una noche como esta —replicó, aunque parecía dudar. Al cabo de un segundo se inclinó hacia debajo del asiento y rebuscó unos instantes, luego se incorporó con una pistola en la mano—. Tenga cuidado con eso —le dijo a Kitty—. La dejaré en el asiento, a su lado. No la toque a menos que esté en peligro. No me imagino a nadie viniendo por aquí, pero si aparecen... dispare al aire. No tardaré más que quince minutos.

Tras eso, saltó del carruaje y, en unos pasos, se vio absorbido por la oscuridad.

33

Radcliffe miraba por la ventana a la calle desierta, más abajo. Un fuerte viento había barrido Londres cuando oscurecía, arrojando lluvia y hojas rojas de los árboles cercanos al cristal. Era la tormenta más fuerte que había visto en años. A su espalda, su dormitorio estaba recogido. Se marcharía a Radcliffe Hall por la mañana; tenía intención de haberse ido ese día, pero el tiempo había hecho que viajar resultase bastante peligroso. Intentó visualizar Radcliffe Hall —normalmente una fuente de consuelo para él, el lugar en el que más a gusto se sentía de todo el mundo—, pero ese ejercicio le hizo sentirse a la deriva por completo. El aislamiento no tenía el mismo atractivo que antes.

Un toque cortés a la puerta. Alzó la vista y vio a Beaverton vacilando en el umbral.

—Ha venido a verlo una joven, milord.

Radcliffe echó un vistazo al reloj. Lo primero que pensó era que debía alegrarse de que la señorita Talbot escogiera pasar a las nueve de la noche y no de la mañana, hasta que recordó que ya no tenía motivos para visitarle. Para el día siguiente ya estaría prometida, quizá incluso ya lo estuviera. A menos que...

—Haz pasar a la señorita Talbot —le indicó con curiosidad y el corazón latiéndole un poco más rápido. Se levantó y se dirigió a la chimenea para apoyarse en la repisa, fingiendo despreocupación, antes de enderezarse casi de inmediato, sintiéndose estúpido.

—Ejem. —Beaverton fingió no prestar atención, pues siempre protegía la dignidad de su señor—. En esta ocasión es la joven que siempre acompaña a la señorita Talbot.

—¿Su doncella? —Radcliffe se enderezó.

Beaverton había llevado a la chica a la biblioteca, y Radcliffe bajó a toda prisa para reunirse con ella. Era, en efecto, la sirvienta que había acompañado a la señorita Talbot en sus distintas visitas; Radcliffe reconoció el cabello rojo, además de la mirada, tan directa que resultaba desconcertante.

—¿Puedo ayudarla? —le preguntó—. ¿Va todo bien?

—Eso espero —respondió ella, y se mordió el labio. Mantenía la compostura, pero se la veía algo nerviosa—. Sé que es muy raro que venga aquí yo sola, milord, pero no estoy segura de qué hacer. La señora Kendall está en Brighton, y la señorita Kitty en Kensington y... no sabía adónde más acudir.

—¿Qué ocurre? —le preguntó con aspereza.

—Es la señorita Cecily, milord. Se ha ido, se ha fugado para casarse —explicó desesperada, tendiéndole una carta.

Radcliffe la cogió y advirtió que ya estaba abierta.

—Va dirigida a la señorita Talbot —dijo con tono neutral.

—Está usted muy equivocado si cree que no abriría una carta como esa, cuando está claro que trae problemas —replicó ella, con repentina ferocidad.

Radcliffe ojeó el contenido y su expresión fue oscureciéndose.

—¿La señorita Talbot está al corriente? —inquirió.

—No, milord. Como le he dicho, está en el baile de los Hastings y, para cuando hubiese llegado allí, ellos ya estarían a medio camino de Escocia. He venido directa aquí.

Radcliffe asintió con aire distraído, tamborileando con los dedos en la mesa. Podría haber preguntado a la joven por qué, exactamente, sentía la necesidad de acudir a él, podría reconvenirla por meterlo en un lío que no era asunto suyo y con el que no tenía nada que ver, dado que la señorita Cecily no era miembro de su familia ni amiga cercana. ¿Por qué iba a importarle? Pero para qué. No pensaba dejar que le ocurriera algo tan desastroso a la señorita Talbot, no cuando arruinaría todo lo que esa criatura valiente había hecho hasta entonces por su familia. No tenía sentido discutir los motivos, no cuando había sabido desde el primer instante que haría algo al respecto.

Se dirigió a zancadas a la puerta, la abrió imperiosamente y llamó a su mayordomo.

—Beaverton, envía a un hombre a las puertas oeste y norte. Que pregunte si han visto pasar el carruaje de los Montagu y que vuelva en cuanto lo sepa. Y mándame a Lawrence.

Con unas frases breves tenía un ejército bajo su mando. Lawrence llegó a toda prisa, poniéndose una chaqueta mientras entraba en la estancia.

—Haz que traigan el carruaje, Lawrence, y ensilla a mi bayo; partimos para Escocia en una misión urgente. —Radcliffe se volvió hacia Sally—. ¿Me acompaña? —preguntó con una reverencia cortés.

—¿Qué tiene pensado hacer? —dijo con recelo.

—Traerlos de vuelta —contestó él con aire sombrío.

Viajaron hacia el norte tan rápido como podían; el viento rugía dolorosamente en los oídos de Radcliffe. Lawrence conducía el carruaje, con Sally traqueteando dentro, pero Radcliffe les había sacado ventaja casi de inmediato en su bayo. Era imposible que se perdiesen el uno al otro en la gran carretera del norte y, si bien el carruaje —y Sally, como carabina— sería indispensable para el viaje de regreso de la señorita Cecily, Radcliffe sabía que solo alcanzaría a la pareja a caballo.

Habían visto que el carruaje de los Montagu salía hacia la gran carretera del norte hacía menos de dos horas; la ingenua pareja ni siquiera había tenido cabeza de alquilar un vehículo sin distintivos, pero en ese caso su irreflexión resultaba bastante útil a sus perseguidores. Radcliffe no daba mucho por el carruaje de los Montagu frente a sus propios caballos y no era imposible que los alcanzaran. Apretó los dientes, con ganas de retorcerle el cuello al tonto de Montagu. Menuda jugada. La familia no aprobaría esa unión ni en un millar de años. Y menos una vez que la señorita Cecily y Montagu hubieran pasado varias noches de viaje juntos sin estar casados. ¿Habían imaginado que llegarían a Escocia en una sola noche? A lo sumo, quizá pudieran haber buscado en secreto la anulación para acallar el escándalo, pero aquello sin duda mancharía el nombre de las Talbot por completo, mientras que los Montagu serían capaces de evitar el escándalo. El señor Pemberton rompería su compromiso con la señorita Talbot por la vergüenza, y aunque no se le ocurría nada que quisiese menos que ver a ese hombre casado con la señorita Talbot, no soportaba imaginársela sufriendo semejante destino.

Dobló en una curva e hizo aflojar a su caballo al advertir una forma oscura más adelante. Radcliffe entrecerró los ojos en medio de la negra noche, apenas capaz de ver más allá de unos pasos, aunque, al aproximarse, distinguió lo que parecía un carruaje.

—¿Hay alguien ahí? —llamó en la oscuridad, pero el viento transportó su grito con tanta facilidad como si hubiese sido un susurro.

Trotó hacia el vehículo y descubrió que estaba dañado, con una rueda a unos metros y otra aún encajada pero bastante torcida, con los ejes aplastados. Y peor —mucho peor—, cuando Radcliffe se acercó lo suficiente para ver el vehículo entero bajo el cielo negro como boca de lobo, advirtió que el tronco de un árbol había partido el carruaje por la mitad de forma limpia. Estaba aplastado bajo el peso. En la portezuela destelló el blasón de los Montagu.

Radcliffe soltó una maldición. «No pueden andar lejos», se dijo. Alguien debía de haber soltado los caballos; se hallarían en la siguiente posada, estaba seguro. Esperó que Lawrence tuviera suficiente sentido común para no dejar que Sally viera lo que quedaba del carruaje cuando llegaran allí y azuzó a su caballo. No se permitió pensar en qué estado podría estar la señorita Cecily cuando la encontrase.

Kitty aguardó los quince minutos enteros antes de seguir a Hinsley por el camino de entrada. Bueno, seguro que habían pasado al menos diez minutos, lo que venía a ser lo mismo. Hinsley no le daría las gracias por intervenir, lo sabía... Pero ¿y si necesitaba ayuda de verdad? Kitty no oiría un grito por encima del viento; quizá no oyera ni un disparo, ya puestos. Se quedó mirando la puerta, entornada, en medio de la oscuridad. Supo que no podía seguir al margen más tiempo. Abandonó la seguridad del carruaje y corrió a buscarlo.

El camino de entrada era más corto de lo que habría esperado. Kitty lo recorrió lo mejor que pudo en medio de la oscuridad y enseguida llegó a la casa, una gran mansión venida a menos. La puerta estaba entornada, y una rendija de luz se proyectaba en la oscuridad. Inspiró hondo y se deslizó en el interior.

Primero vio a Hinsley. Se encontraba en el vestíbulo, de pie, cara a cara con Selbourne, gruñendo.

—Eso está muy bien, Hinsley —estaba diciendo Selbourne enfadado y arrastrando las palabras—, pero me temo que Archie está... ah, indispuesto, y no quiere verte.

—Déjame pasar —contestó Hinsley con énfasis sombrío—. O te obligaré a hacerlo.

En opinión de Kitty, era la clase de disparate en la que los hombres se enzarzaban siempre que se quedaban solos demasiado tiempo. Ninguna sutileza en absoluto... y ninguna eficiencia, tampoco. Bueno, si Hinsley no podía subir hasta Archie, Archie bien podía bajar hasta ellos.

Kitty dejó escapar un lamento agudo de desesperación. Los dos hombres se sobresaltaron y se volvieron para mirarla sorprendidos.

—¿Qué demonios? —protestó Selbourne.

—¡Señorita Talbot! —Hinsley no parecía nada contento.

—¡Oh, estoy fuera de mí! —gritó Kitty, haciendo suficiente ruido para despertar a los muertos, o al menos a los borrachos—. ¡Ayuda! ¡Ayuda! ¡Necesito ayuda!

Irrumpió con torpeza en la habitación y se chocó con una armadura que montaba guardia en la entrada, que produjo un fuerte y desagradable estruendo metálico en respuesta antes de caer con pesadez al suelo con un estrépito ensordecedor. Oyó pasos por encima de ella y una puerta se abrió de golpe en lo alto de las escaleras; penachos de humo escaparon por delante de un grupo de hombres muy desaliñados, que bajaron corriendo hasta la fuente del ruido. Llevaban los chalecos desabrochados, las corbatas sin anudar, y uno tenía un manchurrón inconfundible de carmín en la mejilla. Entre ellos, como un querubín que había acabado en una merienda del demonio, estaba Archie, que pestañeaba en la penumbra.

—¿Señorita Talbot? —dijo con incredulidad, absolutamente perplejo—. ¿Hinsley? ¿Qué demonios estáis haciendo aquí?

—Al parecer —respondió Selbourne, agobiado—, el capitán Hinsley y la señorita Talbot han creído conveniente irrumpir en mi propiedad y en nuestra velada. Da la impresión de que creen que necesitas que te rescaten, muchacho.

—¿Rescatarme? —Archie miró primero a Kitty y luego a Hinsley—. ¿Es eso cierto? ¿De verdad me creéis tan... tan patético para necesitar que me rescaten de una fiesta?

—Patético no —repuso Hinsley con calma—. Solo engañado. Vámonos, Archie.

—No, yo no me voy —insistió él—. Lo estoy pasando bien, y no soy ninguna especie de... de niño que necesita que lo lleven a casa. No pienso irme a ninguna parte.

—Exacto —dijo Selbourne, recuperando su porte engreído habitual—. Volvamos arriba. Hinsley, señorita Talbot, márchense de mi propiedad antes de que haga que los echen.

—Archie, está intentando estafarte —intervino Kitty con tono urgente—. No es tu amigo.

—¿Y tú lo eres? —Archie dejó escapar una carcajada desdeñosa.

—No vamos a irnos a ninguna parte hasta que vengas con nosotros —afirmó Hinsley, acercándose a Archie de nuevo.

—Muy bien. —Selbourne se había hartado—. ¿Lionel? —llamó en voz alta.

Se abrió otra puerta, en esta ocasión la de una antesala, y salieron tres figuras enormes de forma atropellada. Archie se quedó mirándolos vacilante, como el resto de los invitados, que retrocedieron desconcertados. El capitán Hinsley se situó delante de Kitty.

—No me gustaría nada tener que obligaros a salir —dijo Selbourne con tono conciliador—. No me hagas hacerlo, Hinsley.

—Vamos, Selby —respondió Archie, algo impresionado—. No creo que hagan falta esa clase de cosas, qué desagradable. De hecho, ¿sabes?, creo que me voy. Sí, debería irme, esto no es nada apropiado, en absoluto.

—Archie, me temo que no puedo permitir que te vayas en medio de una partida. Sería muy descortés. —Selbourne lo dijo con suavidad, pero Kitty sintió que un escalofrío le recorría la espalda.

Archie se quedó mirando a su amigo, pasmado.

—Selby, ¿por qué me has traído aquí? —preguntó por fin—. ¿De verdad era para engañarme?

—Vuelve a la mesa, Archie —le espetó Selbourne—. Chico estúpido, no lo entiendes... tienes que volver a la mesa. No me hagas repetírtelo.

Lord Selbourne ya no parecía educado, sus ojos saltaban sin descanso de Archie a Hinsley y a Kitty y de vuelta otra vez. De hecho, Archie pensó que se daba un aire a una ardilla.

—Lionel —llamó Selbourne de nuevo, y uno de los hombres descomunales dio un paso al frente—, acompaña a Archie a su sitio, ¿quieres?

—Pero bueno... ¡Quitadme las manos de encima! —chilló Archie cuando empezaron a tirarle de los brazos.

—Ya basta —soltó Kitty con firmeza. Se situó al costado de Hinsley, se sacó la pistola de debajo de la capa y apuntó directamente a Selbourne.

Los hombres se quedaron inmóviles.

—Oh, maldita sea —gimió Hinsley—. Ha traído la pistola. Señorita Talbot, démela.

—Vamos a tranquilizarnos, ¿de acuerdo? —sugirió Kitty con educación, ignorando a Hinsley—. No hace falta semejante descortesía. Ahora vamos a marcharnos, lord Selbourne, los tres, con nuestras disculpas por interrumpir la velada.

La aparición de la pistola había dejado a todo el mundo mudo de asombro. Pronto quedó claro que ninguno de los hombres reunidos sabía qué hacer al respecto. Se produjo una pausa incómoda. Archie miró boquiabierto a Kitty, estupefacto porque estuviese ocurriendo algo tan sorprendentemente vulgar delante de él; Selbourne fulminó a Kitty con la mirada, y sus ojos pasaron de Archie a ella y luego a Hinsley, bastante consternado porque esa noche se hubiese torcido tanto.

—Señorita Talbot —Selbourne fue el primero en hablar, en una imitación pasable de su propia calma—, no estoy seguro de que pueda esperar que una dama como usted vaya a dispararme de verdad.

Kitty sostuvo el arma con firmeza.

—Es usted jugador, Selbourne, ¿está dispuesto a apostar por ello?

Selbourne se pasó una mano sudorosa por el cabello.

—Solo deje que venga arriba un poco —imploró—. No entiende el lío en el que estoy metido... Necesito el dinero... y él apenas notaría la diferencia.

—Vaya —murmuró Archie de nuevo, pasmado.

Selby no parecía tan glamuroso cuando suplicaba.

Kitty se limitó a negar con la cabeza. Se miraron un segundo, y dos. Luego, al tercero, Selbourne hizo un gesto con la mano y sus hombres se retiraron. Tomándoselo como la señal que era, Archie se alejó hacia Hinsley y Kitty.

—Eh... siento muchísimo la molestia, Selby, y... y todo —dijo, con una educación admirable—. Pero creo que debería llevar a la señorita Talbot a casa, ya sabe, con el mal tiempo que hace. Que pase muy buena noche, milord.

34

La posada surgió de repente de la oscuridad. Radcliffe fue a medio galope y desmontó rápidamente en el patio, donde arrojó las riendas de su caballo al mozo de cuadra.

—¡Sujétalo! —ordenó e irrumpió en el interior.

Delante de él, apoyado en el mostrador, estaba lord Montagu, discutiendo ferozmente con el posadero.

—Si quisiera escucharme... es importante... necesitamos... —Se interrumpió con un chillido cuando Radcliffe lo cogió de la oreja y le hizo volverse—. ¡Cómo te atreves! —gritó Montagu indignado, con el puño levantado.

Radcliffe esquivó el apéndice con facilidad y volvió a tirarle de la oreja para que le prestara atención.

—¿Dónde está la señorita Cecily? ¿Está herida?

—Debo decirle que no creo que sea asunto suyo, milord —Radcliffe volvió a retorcerle la oreja—. Ah, pare, suélteme. Está ahí, está perfectamente.

Radcliffe lo soltó de inmediato.

—En un momento tendremos unas palabras —dijo con gravedad.

El posadero observaba el proceso con un aire altanero de satisfacción.

—Se lo he dicho, muchacho —le espetó a Montagu—. Le he dicho que habría gente buscándolos.

—Envíe a uno de sus hombres a esperar en la carretera —le indicó Radcliffe—. Que estén pendientes de mi carruaje y lo paren; ya no debería tardar mucho.

Le entregó una moneda y entró a grandes zancadas en la antesala, donde encontró a la señorita Cecily con la nariz roja y un aspecto completamente abatido sentada delante del fuego. Alzó la vista, estupefacta.

—¿Radcliffe? ¿Qué está haciendo usted aquí? —preguntó sorprendida.

—Yo podría hacerle la misma pregunta. ¿Está herida? He visto el carruaje. —La miró de arriba abajo en busca de algún rasguño.

—No estoy herida —contestó sin fuerzas—. Primero se salió la rueda del carruaje y el árbol cayó después, así que estamos bien, incluso los caballos.

—Bien. Bueno, pues arriba. Nos volvemos a Londres, ya —ordenó.

—No, yo no voy —repuso ella con terquedad—. No tengo que hacer lo que usted me diga.

—Estoy aquí en nombre de su hermana —dijo Radcliffe, haciendo acopio de sus últimos vestigios de paciencia—. ¿Se le ha ocurrido cuánto la preocuparía con esto?

—¡Como si a ella le importase! —exclamó Cecy, que se puso en pie con todo el cuerpo temblando. Se dejó llevar por el dramatismo—. Lo único que le importa son las fiestas y coquetear y... y...

—¿Y resolver sus problemas económicos para que tengan ustedes dónde vivir? —sugirió Radcliffe.

Eso le bajó los humos y de pronto pareció más la niña perdida que era.

—No se me ocurría qué otra cosa hacer —adujo desconsolada—. A veces cuesta tanto hablar con ella... Lo intenté.

—Vamos —le dijo él con dulzura, ablandándose ante su tensión—. Creo que es mejor que vuelva a intentar hablar con ella. Puede usted regresar a Londres en mi carruaje, con su doncella a su lado. Montagu se quedará aquí, para no ensuciar su nombre con ningún rumor de falta de decoro. Nadie tiene por qué saberlo nunca.

Cecily asintió temblorosa. Una vez acordado esto, Radcliffe fue a procurarle un té caliente mientras esperaban al carruaje. Se topó casi de inmediato con Montagu, que merodeaba junto a la puerta y parecía haber recuperado parte de su coraje.

—¡Vamos! —exclamó en voz alta—. No puede llevársela sin más, ¡podría ser usted un secuestrador! ¡Un raptor! No pienso permitirlo, ¿me oye?

—Baje la voz —le pidió Radcliffe con suavidad, pero con un tono cortante—. Ha estado a punto de causar un daño irreparable a la reputación de esa joven, no empeore las cosas. Ahora escúcheme. Escuche. Se quedará usted aquí esta noche, coja una habitación, y no dirá una sola palabra acerca de la presencia de la señorita Talbot aquí. Le contará a la gente que iba usted a ver a un familiar cuando su carruaje se averió. No quiero que el menor rumor de escándalo empañe su nombre, ¿me oye?

Montagu tragó saliva, contuvo una réplica y acabó asintiendo a su vez.

Toda la pompa exagerada desapareció de su rostro.

—La amo —dijo sin más—. No quiero que le ocurra nada malo, nunca.

—Entonces, alégrese de que haya llegado a tiempo —le contestó Radcliffe—. Ya puede irse.

Al final, Lawrence llegó menos de una hora después. Debía de haber conducido como alma que llevaba el diablo para conseguirlo, pero supervisó el cambio de caballos sin acusar cansancio alguno. Tendrían que dejarlos allí, en la posada, para que descansasen, lo cual Radcliffe sabía que no sentaba bien a Lawrence y, en efecto, sus ojos y su lengua eran igual de críticos mientras aleccionaba al mozo de cuadra acerca del cuidado de los animales.

—Volveré mañana —repitió—. Una vez que hayan tenido oportunidad de descansar. Así que no se te ocurra prestar los nuestros, cuestan más que tu vida —lo amenazó.

—Basta, Lawrence —intervino Radcliffe con suavidad—. Recuerda que son ellos quienes nos hacen un favor.

—Hum —se limitó a responder Lawrence.

Radcliffe ayudó a Cecily a subir al carruaje, seguida por Sally.

—Debería subir usted también, milord —le dijo Lawrence—. No tiene sentido que los dos cojamos frío —añadió alegremente.

Su propio bayo también se quedaría descansando con los caballos del carruaje y en la posada no tenían otro de refresco. Y la verdad sea dicha, Radcliffe se alegró de tener la oportunidad de sacarse el frío de los huesos.

—Te debo mil favores —le dijo a Lawrence.

—Aceptaré un aumento —respondió el cochero tan contento.

Dentro del carruaje, la señorita Cecily cayó en un sueño agitado mientras Sally miraba por la ventanilla a la oscuridad, completamente despierta.

—Tenemos suerte de que no haya salido herida —dijo en medio del silencio—. Me alegraré de llevarla a casa de una pieza.

—Hoy ha ido más allá de sus responsabilidades, Sally. —Radcliffe se esforzó por contener un bostezo—. Se lo agradezco, como estoy seguro de que lo hará la señorita Talbot.

Sally asintió.

—¿Por qué ha acudido a mí? —preguntó él con curiosidad—. Creo que ha hecho lo correcto, pero ¿por qué he sido yo su primera opción?

—Bueno, no podía llegar a la señorita Kitty a tiempo; aunque ella lo habría resuelto todo en un santiamén, ya sabe —agregó en voz queda, como si se confesara.

Radcliffe pensó con cierta acritud que no sabía cómo lo habría solucionado Kitty mejor que él, pero controló el impulso de expresarlo.

—Y ella confía en usted —concluyó Sally. Lo observó con atención—. Creo que confía mucho en usted, en verdad.

En cuanto salieron de la casa, como si obedecieran a una señal convenida, Archie, Hinsley y Kitty echaron a correr. No se oían ruidos de persecución, pero cruzaron el camino despavoridos de todos modos, con los pies volando por encima de la piedra. Cruzaron la verja, se apretujaron en el carruaje de dos caballos y Hinsley azuzó a los animales de inmediato. Para cuando doblaron en la primera esquina, ya superaban los quince kilómetros por hora.

—¿Qué ha sido eso? —inquirió Hinsley—. ¡Le he dicho que se quedara en el carruaje!

—Y lo he hecho, hasta que me ha parecido que no iba a volver a salir —protestó Kitty.

—¡Eso es una mentira descarada!

—Iba a dispararle —intervino Archie, aturdido.

—No iba a disparar —insistió Kitty.

—Deme esa pistola —le ordenó Hinsley enfadado, haciendo ademán de cogerla—. Santo Dios, ¿tiene la menor idea de cómo utilizarla?

—Bueno, la verdad es que no —reconoció Kitty—. Pero resulta que usted tampoco: no estaba cargada, bobalicón. Lo he comprobado en cuanto se ha ido. ¿De verdad es soldado?

—Santo Dios —maldijo Hinsley—. Santo Dios.

—Estábamos a punto de vernos atrapados ahí dentro —dijo Kitty, que, una vez a salvo en el vehículo, empezaba a recuperar su serenidad habitual—, no quedaba mucho más que hacer que amenazarle directamente.

Hinsley dejó escapar una carcajada salvaje.

—Hinsley... Hinsley, ¿qué demonios está pasando? —preguntó Archie sin fuerzas.

—Hemos venido a salvarte —contestó Hinsley alegremente— de una ruina segura. He de decir que es la primera vez que llevo a cabo un rescate con una mujer a mi lado, pero hay que reconocerle los méritos: una actuación magistral, señorita Talbot.

Le dedicó una pequeña floritura de cortesía con la mano y ella le devolvió el gesto con más pompa todavía.

—Permítame que le diga que usted también lo ha hecho muy bien, querido señor.

Archie empezó a creer que se habían vuelto los dos locos.

—Quizá debería conducir yo —intervino con cautela, cuando se echaron a reír de nuevo.

—Mejor no, querido muchacho, huelo el alcohol desde aquí... y el humo —dijo Hinsley—. ¿Te encuentras bien?

—Eso creo —respondió Archie inseguro—. Pero me siento como un idiota. No creo que Selby sea mi amigo en absoluto.

—Lo siento. —La voz de Kitty reflejaba verdadero pesar.

Archie se volvió hacia ella.

—¿Por qué has venido, Kitty? —le preguntó—. He de decir que no me parece nada apropiado.

—Tenía que hacerlo —respondió ella sin más—. Tanto si es apropiado como si no. Además, tu hermano se había ido a Devonshire, ¿quién si no iba a venir a buscarte?

Le sonrió con cariño y Archie acusó cierto presentimiento en el pecho. Maldita fuera, la chica aún estaba enamorada de él. Un modo de comportarse terriblemente extraño de ser el caso, pero las señales estaban más claras que el agua. No había otro motivo para que fuera a la carrera tras él.

Unos meses antes esa revelación habría hecho sonrojarse a Archie, pero en ese momento estaba dándose cuenta, incómodo, de que no le gustaba lo más mínimo. Lo cierto era que no pensaba que encajasen, después de todo; vaya, ¡había apuntado con una pistola a su amigo! Sí, era un amigo que a esas alturas sabía que era horrible, pero aun así...

«Nada apropiado», pensó sombríamente. Para nada lo que querrías que hiciese tu esposa tampoco: disparar a la gente, a tontas y a locas, o amenazar con hacerlo, lo cual no era mucho mejor. Pero cómo, pensó con horror, iba a rechazar uno a una mujer así; ¡probablemente trataría de dispararle! Se recostó en el carruaje, exhausto.

35

El viaje de regreso se le hizo más corto a Radcliffe, ya sin la angustia de antes, y las luces de Londres no tardaron en brillar a través de la ventanilla del carruaje. Golpeó el techo, con lo que despertó a Cecily con un sobresalto.

—¡Llévanos primero a Wimpole Street! —le gritó a Lawrence.

Menos de diez minutos después, sin embargo, se oyeron golpes de nuevo en el techo procedentes de fuera y la voz de Lawrence que le gritaba:

—¿Milord? Creo que debería salir.

Al abrir la portezuela, la causa de las palabras de Lawrence quedó clara de inmediato: su camino se hallaba bloqueado por un carruaje de dos caballos manchado de barro en el que iban sentados el capitán Hinsley, Archie y la señorita Talbot, los tres muy desaliñados.

—¡Radcliffe! —exclamó Hinsley aliviado—. ¡Ahí estás!

Sally y Cecily se apearon del carruaje detrás de Radcliffe mientras Kitty los observaba fijamente.

—¿Qué está pasando? —preguntaron Radcliffe y Kitty al mismo tiempo, fulminándose el uno al otro con la mirada.

—Quizá deberíamos pasar adentro —sugirió Hinsley a toda prisa—. En lugar de soltarlo todo en la calle.

—¿Soltar todo el qué? —repuso Radcliffe con aspereza.

—Cecily, Sally, ¿qué está pasando? —Kitty había cogido a su hermana del brazo y tiraba de ella hacia la casa—. Pasad todos.

Entraron ansiosos en la casa, aliviados por librarse del viento racheado. Contaron las dos historias de cualquier manera, hablando unos por encima de otros, salpicándolas de exclamaciones de estupor, además de las sonoras exigencias de explicaciones por parte de Radcliffe y la señorita Talbot para las que no había espacio. Pero, poco a poco, como cuando se monta un puzle, todos los presentes se formaron una imagen lo bastante clara de cómo había pasado la noche el otro grupo.

—¡Cecily! —exclamó Kitty, muy afectada—. ¿Cómo has podido hacer algo así?

Su hermana rompió a llorar y salió corriendo de la habitación. Entretanto, Radcliffe se había vuelto furioso hacia Hinsley.

—Por Dios, ¿cómo has podido dejar que hiciera algo así? —Su voz reflejaba una ira auténtica y feroz—. Podrían haberle hecho daño.

—¿Dejarla? —protestó su amigo, ofendido e indignado—. Santo Dios, hombre, ¿has intentado alguna vez decirle qué hacer?

—Es culpa mía —confesó Archie con tristeza—. Me metí en todo eso yo solo, y... y Gerry, Ernie y Hinsley, todos intentaron advertirme, pero yo no escuchaba. Se me fue todo de las manos. —Se le veía muy joven y muy triste.

A Radcliffe se le partía el corazón.

—La culpa es mía —dijo con aspereza, y agarró a Archie del hombro—. Debería haberme dado cuenta. Debería haber estado ahí. Y no me refiero solo a este año.

Archie se vino abajo y se abrazaron.

—Lo siento, Archie. —Radcliffe le dio una palmada en la espalda.

—Supongo que debería irme a casa antes de que a mamá le dé un ataque —dijo Archie con pesimismo cuando se apartó.

—¿Lo llevo? —se ofreció Hinsley, que los miraba con una sonrisa.

—No, ya lo hago yo —respondió Radcliffe. A continuación agarró con fuerza el brazo de Hinsley—. Gracias. Iré a verte mañana.

Hacía demasiado tiempo que eran amigos para necesitar más que simples palabras. Hinsley le apretó la mano a su vez.

—Espérame en el carruaje, ¿quieres? —le pidió Radcliffe a Archie—. Será solo un momento.

Archie y Hinsley se marcharon después de que este último lanzara un guiño descarado a Radcliffe que este ignoró. Entonces se quedaron solos la señorita Talbot y Radcliffe —Kitty y James— de pie en el vestíbulo, tenuemente iluminado.

—Lo que ha hecho usted esta noche por Archie... no tenía por qué hacerlo —dijo en cuanto estuvieron a solas.

—Y usted tampoco por Cecily —replicó ella con vehemencia—. Pero ahora que nos hemos puesto los dos en evidencia haciendo cosas que no deberíamos haber hecho, quizá podamos seguir con nuestras veladas.

No estaba segura de por qué estaba enfadada ni de por qué estaba dirigiendo su ira contra él entre todas las personas; solo sabía que volvía a ser consciente de que se sentía incómoda bajo sus ojos, consciente de esa mirada sobre ella. «Este caballero se fija», se recordó, «no se limita a ver», y Kitty no estaba segura de poder soportarlo más.

—¿Se encuentra bien? —le preguntó él.

—¡Bueno, déjeme pensar! —respondió alegremente, empezando a quitarse la capa con movimientos rápidos y poco elegantes—. No estoy, como había planeado estar para cuando acabara la noche, prometida con el señor Pemberton. No soy, como creí que era, lo bastante buena como hermana para no desatender a Cecily hasta tal punto que sintió que fugarse para casarse era un modo natural de llamar mi atención. —Arrojó la capa a un lado, sin preocuparse de dónde caía—. Sí que sigo, sin embargo, en posesión de una gran cantidad de deudas y, ah, sí, nada en absoluto más cerca de saldar ninguna. —Había pasado a toquetearse los botones de los guantes, pero tenía las manos demasiado frías para agarrar la seda y en un acceso de ira comenzó a agitar los brazos inútilmente en el aire—. Así que sí, estoy muy bien.

Continuó forcejeando con los guantes hasta que su mano izquierda se vio atrapada en el aire por otra más grande. Radcliffe hizo un gesto para que la mantuviera quieta, se inclinó y comenzó a desabrocharle los diminutos botones con calma a lo largo del brazo. Kitty lo observó, nerviosa. Actuó rápido pero con cuidado con el guante izquierdo y tiró con suavidad de las puntas para sacárselo. De repente fue algo muy íntimo, aunque no le había tocado la piel ni una sola vez y, a pesar del fresco de la habitación, Kitty notó una oleada de calor. Le alargó el otro brazo automáticamente cuando él le hizo un gesto para que lo hiciera y se quedó mirándole la cabeza, inclinada. El estallido de furia ya casi había remitido.

Era muy típico de él alterarla así.

—Espero que sepa... que le estoy muy agradecida por sus acciones esta noche. Por lo que ha hecho por Cecy —añadió al fin, cuando Radcliffe se acercaba a su muñeca.

El último botón estaba resultando ser complicado, y Radcliffe frunció el ceño. Kitty se preguntó si sería capaz de notar su pulso a través de la tela.

—Y yo a usted —respondió sin alzar la vista—. Por sacar a Archie de ese lugar. Ha sido muy valiente, más valiente de lo que nadie tiene derecho a ser.

Kitty se sonrojó, acalorada, y se odió por ello.

—Sí, bueno —dijo incómoda—. No se merecía eso.

Entonces Radcliffe tiró del guante derecho con suavidad;

el roce de la seda fue un susurro por su piel, y luego le tendió los dos.

—La vida no siempre va como planeamos —le recordó Radcliffe—. Y ambos hemos cometido errores en lo que se refiere a nuestras familias. Archie ha corrido verdadero peligro esta noche, y yo estaba demasiado distraído para ver las señales y fui demasiado arrogante para aceptar su advertencia. Esto podría haber causado daños irreparables a su vida y nunca me lo habría perdonado. Solo puedo disculparme con él y tratar de hacerlo mejor.

Se miraron el uno al otro. En la estancia reinaba el silencio, roto únicamente por el crepitar del fuego, y los dos lo contemplaron, y se contemplaron el uno al otro, a la espera. A la espera de ver qué ocurriría a continuación, como si —fuera lo que fuera— resultase inevitable y solo tuvieran que aguardar a que llegase. El silencio se prolongó un momento, luego otro. Kitty notaba que el corazón le latía con fuerza en el pecho y apretó los guantes entre las palmas de las manos. Inspiró hondo con brusquedad, incapaz de soportarlo un segundo más, pero un fuerte estrépito arriba los interrumpió. Los dos alzaron la vista y escucharon los pisotones de Cecily.

Radcliffe cogió su sombrero.

—La dejo descansar un poco —dijo—, la veré el lunes por la noche.

Archie estaba hablando amigablemente con Lawrence junto al carruaje cuando Radcliffe descendió. Se le veía mucho más animado.

—¿A casa? —le preguntó a Radcliffe, con una mezcla de alivio y temor en el rostro.

—A casa —confirmó este—. Practiquemos lo que vamos a contarle a mamá.

Archie gimió.

—Va a ser horrible, ¿verdad?

—Lo peor —asintió Radcliffe—. Deshazte en disculpas,

no pongas ninguna excusa e intenta abrazarla en cuanto puedas. Te quiere; es solo que no desea que te hagan daño.

—Quizá no se haya dado cuenta de que no estaba —aventuró Archie, aunque sin demasiada esperanza—. Me siento como un idiota.

—De vez en cuando tenemos que permitirnos ser unos idiotas, sobre todo mientras seamos jóvenes —le dijo Radcliffe—. Yo ni siquiera tengo la excusa de la juventud. Debería haberte ayudado más, Archie, visto que necesitabas a alguien con quien hablar. Aunque también me habría gustado que hubieses acudido a mí.

—Iba a hacerlo —respondió Archie en voz baja—. Llegué incluso a acercarme a tu alojamiento... Y entonces vi salir a la señorita Talbot. Aunque quizá... no sé. Entre el baile, que me dijiste que no debería casarme con ella y verla después allí... Por un segundo pensé que podrías haberlo hecho todo a propósito.

Radcliffe suspiró: eso sí que era una coincidencia.

—Bailé con la señorita Talbot aquella primera noche porque ella me lo había pedido —le explicó lentamente—. Creyó que les resultaría más fácil entrar en la alta sociedad si parecían cercanas a nuestra familia. Y la señorita Talbot fue a verme esa mañana para preguntarme si sabía algo de... del carácter de sus pretendientes. Y dije que no debías casarte con ella, Archie, porque sinceramente creo que no encajaríais.

—Oh —dijo Archie—. Oh, bueno, cuando lo dices así, todo cobra sentido. Qué tonto fui, maldita sea, por suponer que de verdad habías depositado tus afectos en ella. No es propio de nuestro James, ¿eh?

Dio un golpe amistoso a Radcliffe en las costillas, quizá un poco demasiado fuerte, pensó preocupado, a juzgar por el dolor que reflejó el rostro de su hermano.

No sintió que mereciera la pena contarle a Radcliffe que tenía la terrible sospecha de que la señorita Talbot aún pretendía convertirse en la señora de Archibald de Lacy, después de todo. No tenía sentido complicar las cosas esa noche, ya había sido un día ajetreado y, de todos modos, que le aspasen si sabía qué iba a hacer al respecto. No soportaba decepcionar a la pobre criatura, cuando ella había ido tan lejos para ayudarlo. Pero... no podía evitar pensar que quizá Radcliffe hubiese estado en lo cierto y no encajaran después de todo.

—¿Deberíamos contarle a mamá lo que ha hecho la señorita Talbot? —preguntó Archie tras pensarlo un poco—. No estoy seguro de que lo aprobase, no puedo decir que fuese apropiado en absoluto que Hinsley la llevara consigo.

Radcliffe se encogió de hombros.

—Podría sorprenderte.

La escena en Grosvenor Square no fue agradable. Pattson había informado a lady Radcliffe de los detalles de la visita del capitán Hinsley en cuanto había regresado esa noche, así que, para cuando sus hijos entraron en el salón parecía a punto de llamar a la policía para que dragara el Támesis.

La narración de la noche de su hijo solo fue de mal en peor a partir de ahí. En primera instancia, lady Radcliffe se puso casi histérica al oír que su hijo había estado en los casinos del Soho. Aquello irritó a Archie, que creía que su madre estaba exagerando.

—Si vas a ponerte así con todo —dijo enfadado—, esto nos va a llevar horas y me gustaría irme a la cama antes del amanecer.

Radcliffe hizo una mueca de dolor cuando Archie fue reprendido sonoramente por su insensibilidad hacia su madre, a quien había estado a punto de matar con su comportamiento.

—¡No estoy bien! —le recordó su madre.

La lección que siguió concluyó con la dama prohibiéndole que volviera a salir de casa nunca, ni solo ni bajo supervisión. Después de que Archie señalara que los esperaban a todos en el baile de lady Cholmondeley el lunes por la noche, su madre le concedió una exención para bailes y veladas formales. Radcliffe había acertado, sin embargo, al predecir que su madre tenía más carácter de lo que aparentaba, porque, una vez que la historia empezó de verdad, guardó silencio, prestando atención a cada palabra de Archie sin interrupción. Al final se volvió hacia Radcliffe y compartieron una mirada de horror: Archie había estado muy cerca de hundirse en la ruina.

—Estamos en deuda con la señorita Talbot —les dijo, seria, a los dos—. Y debemos hacer todo lo que podamos para compensarla.

Por extraño que resultara, aquello hizo que Archie pareciera más nervioso que en las últimas horas.

—¿Debemos? —preguntó—. ¿Todo lo que podamos?

—Archie, esa chica ha arriesgado su vida por ti —lo reconvino su madre.

Archie suspiró, con aspecto abatido de nuevo. Lady Radcliffe lo mandó a la cama poco después y se fue agradecido; se le veía agotado.

—Madre mía —exclamó lady Radcliffe—. Madre mía, vaya noche.

—Te debo una disculpa —dijo Radcliffe con aspereza—. Tenías razón al preocuparte, debería haberte escuchado.

—Ninguno de los dos podría haber imaginado hasta dónde llegaría —repuso lady Radcliffe, que lo perdonó con un gesto de la mano—. Y entiendo por qué te resististe a intervenir. Intervenir... no siempre ha sido lo correcto en nuestra familia.

Radcliffe asintió con brusquedad, alzando la vista al ornamentado techo. Su madre se llevó las manos al pelo, todavía sorprendida.

—Y pensar... —dijo, con una risa nerviosa en la voz—. Y pensar que estaba contemplando la idea de dejar que Amelia asistiera a su primer baile... En lugar de eso debería encerraros a todos durante años.

—Creo que sería buena idea —respondió Radcliffe tras una pausa. Seguía sin mirarla—. Dejar que Amelia pruebe un baile esta temporada. Es... decisión tuya, por supuesto, pero es lo que creo.

Lady Radcliffe le dedicó una sonrisa trémula.

—Gracias, James —se limitó a contestar.

Radcliffe le dio las buenas noches y se dirigió al vestíbulo, aunque, en lugar de salir por la puerta y marcharse a casa, subió las escaleras. Sin saber muy bien cómo, recorrió la segunda planta hasta la tercera puerta y entró en el estudio de su padre. Seguía intacto desde su muerte, aunque parecía bien cuidado: era evidente que lo habían limpiado con frecuencia. Radcliffe pasó los dedos por la madera del gran escritorio, recordando el millar de discusiones que habían mantenido los dos en esa habitación. Se habían lanzado palabras de ira como si fuesen golpes en una competición por ver quién podía hacer más daño al otro que los dos habían perdido. Se sentó en el sillón del escritorio y recorrió la habitación con la mirada.

—¿Milord?

Radcliffe alzó la vista y vio a Pattson de pie en la puerta, observándolo con una leve sonrisa. Abrió los brazos.

—¿Cómo me ves, Pattson?

—Muy bien, milord.

—Supongo que tengo que sentarme en este lado del escritorio y tú en ese —dijo Radcliffe—. Probablemente debería empezar a decirte cuánto me has decepcionado.

Pattson frunció el labio de manera infinitesimal.

—Sería la tradición —asintió.

—Las peores horas de mi vida —rememoró Radcliffe—. Pero ¿sabes lo más sorprendente de todo? En cuanto falleció, habría dado cualquier cosa por volver a oír uno de aquellos malditos sermones. Ponía tanto empeño en ellos, ya sabes. Di lo que quieras, pero elaboraba unas reprimendas impresionantes. Me habría gustado escuchar la que había escrito para mi regreso de Waterloo. Estoy seguro de que habría dejado huella.

Pattson lo miró con aire de gravedad.

—Si se me permite la osadía, milord —comenzó—, le conozco desde que nació. Y conocí a su padre durante la mayor parte de su vida. Creo que a estas alturas he llegado a conocer bien el carácter de ambos. Le pediría que se fiase de mí, entonces, cuando le digo esto: estaba orgulloso de usted. Sabía que sería un gran hombre. Pero no puede seguir viviendo a su sombra para siempre, ahora lord Radcliffe es usted. Y eso significa tanto, o tan poco, como usted elija.

Radcliffe se quedó mirando a Pattson con los ojos brillantes y carraspeó.

—Gracias, Pattson.

—De nada, milord.

36

Kitty no se entretuvo mucho en el salón, consciente de que debía subir a enfrentarse a su hermana.

Cecily, sentada en la cama de cara a la pared, con las manos apretadas en el regazo, no se volvió hacia ella. Kitty tenía las recriminaciones en la punta de la lengua, pero sabía que debía hacerlo mejor.

—Lo siento —dijo por fin—. Lo siento mucho, Cecily.

—Ah, ¿sí? —preguntó su hermana al tiempo que se volvía sorprendida.

—Tenías razón en todo. Debería haberte escuchado más y no lo he hecho, y lo siento. Estaba tan concentrada en asegurar el futuro de nuestra familia que apenas he pensado en su felicidad. Sí que quiero que seas feliz, Cecily, pero esta no es la forma de conseguirlo.

—¿Se te ha ocurrido en algún momento que quizá quería ayudar? —replicó Cecily entre lágrimas—. Creí que el objetivo de todo esto era casarse con alguien rico. Rupert es rico.

—Así no. El escándalo no conlleva tranquilidad, mamá y papá nos lo enseñaron. —Hizo una pausa—. ¿De verdad estás enamorada de él?

—Creo que sí —respondió Cecily con timidez—. Pienso en él a menudo y me gustaría hablar con él todo el tiempo. Nosotros... hablamos de cosas. De libros, de arte y de ideas,

¿sabes? No hay mucha gente que quiera hablar conmigo de todo eso.

A Kitty le dolió en el corazón.

—Sí, supongo que nosotras no lo hacemos. Eso también lo siento. Supongo... supongo que yo no quiero hablar de esas cosas contigo porque siempre me siento un poco estúpida cuando lo haces tú.

—¿Tú? —dijo Cecily, incrédula.

—Oh, sí. Lo cierto es que siempre tuve muchos celos de que te enviaran al Seminario.

—¿De verdad?

—Claro que sí. Volviste con todas esas ideas ambiciosas y ese amor por los libros, y parecías tan... superior de pronto. Mientras yo había tenido que quedarme para intentar encontrar marido y cuidar de todo el mundo. Hizo que me sintiera terriblemente torpe en comparación.

—Yo nunca he pensado que seas torpe —se apresuró a contestar Cecily—. Siempre estás tan segura de todo, sabes lo que hay que hacer y decir en cada momento. Parece que yo siempre digo lo equivocado y nos meto en toda clase de líos.

—¿Y qué hay de nuestro primer encuentro con los De Lacy, eh? ¿Y lo de Almack's? Tú lo conseguiste, Cecily, no yo. No habría sido capaz de hacer ninguna de esas cosas sin ti.

Cecily se sonrojó complacida, y la confesión de Kitty le dio el valor para formular la pregunta que llevaba toda la noche muriéndose por hacer.

—¿Piensas mantenernos separados a Rupert y a mí a partir de ahora? —susurró.

Kitty exhaló despacio.

—No —dijo a regañadientes—. Pero esto no va a ser fácil. Como se le ocurra mencionar siquiera vuestra huida a alguien...

—¡No lo hará! —protestó Cecily con vehemencia.

—Sea como sea, tienes que entender las dificultades de esa relación: si vas a apuntar tan alto, Cecily, es muy importante tener pensado todo el plan. Actuar con inteligencia.

Su hermana volvió a asentir, con más entusiasmo esta vez.

—Si es así, haré todo lo que pueda por ayudarte —añadió Kitty—. Por suerte, si el señor Pemberton me pide en matrimonio, cosa que quizá no haga después de esta noche, tendremos una posición social mucho mejor que la actual. Entonces quizá no sea tan inverosímil.

—¿Quieres que ocurra? —preguntó Cecily con timidez.

—¿Si quiero que ocurra qué? —preguntó Kitty.

—Que el señor Pemberton te pida en matrimonio.

—¡Por supuesto! —exclamó Kitty vivaz.

—Después de esta noche creí que tus sentimientos podían estar en otra parte —dijo Cecily sin más.

Kitty negó con la cabeza.

—No pueden estar en otra parte —repuso con la voz tomada—. Es imposible.

—¿Sí? Incluso después de esta noche...

Pero Kitty ya estaba negando con la cabeza otra vez.

—No puedo hablar de ello. Vamos a dormir, Cecy. Ha sido un día muy largo.

Sin embargo, tras apagar las velas Cecily y Kitty siguieron susurrando un rato más. Hablaron de su casa, de sus hermanas, intercambiaron ideas soñolientas acerca de cómo conseguir la aprobación de lady Montagu para Cecily, hasta que —cosa de lo más extraña— fue Kitty quien se quedó dormida primero, casi a media frase.

Cecily también cerró los ojos. Se le partía el corazón por su hermana mayor. Había una trágica ironía, casi griega, en realidad, en que Kitty descubriera que, llegadas a ese punto, después de todo, estaba enamorada de Archie de Lacy.

La tormenta no había amainado al amanecer. Las hermanas se despertaron tarde —después de que Kitty le diera a Sally el día libre y la mayor parte de las monedas que les quedaban como exiguo agradecimiento por el gran servicio que había prestado a su familia— y pasaron el día recluidas en el salón, calentándose junto al fuego y contemplando la lluvia.

—¿Hay algo que te gustaría ver mañana? —le preguntó Kitty a Cecily mientras tomaban chocolate caliente—. ¿Los Mármoles, otra vez? Sé que nuestra última visita fue breve. ¿O los museos?

Cecily sonrió, pues reconocía aquello como la rama de olivo que era. Al día siguiente dejó de llover y pudieron ver muchas cosas. Cecily fue tachando todos los monumentos de Londres que tanto quería visitar. Comenzaron con los Mármoles, de nuevo, y luego recorrieron prácticamente todo el Museo Británico observando sus artefactos. Pasaron algún tiempo curioseando en los estantes de la biblioteca y a continuación dedicaron el resto de la tarde al Anfiteatro de Astley. Cecily sintió cierta decepción al ver que el Jardín de Simples ya había cerrado, pero se tranquilizó cuando Kitty le prometió que podrían volver al día siguiente.

—¿De verdad? —preguntó.

—Aún tenemos tiempo —asintió Kitty. Inspiró hondo el cálido aire veraniego—. ¿No está bonito Londres hoy?

—«La tierra no tiene nada más hermoso que mostrar» —citó Cecily.

—Exacto.

Regresaron a Wimpole Street cuando la luz empezaba a menguar para prepararse para la noche. Allí encontraron a la tía Dorothy, que tomaba té tranquilamente en el salón.

—Bueno —dijo, observándolas con ojo crítico—. Me ha contado Sally que habéis pasado un fin de semana emocionante, aunque entiendo que ha salido todo bien, ¿no?

Kitty se alegró de que Sally no hubiese sido capaz de guardarse las noticias, porque le ahorraba tener que contarle toda la historia a su tía, que no parecía ni de lejos desaprobarla tanto como Kitty habría esperado. Por el contrario, una pequeña sonrisa jugueteaba en las comisuras de sus labios y tenía las mejillas sonrojadas de contento.

—Sí, al final tuvimos suerte —respondió, mirando a la tía Dorothy con atención—. ¿Qué tal Kent?

—Pues tampoco carente de emoción —dijo la tía Dorothy. Dejó la taza con un tintineo—. De hecho, mis niñas, yo también tengo una pequeña noticia. Me he casado.

Alargó la mano, en cuyo dedo brillaba una alianza. Cecily dejó escapar un grito ahogado y Kitty enarcó las cejas de golpe.

—¿Casado? —preguntó Kitty con incredulidad—. ¿Cuándo? ¿Y a quién?

—Con quién, querida —la corrigió la tía Dorothy con remilgo—. Con el señor Fletcher, ayer.

—¿Me estás diciendo que te fugaste para casarte? —dijo Kitty en un susurro. ¿Era la única que no había intentado casarse de forma clandestina la noche anterior?

La tía Dorothy la reconvino chasqueando la lengua.

—Niña boba, por supuesto que no. Fugarse para casarse es cosa de mujeres jóvenes, y algo bastante innecesario en este caso. El señor Fletcher consiguió una licencia especial y nos casamos en la iglesia de su madre el sábado por la tarde, todo muy legítimo.

Se produjo una pausa durante la cual sus sobrinas la miraron fijamente, desconcertadas por aquel anuncio.

—Me habría gustado que estuvieseis las dos allí, claro —agregó la tía Dorothy con tono de disculpa—. Pero no quería distraer a Kitty de Pemberton. Y, bueno, ni el señor Fletcher ni yo queríamos esperar más.

—¿Más? —repitió Kitty, y se sintió como un loro—. Tía, ¿hace cuánto de esto?

—Años, supongo. —La tía Dorothy volvía a sonreír—.

Nos conocimos hace mucho, era de Fletcher de quien os hablé en el baile de los Montagu. Te dije que podía ocurrir, querida, aunque no puedo enfadarme en absoluto por ello, porque mantenemos una relación desde entonces.

Kitty asimiló aquello con un esfuerzo considerable, nada segura de cómo se sentía. Estúpida, sin duda, porque tanto su hermana como su tía habían estado ocupadas con sus propias aventuras amorosas durante semanas sin que advirtiera ni sospechara nada, pero lo superó pronto. Se había acostumbrado a tener a la tía Dorothy para ellas los últimos meses... La idea de que el señor Fletcher la alejara de ellas hizo que Kitty se sintiera algo rara.

—Felicidades, tía. —Cecily se acercó para besarla en la mejilla.

—¿Kitty? —inquirió la tía Dorothy.

No era el momento de ponerse celosa, así que espabiló. Después de todo lo que su tía había hecho por ellas —por dos jóvenes que, en realidad, no tenían ningún parentesco con ella—, se merecía cada pizca de felicidad que el mundo le ofreciera. Kitty le dio un abrazo, con un nudo en la garganta.

—Me alegro tanto por ti —dijo con la voz ronca.

La tía Dorothy se secó una lágrima del ojo.

—Queridas niñas —dijo, al tiempo que daba una palmada y se estrujaba las manos. Luego asintió con gesto decisivo y se levantó—. Ahora debemos prepararnos para la noche —anunció batiendo las palmas. Y añadió con un guiño travieso—: Después de todo, no estaría bien que mi boda fuese la única de la temporada.

37

Reinaba un aire definitivo en el silencio en que recorrieron Londres esa noche: sin hablar, las tres sabían que era probable que ese fuese su último baile en la ciudad. Ocurriera lo que ocurriese, Kitty y Cecily volverían a casa junto a sus hermanas muy pronto. El carruaje se detuvo en la entrada. Kitty recordó con una punzada lo maravilloso y extraño que le había parecido todo aquella primera noche. El recuerdo pasó por su mente como si fuesen fuegos artificiales: ver las velas, el mar de vestidos coloridos y joyas brillantes, el sabor del champán, el calor de la mano de Radcliffe en la suya.

—Lo hemos pasado bien, ¿no? —le dijo a Cecily.

—Mejor que nunca —asintió su hermana.

Descendieron una vez más para adentrarse en la multitud.

En el interior, Kitty no vio al señor Pemberton y dio las gracias por ello. Una vez que se encontrara con él, tendría que dedicar la velada a disculparse, a apaciguar su ego, a manipularlo para sacarle la petición de matrimonio que esperaba recibir dos noches antes. Y aunque era tan esencial ese día como lo había sido cualquier otro que saliese de allí —de aquel salón, de aquella ciudad— con un compromiso así, no podía evitar querer unos momentos más para ella primero.

La tía Dorothy las dejó casi de inmediato para ir en busca

de su esposo —su esposo, repitió Kitty para sí, sorprendida todavía—, y Cecily se marchó.

—Tengo que encontrar a Montagu —dijo.

—Pues ve —respondió Kitty con suavidad—. Pero quédate donde podamos verte.

Cecily le lanzó una mirada molesta por encima del hombro, como si hubiese dicho algo absurdo o no hubiese intentado fugarse para casarse el día anterior mismo, y se apresuró a cruzar la habitación. Pasó por delante del señor De Lacy cuando se dirigía al comedor e intercambiaron una mirada de reconocimiento por la extraña noche que habían compartido. Cecily lo detuvo apoyándole una mano en el brazo; sabía que Kitty no querría su ayuda, pero al menos debía intentarlo.

—Debería usted hablar con mi hermana —le dijo con tono apremiante.

—¿Debería? —preguntó el señor De Lacy de mala gana.

—Sí. Espero que pueda perdonarla —continuó Cecily con vehemencia—. Sé que todo parece extraño, y que se ha comportado de un modo de lo más desconcertante, pero le quiere, señor De Lacy.

—Ah, ¿sí? —contestó, con voz de falsete—. Oh, Dios.

Cecily vio la silueta de Montagu en la sala contigua.

—Piense en lo que le he dicho —indicó al señor De Lacy pomposamente, antes de dejarlo.

—Dios, lo haré, no se preocupe por eso —gruñó Archie.

Kitty no podía estar segura de su propósito cuando atravesó el salón de baile. Supuso que podía decirse a sí misma que estaba intentando encontrar a Pemberton, aunque lo cierto es que no era su figura lo que buscaban sus ojos. Vio a lady Radcliffe al otro lado de la estancia y la condesa viuda la saludó con la mano. Kitty le devolvió el gesto y advirtió que el señor

De Lacy se encontraba de pie junto a ella, aunque palideció al ver a Kitty. Qué extraño. Lady Amelia también estaba; con el cabello recogido en alto y una falda sin vuelo. Lady Radcliffe debía pensar que era un buen momento para que su hija experimentara algo de la temporada antes de presentarla el año siguiente. Lady Amelia estaba guapísima, de pie junto a su madre, aunque en sus ojos brillaba un destello combativo que apuntaba a problemas.

La orquesta empezó a tocar, señalando el inicio inminente del conjunto siguiente, y las parejas que había alrededor comenzaron a girar uno en torno al otro, las damas se alzaban las faldas y los caballeros les tendían la mano. Y Kitty lo vio, a tan solo tres metros: debía de estar esperando que posara la mirada en él, porque cuando lo hizo enarcó las cejas con aire burlón, como diciendo: «Llegas tarde».

Entrecerró los ojos con gesto inquisitivo. Él le tendió la mano, invitándola, y ella se adelantó sin pensárselo dos veces.

—Habría dicho que sus reglas sobre el baile no permitían esto —le dijo, una vez que se encontró de pie frente a él.

—He decidido hacer una excepción —prometió Radcliffe—. ¿Bailaría usted conmigo, señorita Talbot?

Era su última oportunidad. Después de esa noche, tal vez no volviera a permitirse nunca un momento así, pero al menos tendrían aquello. Le cogió la mano en respuesta. Se deslizaron en silencio hasta el centro de la pista. La música comenzó; iba a ser un vals, al parecer. El primero de Kitty.

Radcliffe le puso la mano en la cintura, y ella en su hombro. Era distinto de la primera vez que habían bailado, muy distinto. Entonces los separaba un verdadero océano, mientras que en ese momento estaban muy cerca el uno del otro. Mucho más cerca de lo que Kitty nunca habría imaginado estar. Sentía el calor del cuerpo de Radcliffe a su lado, la fricción de la suave tela de su levita contra su vestido, la presión de su mano en la espalda; e incluso, pese a que la música debería haberlo imposibilitado, el sonido de su respiración en el oído.

No lo miró —no podía mirarlo— cuando empezaron a moverse en un gran círculo en torno a la habitación, girando cada docena de pasos en formación. No era lo que Kitty había esperado en absoluto y, por una vez en la vida, no sabía qué decir ni cómo sacar ventaja de aquello. Daba la impresión de que él también lo encontraba inusual, porque, al cabo de unos instantes, murmuró divertido.

—No es propio de usted permanecer callada —comentó, sonriéndole.

Lo miró a los ojos un momento antes de apartarlos, temiendo lo que podría ver en ellos. No se había sentido tan nerviosa en su presencia en semanas.

—No sé qué decir —reconoció en voz baja—. Créame, es tan extraño para mí como para usted.

La hizo girar y la habitación destelló alrededor de Kitty mientras su brazo la guiaba con suavidad, y volvieron a su abrazo una vez más, con las manos aferradas con firmeza.

—Quizá debería hablar yo, entonces —dijo Radcliffe. Respiró hondo—. He aprendido... mucho, en estos últimos meses, hablando con usted, discutiendo con usted, debería decir. Me ha hecho enfrentarme a todas mis hipocresías, ha desafiado todas mis opiniones, me ha hecho darme cuenta de todos los modos en que sigo, después de todos estos años, luchando contra mi padre.

Si unos instantes antes Kitty no podía mirarlo, entonces no pudo apartar la vista de él. Sus palabras parecían sacadas de un sueño, pero apenas soportaba oírlas. Era demasiado, estaba demasiado cerca de todo lo que había deseado alguna vez pero nunca se había permitido contemplar. Volvieron a girar; ella no prestaba atención a sus pasos, sino que la concentraba toda en él, pero, fuera como fuese, sus pies se movían en rápida sincronía a pesar de todo.

—Creo que ahora soy una persona muy distinta —continuó, sin apartar los ojos de ella ni un segundo—, por haberla conocido y... Me gusta quién soy, en quién me he convertido, con usted cerca.

Los dedos de Kitty se tensaron entre los suyos. Cada palabra que pronunciaba era como un rayo de luz directo a su pecho, intenso e implacable; no estaba segura de poder soportar aquello, de poder soportar escucharle decirle esas cosas, si no cambiaba nada.

—Una vez me preguntó —continuó Radcliffe, con la mirada clavada en la de ella y la voz ronca— si sus orígenes importarían si sus sentimientos fueran verdaderos. No le respondí entonces, pero, señorita Talbot... Kitty. Debes saber que ya no me importan.

Kitty cogió aire en lo que le pareció más un sollozo.

—¿No? —preguntó.

La música iba cobrando volumen a su alrededor; el vals estaba llegando a su fin. Giraron en una última vuelta, perdiéndose de vista el uno al otro durante un instante intenso, antes de que volviera a atraerla al círculo de sus brazos.

—No —dijo Radcliffe.

La orquesta se detuvo. Los bailarines se dedicaron reverencias e inclinaciones de cabeza. Kitty dio un paso atrás, parpadeando; las manos de Radcliffe siguieron sobre ella como si no quisiera soltarla, y sintió el salón más frío una vez que lo hubieron hecho. Aplaudió, aún aturdida, y luego vio el rostro inoportuno del señor Pemberton detrás de Radcliffe, acercándose a toda prisa, con el rostro adusto.

—Rápido —le dijo a Radcliffe—. Vayamos a dar una vuelta por el jardín, antes de...

—¿Antes de qué? —preguntó él, aunque le ofreció el brazo de todos modos.

—Nada —dijo, pero fue incapaz de no mirar por encima de su hombro a Pemberton, y Radcliffe lo captó.

Se apresuraron hacia las puertas que daban al jardín y tuvieron bastante suerte de encontrarlo vacío, iluminado solo por las estrellas y la luz de las velas que se proyectaba por las ventanas. En cuanto les dio el aire fresco, Radcliffe retrocedió.

—¿No has...? ¿Sigues esperando una petición de matrimonio del señor Pemberton? —le preguntó, y su tono calmado no fue capaz de ocultar el dolor del todo.

A Kitty se le encogió el corazón verlo. ¿Por qué había escogido Pemberton ese momento para aparecer, por qué...? Podía mentir, pero descubrió que no quería hacerlo.

—Sí —respondió.

Radcliffe se volvió un momento hacia el jardín, como para recomponerse.

—De acuerdo. Reconozco... Confieso que creí que podrías haber cancelado el asunto, desde la otra noche. Pero veo que ha sido una estupidez por mi parte.

Cuando se dio la vuelta para encararla de nuevo, su mirada se había vuelto más fría

—¿Puedo preguntar si tienes pensado aceptar su petición de matrimonio?

—Milord —comenzó, y le temblaba la voz—, nada ha cambiado en mi situación. Sigo necesitando irme de Londres con un hombre rico como prometido o tendré que vender el único hogar que mis hermanas han conocido nunca y encontrar algún otro modo de mantenerlas yo sola. Pensé... pensé que esto ya no te importaba. —Hizo un gesto con la mano hacia el salón de baile, como para abarcar todo lo que él le había confesado.

—Yo... No me importa —dijo él, pasándose una mano por el rostro—. Pero verte a punto de aceptar la petición de matrimonio de otro hombre es... No me gusta.

—No sé qué quieres de mí, entonces —exclamó ella, abriendo los brazos—. Porque no puedo cambiar mi situación en absoluto. Debo casarme. Y hasta ahora no tengo promesas.

Radcliffe no la miraba.

—Pregúntame entonces —continuó Kitty, con crudeza—, pregúntame si me gustaría, si querría casarme con Pemberton, si fuera solo elección mía.

Radcliffe alzó la vista.

—¿Te gustaría?

—No —contestó, y se le quebró la voz—. Ahora pregúntame si te seguiría queriendo, si la elección fuese solo mía.

Radcliffe dio un paso al frente.

—¿Lo harías? —dijo de nuevo.

—Sí —confesó ella—. Siempre elegiré a mis hermanas. Elegiré su necesidad antes que mi deseo siempre. Pero te deseo tanto como necesito dinero. Tú me ves por completo, lo mejor y lo peor de mí, como nadie lo ha hecho nunca.

Se quedó mirándolo a la cara, sin artificios ni pretensiones, con el rostro al descubierto y lleno de emoción. Radcliffe se le había acercado lo bastante como para levantar la mano y acariciarle la mejilla con los dedos, ligeros y cuidadosos.

—Tú... ¿Te gustaría casarte conmigo, Kitty? —preguntó lord Radcliffe, James, con la voz rasposa.

Kitty no pudo evitar soltar una risa ante lo absurdo de la pregunta, como si no lo supiera...

—Sí —respondió—. Pero primero siento que debo informarte de que vengo con cuatro hermanas, un tejado lleno de goteras y un verdadero mar de deudas.

Radcliffe había empezado a esbozar una sonrisa que no paró de crecer hasta ocuparle toda la cara.

—Gracias por tu sinceridad —contestó cordialmente, y ella se rio—. Puedo asegurarte que estoy ansioso por conocer a tus otras hermanas, que el tejado suena encantadoramente rústico y que la deuda no me perturba. —Hizo una pausa—. Por supuesto, entiendo que necesites ver mis cuentas antes de comprometerte —continuó, y ella se rio de nuevo, alto y claro.

—Estoy segura de que no será necesario —replicó ella—.

Siempre que me prometas que eres ridículamente rico y que pagarás todas las deudas de mi familia.

—Soy ridículamente rico —repitió—. Y pagaré todas las deudas de tu familia.

—Bueno, entonces, por supuesto. —Le sonrió—. Sin duda, me gustaría casarme contigo.

Él la agarró del mentón. No hubo nada de vacilante en el beso, nada de inseguro. Era como si los dos hubieran leído el guion de antemano y sencillamente hubieran estado esperando todo el tiempo su entrada. Una vez dada, ambos se entregaron de corazón a la escena y tardaron un rato en retomar la conversación.

—¡James! ¡James! —Alzaron la vista y se separaron de golpe cuando Archie irrumpió en el jardín—. ¡Ahí estás! Mamá te está buscando, ha perdido a Amelia... Vaya, ¿va todo bien? —Los miró con recelo.

—Sí, Archie. Más que bien, en realidad: la señorita Talbot acaba de acceder a casarse conmigo —anunció Radcliffe, y la cogió de la mano.

—¡Por Dios! —Archie parecía estupefacto—. Por Dios, sí.

Kitty pensó con un sobresalto que quizá no se tomara del todo bien la noticia; al fin y al cabo, no hacía tanto que había creído estar enamorado de ella. Por la expresión vacilante del rostro de James, a él le preocupaba lo mismo.

—¿Archie? —inquirió Kitty.

Archie salió de sus ensoñaciones y dio un salto para estrechar la mano a su hermano.

—Una noticia excelente, felicidades —dijo entusiasmado—. Solo me había enredado un poco, pero ya estoy bien. Ha sido una estupidez por mi parte (de locos, en realidad), pero creía que era conmigo con quien querías casarte, Kitty. Aunque debo reconocer que es un alivio saber que esto es definitivo, no estoy seguro de que nosotros encajemos tanto, la verdad, así que quizá sea mejor así. Lo comprendes, ¿no?

Esto último lo dijo con tono amable y una expresión en el rostro como si estuviera dándole una mala noticia que Kitty debía tomarse manteniendo la compostura.

Kitty se resintió.

—Archie —repuso airada—, ¿me estás rechazando?

James se echó a reír.

38

No esperes nada imponente — le indicó Kitty—. Netley es una casa mucho más modesta que Radcliffe Hall.

—Me esforzaré por contener mis expectativas —respondió James con tono agradable.

Kitty frunció el ceño al oírlo.

—Aunque no me sorprendería que en realidad encuentres que tiene mucho más carácter que Radcliffe Hall —corrigió.

—Por supuesto —respondió él con tono de disculpa—. No me cabe la menor duda de que también lo encontraré muy superior a Radcliffe Hall en todos los sentidos.

La temporada había concluido. La boda estaba planificada. Y las hermanas Talbot por fin regresaban a casa. Instaladas cómodamente en el carruaje de los Radcliffe, de proporciones perfectas y provisto con holgura, el viaje de vuelta estaba siendo infinitamente más placentero que el de ida, con los árboles, campos y setos pasando con suavidad por la ventanilla. Radcliffe había cabalgado junto al carruaje durante la mayor parte del trayecto, pero esa tarde había optado por hacer compañía a las damas en el interior, tal vez porque percibía que los nervios de Kitty habían ido creciendo aún más a medida que se acercaban a la casa. Se había pasado el viaje preguntándose si sus hermanas estarían distintas cuando llegaran, preocupada por lo que podía haberse perdido en los meses que habían pasado fuera, y también por qué les parecería a ellas cómo había cambiado, porque también regresaba bastante diferente. Por fin se había liberado de la carga de las abrumadoras deudas.

Le había resultado casi incomprensible la rapidez con la que había acabado resolviéndose todo. La mañana siguiente a su compromiso, Radcliffe se había presentado sin anunciar en la puerta de Wimpole Street blandiendo un pagaré. Se habían sentado juntos en el salón, donde ella escribió la carta a los señores Anstey y Ainsley para informarles de que la cuenta quedaba saldada y él firmó el documento sin pestañear ante la suma —tan grande que daban ganas de llorar— que ella le había indicado. En unos instantes había acabado. Un sobre tan fino, había pensado, para soportar tanto peso. Se esforzó por contener la necesidad de rasgarlo y volver a leerlo todo, solo para asegurarse de que ya estaba. Miró a James con la intención de confesarle que no se lo creía, cuando de pronto se dio cuenta de que volvían a estar solos, por primera vez desde que se habían visto en aquella terraza iluminada por las velas. Por la expresión de sus ojos, él también se había percatado.

—¿Tu tía ha ido a ver al señor Fletcher? —le había preguntado él en voz baja en la quietud del salón.

—Así es. —El espacio que los separaba nunca le había parecido tan escaso.

—¿Cecily sigue durmiendo?

—Sí.

Radcliffe esbozó una sonrisa.

—Debería marcharme —dijo, aunque no hizo ademán de levantarse de su asiento—. Ya se ha hecho público; tendremos que empezar a tener cuidado.

—Menudo aburrimiento —respondió Kitty con ligereza, inclinándose hacia él—. No estoy segura de que me guste cómo suena eso en absoluto.

Él seguía riéndose un poco en el momento en que sus manos se encontraron y la atrajo con suavidad hasta su asiento. Cuando sus labios se tocaron, el aire entre ellos era cómplice y ligero. Y, pese a la advertencia contra la falta de decoro, él aún tardó un poco en marcharse aquella mañana.

Un leve ronquido arrancó a Kitty de ese agradable recuerdo y se volvió para ver que Cecily se había quedado dormida, con la cabeza flácida sobre los hombros. En la mano tenía agarrada una carta de lord Montagu —escrita por entero en un pentámetro yámbico muy cuestionable— y Kitty frunció el ceño pensando en ella. Debía plantearse seriamente cómo podía promover ese romance.

—Tienes la cara de conspiradora —observó James—. ¿Qué estás tramando?

—No es verdad —repuso Kitty con suma dignidad—, no tengo cara de conspiradora.

James la miró poco convencido. Kitty elaboró una imitación pasable de la inocencia.

—¿De verdad me crees tan manipuladora? —preguntó con aire angelical.

—Sí —contestó James de inmediato, aunque no sin cariño—. Hace mucho que sé que eres una villana de la peor calaña.

Tal vez no fuera lo más habitual que tu propio prometido te llamara villana con tanta frecuencia, pero Kitty debía reconocer que la acusación no carecía de fundamento. Y, aun así, ¿quién iba a discutir sus resultados? Por supuesto, no era correcto congratularse demasiado, pero Kitty no podía evitar sentir que había manejado los últimos meses estupendamente. Volver a casa no solo con las deudas saldadas, sino también con un prometido al que podía decir, por una vez sin faltar a la verdad, que amaba... Vaya, solo podía considerarse un Muy Buen Resultado.

El carruaje empezó a chirriar un poco al adentrarse en un terreno más accidentado. Kitty se asomó por la ventanilla para ver un paisaje cada vez más familiar.

—Ya casi estamos —anunció sin aliento, al tiempo que le tocaba la rodilla a su hermana—. Cecily, despierta.

Empezaron a aminorar la marcha de verdad, antes de girar a la derecha y enfilar una pista erosionada que Kitty conocía como la palma de su mano. Netley Cottage apareció ante sus ojos con una lentitud insoportable, y se quedó mirando con avidez la hiedra que caía por los ladrillos, el penacho de humo que salía por la chimenea de la cocina, el magnolio que ocultaba parte del ventanal. Se había perdido su floración, pensó absurdamente al ver los pétalos en el suelo. Kitty y Cecily a duras penas esperaron a que el carruaje se detuviera para saltar con dificultad y de una forma nada propia de una dama. Kitty ya alcanzaba a oír los chillidos de regocijo procedentes del interior y el golpeteo de los pies que corrían cuando vieron el carruaje. Se quedó quieta un momento, tomando grandes bocanadas de aire, que habría jurado que le sabía diferente.

Kitty sabía que aún había mucho que hacer —mucho que resolver, que debatir, que decidir—, pero, tras meses sumida en la incertidumbre, dudando constantemente de si el riesgo merecía la pena, si las elecciones eran las acertadas, si ese plan era más inteligente que aquel, se permitió el lujo de disfrutar del inmenso alivio que la invadía en ese momento. Por fin estaban en casa. Lo habían conseguido. Y cuando la puerta principal se abrió con estruendo y sus hermanas salieron en tropel hacia ellos, Kitty estuvo completamente segura de que, en ese momento, estaba justo donde tenía que estar.

AGRADECIMIENTOS

Quizá resultase más fácil nombrar a las personas que no me han ayudado a escribir este libro, en lugar de dar las gracias a todas las que lo han hecho, pero si tenéis paciencia, lo intentaré de todos modos.

En primer lugar, para empezar, gracias a Maddy Milburn y todo su equipo por aceptarme. Vuestra amabilidad, pasión y —he de decirlo— ambición infatigable siguen dejándome pasmada. Gracias a Maddy, Rachel Yeoh y Georgia McVeigh por vuestro trabajo con esas primeras ediciones —desde el comienzo comprendisteis lo que quería decir mejor que yo misma—, y a Liv Maidment, Rachel de nuevo, Giles Milburn y Emma Dawson por responder a mis incesantes preguntas. Mi agradecimiento entusiasta también a Liane-Louise Smith, Valentina Paulmichl y Georgina Simmonds por sacar mi libro al mundo con tanta energía, por encontrar un equipo internacional tan magnífico con el que trabajar y por escribir siempre unos emails tan bonitos.

Luego, un agradecimiento enorme para mis espléndidas editoras Martha Ashby y Pam Dorman, por vuestra cordialidad, vuestro ingenio y vuestra sabiduría. ¿Salisteis las dos directas de la cabeza de Zeus? Tal vez, y sea como fuere, no hay nadie con quien preferiría discutir las cualidades de un buen sombrero de castor. Gracias por todo lo que habéis hecho para que este libro sea lo mejor que puede ser. Gracias también a Chere Tricot, a mi fabulosa correctora de estilo, Charlotte Webb, y a las magníficas correctoras de pruebas, Kati Nicholl y Anne O'Brien, por abordar mis repeticiones, desviaciones, uso excesivo de adverbios.

En la labor hercúlea de publicar este libro, mi trabajo es sin duda el más fácil, y tengo mucha suerte de trabajar con gente tan extraordinaria en todo el mundo. Me gustaría mostrar un agradecimiento muy sincero a todo el equipo —realmente brillante— de Plaza & Janés Internacional, pero sobre todo a las siguientes personas: a mi maravillosa traductora, Andrea M. Cusset; a las fantásticas Paloma Fernández-Pacheco y Alix Leveugle, de edición; al superequipo de redacción formado por Iñaki Nieva y Susana Rodríguez Lezaun; a Compañía y Begoña Berruezo por esa magnífica cubierta, y a Comptex por el trabajo de fotocomposición; a Jimena Diez, Rita López, Ángeles Torres y Leticia Rodero, del equipo de comunicación y marketing, de un talento escandaloso; a David Rico y Janeth Vásquez, por gestionar todo el proceso de producción con tanto esmero y habilidad; a Sofía Lecumberri, Ana Balmaseda, María Carmona, Cristina Salazar, María Tuya y todo el equipo de ventas por su energía y su pasión; y también a las magas de los metadatos Patricia Martínez y Paz Vega. Me siento muy agradecida por vuestro arduo trabajo.

A continuación debo dar las gracias a Frank Fabriczki, pues nada de esto habría ocurrido sin nuestras sesiones de escritura de los domingos. Gracias a mis compañeras de casa y alma Freya Tomley y Juliet Eames, por hacerme reír siempre y por tomarse mi escritura tan seria o tan frívolamente como necesitaba en cada momento. Gracias también a Fay Watson, Holly Winfield, Lottie Hayes-Clemens, Martha Burn y Tash Somi por ser las mejores, las más ruidosas y divertidas del sector, me alegro muchísimo de que nos hayamos conocido.

A Lucy Stewart —que tiene el dudoso privilegio de escuchar exactamente cada uno de los pensamientos que se me pasan por la cabeza—, gracias por el ping-pong, el prosecco y Dios sabe qué más. Para Ore Agbaje-Williams, Catriona Beamish, Becca Bryant, Charlotte Cross, Andrew Davis, Dushi Horti, Jack Renninson, El Slater y Molly Walker-Sharp, gracias por vuestro apoyo —a veces excesivo— y por continuar actuando como mi propio diccionario.

Gracias a mi familia, la gran masa que se extiende a ambos lados del árbol. Estoy casi segura de que manifestasteis este acuerdo editorial gracias simplemente a vuestra personalidad, y estoy muy orgullosa de ser una de vosotros.

Una vez más y siempre, debo dar las gracias a mi madre, mi padre, Will, la abuela y Amy, por abastecerme de cafeína, por vuestra paciencia a lo largo de discusiones incoherentes acerca de la trama, por responder a preguntas como «¿esto te parece divertido?» con una firme falta de honestidad y por creer que podría hacerlo cuando decididamente no podía. Y, por supuesto, gracias a Joey y a Myla, los mejores perros, por ser los compañeros de escritura que más exigen y distraen que ha dado el mundo. No era más que una ardilla, chicos; nunca era más que una ardilla.

Finalmente, ¡gracias a vosotros por leerlo! Aún me resulta extraordinariamente extraño estar compartiendo esto con los lectores, estoy muy agradecida por que hayáis escogido pasar parte de vuestro preciado tiempo con este libro. Me encantaría tener noticias vuestras, así que poneos en contacto (a menos que lo hayáis odiado, en cuyo caso, preferiría que no lo hicierais).

Este libro se terminó de imprimir en España
en el mes de junio de 2022